赵震 —— 著

唐宋诗人的
文学江湖

诗音心语

江苏凤凰文艺出版社
JIANGSU PHOENIX LITERATURE AND
ART PUBLISHING

图书在版编目（CIP）数据

诗音心语：唐宋诗人的文学江湖 / 赵震著 . -- 南京：江苏凤凰文艺出版社，2023.5

ISBN 978-7-5594-7613-5

Ⅰ . ①诗… Ⅱ . ①赵… Ⅲ . ①随笔 - 作品集 - 中国 - 当代 Ⅳ . ① I267.1

中国国家版本馆 CIP 数据核字（2023）第 038727 号

诗音心语：唐宋诗人的文学江湖

赵震 著

责任编辑	王昕宁
策划编辑	李　根
特约编辑	连　慧
装帧设计	YooRich–Linnk
责任印制	刘　巍
出版发行	江苏凤凰文艺出版社
	南京市中央路 165 号，邮编：210009
网　　址	http://www.jswenyi.com
印　　刷	三河市春园印刷有限公司
开　　本	880毫米 ×1230毫米　1/32
印　　张	9
字　　数	225千字
版　　次	2023年 5月第 1版
印　　次	2023年 5月第 1次印刷
书　　号	ISBN 978-7-5594-7613-5
定　　价	45.00元

江苏凤凰文艺版图书凡印刷、装订错误，可向出版社调换，联系电话 025-83280257

目 录

contents

宋代篇

番外篇

唐代篇

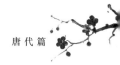

诗心李白——并不针对谁，
但我才是真正的诗坛神话

有一个人，如果没有他——

几位唐代大诗人会偷着乐：杜甫将是绝顶，没有恼人的"之一"后缀；李商隐不必委委屈屈地被称为"小李"；王昌龄可以从"七绝圣手"升级为"七绝无双"。

但也有人会不高兴：

《英雄》的导演张艺谋一定无法为片中李连杰的绝招想出"十步一杀"这样冷酷的名字。

《庆余年》中范闲"祈年殿醉酒吟百诗"的名场面也将大打折扣。

冰心将无法为她的小说起名《斯人独憔悴》。

郭沫若的书只能写一半。

闻一多将惋惜地删去这段精彩文字："我们该当品三通画角，发三通擂鼓，然后提起笔来蘸饱了金墨，大书而特书。因为我们四千年的历史里，除了孔子见老子（假如他们是见过面的），没有比这两人的会面，更重大、更神圣、更可纪念的。我们再逼紧我们的想象，譬如说，青天里太阳和月亮走碰了头，那么，尘世上不知要焚起多少香案，不知有多少人要望天遥拜……"

余光中将缺少一首名诗："酒入豪肠，七分酿成了月光，余下的三分啸成剑气，绣口一吐就半个盛唐。"

金庸的名联"飞雪连天射白鹿"将缺少一个合适的下联。

我们诗歌想象力天花板的高度会断崖式下跌。

我们的汉语言将失去一大批至美的表达。

至于成语，那就损失更为惨重了：青梅竹马、一掷千金、鱼目混珠、摧眉折腰、钟鼓馔玉、仙风道骨、扬眉吐气、九天揽月、大块文章、秉烛夜游、粲花之论、暮云春树、停云落月、东风马耳、笑而不答、星离云散、浮生若梦……这些统统都会不见。

更为重要的是——

谁来告诉我"抽刀断水水更流，举杯消愁愁更愁。人生在世不称意，明朝散发弄扁舟"。

谁来告诉我"人生得意须尽欢，莫使金樽空对月。天生我材必有用，千金散尽还复来"。

谁又来告诉我"且放白鹿青崖间，须行即骑访名山。安能摧眉折腰事权贵，使我不得开心颜？"

这些诗句，是力，是美，更是信念。

这个人，当然就是李白。

你要写李白，就不能只写李白。

要写江城落梅，关山云海。

写霜花拂剑，边月弓影。

写纵横，写漫游，

写孤帆远影下的怅然与离愁。

要写大块文章平生意，吴姬压酒。

写大道青天，写赐金放还，

写一场浮沉如梦的人间贬谪，

写一场轰轰烈烈的凡人修仙。

我欲因之而梦，仙人惊鸿照影，

然后陡然折笔，

向暮春风，云游雨散，

原来属于他的世界，就在凡间。

谓我是方朔，人间落岁星：笃信与期盼

今天写李白的自媒体们，文案大多是这样的：《李白：原谅我这一生不羁放纵爱自由》《李白：古代流行语大师、文案大神，绣口一吐便是爆款刷屏》《李白：疯子、狂人以及唐代自媒体人》《诗仙李白：没机会高考，北漂做自媒体成了唐朝第一网红》……

他们以为这样已经足够博眼球的了，却不知道，李白其实有着更潮更引流的行为——比如"修仙"。

很多人都说李白像神仙。

他妈妈说生他的时候梦见长庚星入怀，于是起名为李白。这里的潜台词就是——我儿李白乃太白金星下凡。问题是，官方正史还正式记载了这种说法：白之生，母梦长庚星，因以命之。（《新唐书》）

也就是说，李白的前世曾去花果山招安过孙悟空……

一个刘姓的县尉和他一起喝酒，说他是唐朝的东方朔。而东方朔这个人能识怪哉之虫，据说是木星转世。李白写诗《留别西河刘少府》（节选）记录道：

闲倾鲁壶酒，笑对刘公荣。

谓我是方朔，人间落岁星。

他说他其实是"来自星星的你"，只不过东方朔来自木星，而他李白来自金星。

而与李白齐名，在经历了《冬日有怀李白》《春日忆李白》《天末怀李白》，以至于常常《梦李白》的杜甫同学则说他是天子呼来也不上船的酒中仙。

贺知章就更不用说了，修道炼丹，和神仙走得很近，一见李白就惊呼：这不是"天上"的那谁吗？怎么跑到人间来了？

而李白自己怎么看呢？他晚年写过一篇名为《金陵与诸贤送权十一序》的序言，他说："吾希风广成，荡漾浮世。素受宝诀，为三十六帝之外臣。即四明逸老贺知章呼余为谪仙人，盖实录耳。"贺知章那老头儿说我是天上贬谪下来的仙人，其实不过是实话实说而已，这老贺，也不知道要低调点儿。

不会吧不会吧，难道李白真的相信有神仙？

是的，李白崇信道教，相信神仙，并期待着与仙人相遇又或是重逢，他在《怀仙歌》中高唱：

一鹤东飞过沧海，放心散漫知何在？

仙人浩歌望我来，应攀玉树长相待。

尧舜之事不足惊，自余嚣嚣直可轻。

巨鳌莫戴三山去，我欲蓬莱顶上行。

我看见一只白鹤飞过茫茫沧海，那是否是仙人的坐骑？任凭我的心

神遨游天外，最终要去哪里停放？我看见仙境中的仙人们正在放声高歌，期盼着我的到来。长久的等待使他们有所疲惫，于是就攀扶着琼树玉枝休息一下。人间没有什么新鲜的事情，尧舜禅让天下也不值得大惊小怪。海中的巨鳌啊，你不要把蓬莱仙岛驮到别处去了，因为我正要去蓬莱山顶走一走呢。

仙境如同故地，仙人皆是旧友，相遇不过重逢。

刘全白在《唐故翰林学士李君碣记》中写道：

志尚道术，谓神仙可致。

古人行文喜欢用省略句，现代语法定义的句子三大主干成分主谓宾，在古人眼中那都不叫事儿。为了行文简洁，生动有气韵，谓语偶尔可以省略，宾语常常被省略，主语当然也不能搞特殊，省省更简洁。

主语当然是李白，他崇尚道家的种种术法，相信人终究可以达到神仙之境。

世上真的有神仙吗？这个话题就和世上是否真的有龙一样令人着迷。

学道术、求长生，这难道不是修仙小说主人公才会做的事情？李白这样聪明绝顶的人物，真的会信这个吗？

事实上李白不止信，而且深信。

要知道，唐代本就信道成风，天子、公卿、公主都曾参与其中，这是一种文化风尚。至于说到求仙与长生——

君不见，秦始皇，遣人入海求仙方；君不见，汉武帝，亦信神仙终可期。

雄才大略的秦皇汉武都相信神仙的存在，李白相信，又有什么可惊讶的呢？

心动不如行动，或者说，正因为心动了，才会行动。李白为得道，做了许多事。

读道书

李白几岁起就开始接触道家典籍了呢？五岁。

"五岁诵六甲。"《六甲》一般认为是道教的入门级著作，道术能调动鬼神："乃学道术，尤明六甲，能役使鬼神。"(《神仙传》）不过估计李白没学明白，也幸好他没学明白，不然此刻我就该写"大唐阴阳师"传奇了（笑）。

虽然不能役使鬼神，但后来的他学会了御鸟术，且看他的《上安州裴长史书》：

> 又昔与逸人东岩子隐于岷山之阳，白巢居数年，不迹城市。养奇禽千计。呼皆就掌取食，了无惊猜。广汉太守闻而异之，诣庐亲睹，因举二人以有道，并不起。

李白和一位号为东岩子的道士隐居在四川岷山，修心向道。他们在居住的山林里饲养了许多奇禽异鸟。这些美丽而驯良的鸟儿，好像能听懂人的语言，一声呼唤，便从四处飞落阶前，甚至可以在人的手里啄食谷粒，一点都不害怕。这件事被当作奇闻在当地广传，后来连广汉太守也亲自到山中观看鸟儿们的就食情况。太守认为他们有道术，便想推荐二人去参加道科的考试，可是，二人都婉言拒绝了。

"十五游神仙，仙游未曾歇。吹笙吟松风，泛瑟窥海月。西山玉童子，使我炼金骨。欲逐黄鹤飞，相呼向蓬阙。"李白（《感兴八首》）

还是少年时的李白，就已经懂得炼丹的相关事情了，"炼金骨"即是炼丹。

开元六年（718年），李白十八九岁时，隐居匡山读书，在戴天山的大明寺，潜心研读道经。

长大后的李白，依旧不忘学习道家典籍："我闭南楼著道书，幽帘清寂若仙居"。也曾虔诚地亲自抄写道经："清斋三千日，裂素写道经。"（李白《游泰山六首》）远行时更是道书不离身："是日也，东出桐门，将驾于曹。仙药满囊，道书盈箧。"（独孤及《送李白之曹南序》）

结仙友

白哥的好友列表中如果有星标朋友，那多半不是杜甫、孟浩然，而是下面这两位：

愿随夫子天坛上，闲与仙人扫落花。

这是李白《寄王屋山人孟大融》中的名句，其中的夫子名为司马承祯，能令心高气傲的李白甘心追随，当然非同凡响。他是道教上清派茅山宗第十二代宗师，身为道士，却是帝王师。开元九年（721年），奉诏进京，被唐玄宗留于内宫，问以养生延年之事。第二年，玄宗幸洛阳，命司马承祯随驾东行。开元十一年（723年），年近八旬的司马承祯厌倦了长安的喧嚣，要求回转浙江天台山。

开元十三年（725年），李白慕名去拜访司马承祯，二人在江陵相见。

司马承祯不仅道行深厚，而且文采飞扬，出口成章。至于李白，那是闲谈也能做粲花之论的人。王仁裕在（《开元天宝遗事·粲花之论》中写道：

> 每与人谈论，皆成句读，如春葩丽藻，粲于齿牙之下，时人号曰："李白粲花之论。"

所以二人一见，倾盖如故。再看过李白的诗文之后，司马承祯称赞他"有仙风道骨，可与神游八极之表"，（李白《大鹏赋》）认为李白有"仙根"。

这一评价可以说对李白影响极大，让他的修仙之心愈发坚决。这就好像你写了篇小说，同学看到，说哎呦不错哦，你内心毫无波澜；妈妈看到，说还行，你淡淡笑了笑；语文老师看到，说有点意思，勉之。你开始有几分得意。然后鲁迅先生看到了，说后生可畏，以后打败黑暗，拯救光明的使命就交给你了，你什么反应？当然是一拳砸碎玻璃，然后狂热地搞创作去。那可是鲁迅啊，他说我有前途，没前途我都造个出来给你看！

一心向道的李白就是如此，得到道家宗师的激赏，心情十分兴奋，回来后就写下了名篇《大鹏赋》："伟哉鹏乎，此之乐也。吾右翼掩乎西极，左翼蔽乎东荒，跨蹑地络，周旋天网。以恍惚为巢，以虚无为场。我呼尔游，尔同我翔。"这是李白的第一篇成名大作。从此，李白与司马承祯结为忘年交，互有诗赋往来，司马承祯还把李白列为他所结识的诗歌朋友圈"仙宗十友"司马承祯、李白、孟浩然、王维、贺知章、卢藏用、王适、毕构、宋之问、陈子昂之一。

> 岑夫子，丹丘生，将进酒，杯莫停。与君歌一曲，请君为我倾耳听。"

　　这是李白《将进酒》中的名句，其中的丹丘生，名叫元丹丘，是与李白保持了终生友谊的道友。在李白眼中，这个朋友已经得道，能跨海飞天："元丹丘，爱神仙，朝饮颍川之清流，暮还嵩岑之紫烟，三十六峰长周旋。长周旋，蹑星虹，身骑飞龙耳生风，横河跨海与天通，我知尔游心无穷。"（《元丹丘歌》）并且长生不死："云台阁道连窈冥，中有不死丹丘生。"（《西岳云台歌送丹丘子》）

　　这固然是夸张了，但两个人的关系绝不夸张："吾将元夫子，异姓为天伦。"（《颍阳别元丹丘之淮阳》），我们是姓氏不同的亲兄弟。

　　他们一起访师学道："吾与霞子元丹、烟子元演，气激道合，结神仙交，殊身同心，誓老云海，不可夺也。历行天下，周求名山，入神农之故乡，得胡公之精术。"（《冬夜于随州紫阳先生餐霞楼送烟子元演隐仙城山序》）一起谈玄悟道："澄虑观此身，因得通寂照。郎悟前后际，始知金仙妙。"（《与元丹丘方城寺谈玄作》）一起隐居在嵩山寻仙炼丹："提携访神仙，从此炼金药。"（《题嵩山逸人元丹丘山居并序》）

　　而李白第一次入长安时，能够见到唐玄宗，也是因为元丹丘向玉真公主引荐李白，玉真公主再向玄宗引荐，再加上贺知章等人的推荐，事情才得以成功的。

访名山

　　世间若有神仙，他们会住在哪里呢？先不急着说答案，我们来讲个奇遇的故事。

　　刘晨、阮肇两个人上天台山采药，结果迷了路。不过按故事展开的套路，这往往是好运的前兆。

　　他们饥渴交加，突然看到山上某处有桃树，果实已经成熟，两个人赶忙攀爬到那里，吃了几颗大桃子，然后就感觉肚子不饿了，头也不昏了，腿脚也灵便了，精神头也足了。细心的读者当体会，这不是普通的桃子，这是伏笔啊！

他们吃饱后想下山，就顺着水走，结果见到溪流中流过一只杯子，杯子里盛有胡麻饭，二人互相看看，明白这是靠近人烟了，很高兴。然后就在溪边遇见二个女子，容貌姣好，还没想好如何搭讪，人家女子倒先说话了："刘、阮二郎为何来晚也？"

不仅知道他们的名字，还好像旧日相识一样。这是前世姻缘吗？

两个女子邀请他们做客，酒饭款待，宴席结束后，几个侍女捧着桃子，笑着说："二位贵婿随我来。"注意称呼，贵婿，这真是天上掉下个神仙姐姐！再然后，他们就与两个女子结为夫妻，好花月圆了。这样过了十天，刘、阮要求回乡（这说明故事就是故事，如果是真的，谁会想回去啊），仙女不同意，苦苦挽留下，又过了半年。

又是一度子规春啼，刘、阮二人思乡心切，两位仙女终于允许他们回去，并指点了回去的路途。等他们回到家乡后，却找不到旧址，四处打听下，结果在一个小孩子（他们的第七代孙子）口中听到，长辈传说祖翁入山采药，之后便消失了没有音信。原来，他们在山上过了半年，山下竟已经过了几百年。二人见状，只得返回采药处寻妻子，结果却怎么也找不到，他们就在溪边踱来踱去，徘徊不已。后来该溪因此得名惆怅溪，溪上的桥得名惆怅桥。

这是一个记载于《搜神记》上的遇仙故事，那两个女子，就是桃花仙子。

神仙在哪里？其实仙这个字已经透露了玄机，人在山，则仙；人在谷，则俗。所以要遇仙，得访山。李白在《庐山谣寄卢侍御虚舟》中就曾写道：

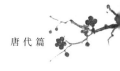

五岳寻仙不辞远，一生好入名山游。

早在四川的时候，李白就走访过不少道教名山：

在峨眉山，他有过羽化飞升的遐想。

在紫云山，他观看斋醮的仪式。

在戴天山，他写下一首《访戴天山道士不遇》：

犬吠水声中，桃花带露浓。树深时见鹿，溪午不闻钟。

野竹分青霭，飞泉挂碧峰。无人知所去，愁倚两三松。

山中春色，溪流潺潺，犬吠隐隐，溪边桃树上的桃花开得正好，幽深的树林中偶尔会看到梅花鹿一闪而过。他沿着溪流的方向信步而行，这条路已走过很多次，熟悉的景色如同老友。可是可惜啊，他要寻访的道人并不在家，问了很多人，没人知道他的去向，倚靠在门前的松树上等了许久，道士仍然未归，不觉有些惆怅。

诗歌意境清幽，其中一句，更是引领潮流许多年，点染出一句流行文案，至今仍在流行：

林深时见鹿，海蓝时见鲸，梦醒时见你。

后来在漫游天下时，他也曾去过嵩山，不过又经历了一次失望。这一次他想拜访的人是女道士焦炼师，李白说她："嵩山有神人焦炼师者，不知何许妇人也。又云：生于齐、梁时，其年貌可称五六十。常胎息绝谷，居少室庐，游行若飞，倏忽万里。世或传其人东海，登蓬莱，竟莫能测其往也。"（《赠嵩山焦炼师》）行走如飞，瞬间万里，果然不是普通人，李白希望成为她的弟子，可惜"尽登三十六峰"，却终未能谋面，于是留诗一首，悄然离开。

受道箓

读书人拜师要先给老师送一份束脩之礼，佛门弟子入佛门要剃度，而道家，则是受道箓（道教教的典册、簿籍）。

天宝三载（744年），李白离开长安，来到山东紫极宫，道士高如贵为李白亲授道箓，至此，李白正式成为道门中人。

受道箓后，他心存感激。不久，高如贵要北行，李白设宴款待，并作《奉饯高尊师如贵道士传道箓毕归北海》一诗留念：

> 道隐不可见，灵书藏洞天。
> 吾师四万劫，历世递相传。
> 别杖留青竹，行歌蹑紫烟。
> 离心无远近，长在玉京悬。

高如贵道士来历、行踪没有很多史料记载，他为李白传道箓后随即归北海仙游而去。但从诗中"吾师四万劫，历世递相传"看，其修行来历绝非一般。

此后不久，李白访道北上，到达德州安陵，遇道士盖寰，后者为他书写真箓，对修道人来说这可是件不容小觑之事，故李白写诗为记："学道北海仙，传书蕊珠宫。丹田了玉阙，白日思云空。为我草真箓（道教的秘文秘录），天人惭妙工。七元洞豁落，八角辉星虹。"（《访道安陵遇盖寰为予造真箓临别留赠》）

这可能是一个级别更高的道箓，但有没有举行过授箓仪式，就不得而知了。

至此我们可以说，李白笃信道家，期盼长生，那么道家的仙风道骨又为李白带来了些什么呢？

霓为衣兮风为马，云之君兮纷纷而来下：简傲与超然

任华在《寄李白》中写道：

平生傲岸其志不可测；数十年为客，未尝一日低颜色。

其实李白的志向、理想是可测的，或者说根本不需要推测，他自己说得明明白白，他在《代寿山答孟少府移文书》中写道：

将欲倚剑天外，挂弓扶桑。浮四海，横八荒，出宇宙之寥廓，登云天之渺茫……申管晏之谈，谋帝王之术。奋其智能，愿为辅弼，使寰区大定，海县清一。事君之道成，荣亲之义毕，然后与陶朱、留侯，浮五湖，戏沧洲，不足为难矣。

他有两个理想，一个是求仙，一个是做官，而且是做大官，立功业，然后功成身退。

他可以求仙，但他不能做官，因为当时的皇帝唐玄宗召人编纂了一部行政法典《唐六典》，对官制，包括科举做了详细规定："刑家之子，工商殊类不预。"规定罪犯、商人的孩子不能参加科举。

李白的祖先曾经被流放碎叶，他父亲李客又是位商人，两条他全中。

所以纵使你天纵奇才，也无缘科举。那怎么办？还有一条路，依靠那些达官贵人的推荐，也可以获得官职。所以李白要去干谒，也就是拜访各种有权力、有名望的人，把诗文呈献给他们看，希望获得他

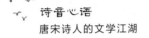

们的推荐。也就是说，你要去求人。

求人就要低头，但李白偏偏不可能低头，因为道家的潇洒出尘赋
予他如仙人一般的贵洁，在他的心里，在他的诗文中，从来无需仰视
仙人仙境，自己是和他们一样的存在，仙人是他的朋友，仙境是他的
家，他们在等待着他的回归。

高洁潇洒、绝对自由的天人，又如何能向人间的平凡与庸俗低头？

我们喜欢的，不也正是他视王侯如粪土、不畏权贵的高傲吗？

他去拜访李邕，希望对方可以提携一下自己，因为"邕素负美名，
频被贬斥，皆以邕能文养士"。但他们之间的第一次见面并不愉快，
李白离开后就留了首《上李邕》回怼对方：

大鹏一日同风起，扶摇直上九万里。

假令风歇时下来，犹能簸却沧溟水。

世人见我恒殊调，闻余大言皆冷笑。

宣父犹能畏后生，丈夫未可轻年少。

不得不说，有才就是好，写首诗跟玩儿一样，随随便便的句子就
惊艳后世你我一千年。

那时李白二十岁左右，正是意气风发的时候，低眉顺目地求人岂
是天人姿态？他求韩朝宗举荐自己，可你看他写的《与韩荆州书》：

白，陇西布衣，流落楚、汉。十五好剑术，遍干诸侯。三十成文
章，历抵卿相。虽长不满七尺，而心雄万夫。皆王公大人许与气义。
此畴曩心迹，安敢不尽于君侯哉！

君侯制作侔神明，德行动天地，笔参造化，学究天人。幸愿开张
心颜，不以长揖见拒。必若接之以高宴，纵之以清谈，请日试万言，

倚马可待。今天下以君侯为文章之司命，人物之权衡，一经品题，便作佳士。而君侯何惜阶前盈尺之地，不使白扬眉吐气，激昂青云耶？

文采飞扬，气势纵横，哪里有半点低声下气之态？要知道，在此之前，李白曾求见驸马张垍，希望见到玉真公主，结果被安排在终南山住了一个多月，受尽冷遇，却无果而终。

求人如吞三尺剑，靠人如上九重天。可李白，人要求，事要做，但就是不肯低颜色。可想而知，他求人的结果会如何。不过上天还是给了他一次异常难得的机会，在真正的朋友元丹丘、贺知章等人的帮助下，他终于见到了玄宗皇帝，并成为翰林待诏，这是李白一生中最闪耀的时刻。《新唐书·李白传》中记载：

召见金銮殿，论当世事，奏颂一篇。帝赐食，亲为调羹，有诏供奉翰林。

他终于来到了皇帝的身边，终于来到了政治舞台，他的行政才能如何？他会改变吗？《新唐书·李白传》记载了这期间发生的两件事：

白犹与饮徒醉于市。帝坐沈香亭子，意有所感，欲得白为乐章；召入，而白已醉，左右以水靧面，稍解，援笔成文，婉丽精切无留思。

白尝侍帝，醉，使高力士脱靴，力士素贵，耻之，擿其诗以激杨贵妃，帝欲官白，妃辄沮止。白自知不为亲近所容，益骜放不自脩。

这就是后世津津乐道的力士脱靴的故事。

快意吗？快意啊！李白吗？很李白啊！

可这样的疏狂举止，却恰恰是为官的大忌，是政治素养极其不成熟的表现。李白希望自己可以做宰相，宰相要具有怎样的能力？

《史记·陈丞相世家》中记载：

宰相者，上佐天子理阴阳，顺四时，下育万物之宜，外镇抚四夷诸侯，内亲附百姓，使卿大夫各得任其职焉。

多么复杂艰巨，可李白连身边最基本的人际矛盾都无法处理，又如何胜任宰相之位呢？无他，性格决定命运，率性坦荡、喜怒分明，洒脱自由的李白，根本就无法在复杂的政治舞台上立足，又遑论表演呢？他自己也意识到了这一点，恳求还山。结果，"帝赐金放还"。（《新唐书·李白传》）

这大约是长安之行的最好结局。

一颗仙心，未能给他仕途的坦荡，却给了他诗途的璀璨。最神奇渺远的仙人仙境与最瑰丽的文字语言、最浪漫无拘的想象相遇后，云行雨施，天造草昧，会孕育出怎样一片灿烂壮美的星河？

此前从未有人，此后也不可能再有人，写出过他笔下那般烟雨迷离、龙变虎跃，气势恢宏壮丽的境界。

我喜欢酒，美酒，我喜欢诗，好诗。除了这些，我还相信神仙，喜欢名山大川。其实它们本是一体，山中有诗，诗需美酒，美酒当和神仙共饮。

人们说起海外的仙岛，飘渺不定，难以见到。但人间的天姥山，在云霞掩映间可以见到。传说那座山上有神仙歌唱过。其实天姥山的美名，早在魏晋时期就已流传，谢灵运，对，我只佩服过他，他就写过"暝投剡中宿，明登天姥岑。高高入云霓，还期那可寻？"（《登临

海峤初发强中作与从弟惠连见羊何共和之》)哪可寻？那就是不可寻，可我真希望自己也能有机会去一趟天姥山啊！要是还能遇到山中的神仙，那真是此生无憾了。

算了，再来一杯酒吧，一梦千年。

月光下，眼前的景色都仿若笼罩在一层薄纱之中，迷离梦幻。这里的山峰重峦叠嶂，主峰高耸入云，湖光月影伴着我轻盈的身姿，亦真亦幻之间，飞至九曲剡溪。啊，谢灵运当年登临天姥山的投宿之地仍在，春水微皱，猿猴轻啼，他当年吟诵"傥遇浮丘公，长绝子徽音"的诗句如在耳畔，他遇到山中的神仙了没有？我穿上谢公为登山而创制的一种木鞋——谢公屐，去攀爬直入云霄的天梯。半山腰处，回首可见红日从东海升起，听到传说中住在东海桃都山顶一棵大树上的天鸡破空一啼。

山路仿若迷宫，幽岩绝壑，奇花异草，这不像是人间所有啊！

我正沉浸其中之时，天色渐渐暗了下来，大雾迷蒙，然后就听到野兽般的叫喊声，像是龙的吟啸，又像是熊的狂呼。突然间，闪电破空，霹雳惊天！山峦崩塌，轰隆一声巨响过后，仙府石门洞开！

我看见无数的仙人穿着霓虹羽衣，坐在鸾凤彩车上，苍龙在前引路，白虎在旁作卫。仙人密密麻麻、熙熙攘攘，猝不及防，我被挤下云彩。

突然下落的感觉让我猛地一惊，一睁眼却发现刚才不过是梦。一声长叹，入梦前的枕席依旧安放在一旁，梦中仙境里的烟雾云雾全都消失不见。

我怅然若失。

这真是一场长长的梦，我为何会做这样的梦？

这个梦境像极了我刚刚进入长安时的景象——那高高耸起的天姥山，不就是我心目中帝京长安的模样吗？那一夜的飞度，扶摇直上，与当年奉诏入京，成为翰林待诏何其相似。那山中莫测的云雨，岂非君心难测的写照？那熙熙攘攘的仙人，未尝不是长安城中的达官显贵；跌下云端，赐金放还。

说不失意，不合人情，其实我一直郁结于心。然而刚刚的这一刻，我忘记了所有，我身非我，物我浑然，种种不如意，轻若鸿毛，微不足道！三年的待诏翰林，也无非黄粱一梦，梦醒皆空，我何必这样耿耿于怀不能放下？

来来，且更进一杯酒，骑上白鹿，去名山寻仙访道，人生贵在适意，怎么能摧眉折腰事权贵，使我不得开心颜呢！

几天后，朋友们来拜访我，我便将这个使我解脱的奇异梦境写成诗，赠给了他们：

海客谈瀛洲，烟涛微茫信难求。越人语天姥，云霞明灭或可睹。

天姥连天向天横，势拔五岳掩赤城。天台四万八千丈，对此欲倒东南倾。

我欲因之梦吴越，一夜飞渡镜湖月。湖月照我影，送我至剡溪。谢公宿处今尚在，渌水荡漾清猿啼。脚著谢公屐，身登青云梯。半壁见海日，空中闻天鸡。千岩万转路不定，迷花倚石忽已暝。熊咆龙吟殷岩泉，慄深林兮惊层巅。云青青兮欲雨，水澹澹兮生烟。

列缺霹雳，丘峦崩摧。洞天石扉，訇然中开。青冥浩荡不见底，日月照耀金银台。霓为衣兮风为马，云之君兮纷纷而来下。虎鼓瑟兮鸾回车，仙之人兮列如麻。忽魂悸以魄动，恍惊起而长嗟。惟觉时之枕席，失向来之烟霞。

世间行乐亦如此，古来万事东流水。别君去兮何时还？且放白鹿青崖间。须行即骑访名山。安能摧眉折腰事权贵，使我不得开心颜！

朋友问我，为何明明没有去过天姥山，却能将天姥山的景象写得如此恍恍惚惚，奇奇幻幻呢？

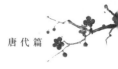

我大笑，神游天地，物我交融，那一刻我就是神仙，安有其不能耶？

这首《梦游天姥吟留别》，首尾清醒，物我相对，是现实。中间梦中神游，彻底忘却现实中的一切纷扰烦恼，尽情体会那些从未体验过的奇异感觉，这种体验尽管非常短暂，却是完整而物我相融的生命体验，生命在这短暂的神游中产生了永恒的意义。

心理学家马斯洛把这种感受称为高峰体验（peak experience）。

马斯洛在调查一批有相当成就的人士时，发现他们常常提到生命中曾有过的一种特殊经历："感受到一种发自心灵深处的颤栗、欣快、满足、超然的情绪体验"。由此而获得的心灵自由，照亮了他们的一生。

道教所赋予李白仙风道骨的气质，融进了他的诗歌里，让他的诗歌变得超尘拔俗。在那里，李白自己的世界里，大江大浪化为仙人，时空变幻颠倒古今都寻常不过，这些无边无际的想象及仙气都来自道教，他喜欢别人叫他"谪仙"，道教是他的精神支柱，却也是他的障碍。

他渴求如神仙般自由，却也渴望能仕途通顺，建功立业，这两者是如此的矛盾。

他对两个理想的追求，让他非常分裂和孤独。

其实，他在创作的时候，在写诗的时候，沉浸在自己的想象世界中的时候，想入非非，自由自在，笔下的世界里他就是神，这种超然无我的高峰体验，不就是神仙境界吗？

属于他的，应该是诗。

挹君去，长相思，云游雨散从此辞：失落与清醒

如果不是"安史之乱"，如果不是永王李璘，李白的第二个梦或许还不会醒。

"安史之乱"发生后，唐玄宗李隆基一行人逃往四川。史书记载说明皇幸蜀，不得不说，皇帝驾临某地曰幸这个表述发明得实在不错，无论事实上有多狼狈，至少在史书记述中依然体面。

在马嵬驿，老将陈玄礼协同太子李亨发动兵谏，杨国忠和杨玉环因之而死。之后陈玄礼向李隆基请罪，而李亨与李隆基父子之间的嫌隙已生，遂分道扬镳：李隆基继续往四川成都走，永王李璘（他是李隆基的第十六子）随行，而李亨则北上去了灵武。

到了灵武后，李亨在身边众臣劝说下登基称帝，是为唐肃宗，尊李隆基为太上皇。此时的李隆基还不知道自己已经"被太上皇"了。他发布诏令，封李亨为天下兵马大元帅，封其他几个王分别为节度使，共同讨伐安史叛军，其中永王李璘所封的势力范围最为富庶。

这个诏令在发布前，高适（著名边塞诗人，但此人才是真正的政治家，眼光卓越）曾建议不可，认为这样可能会导致他们拥兵自重，对抗朝廷，但唐玄宗并没有听，或许是听了也没用，已经别无他法。

于是李璘就去赴任，他所统领的地域最为富有，且没有受到北方战乱影响，十分容易发展，他的下属诸将建议他可以割据一方，以观局势变化，但他并没有回应。

那么请问就目前这个局势，李白你怎么看？

如果是诸葛孔明、贾诩、田丰这些三国时期的一流谋士，他们又会怎么看呢？

　　天下同时有两个皇帝，这是不可想象的。天无二日，民无二主，为了皇权，一切皆可不惜。唐玄宗曾经一日杀三子，马嵬事变中又牺牲了杨玉环，他会轻易放弃自己的帝位吗？此时他手中用以对抗李亨最好的力量是什么？恰是永王李璘。所以他会对李璘有进一步的部署和要求。

　　而在肃宗李亨的眼中，他这个兄弟的威胁远远大于安史叛军，若李璘割据南方自立为王，自己就算剿灭了北方的叛军，也是一个南北朝的局面，他的地位不会稳固，所以他也一定会对李璘采取措施。

　　此时李璘的下一步行动就十分重要。择主的话，要么选择实力相对强大的李亨，比如高适（此时的他已经离开玄宗，跑到了李亨身边为其出谋划策，真是有远见）；要么选择老皇帝玄宗，赌他可以翻盘；要么观望，看李璘会如何反应。

　　李璘亦在这时征召了隐居于庐山的李白，如果你是李白，你会去吗？

　　当然是不去为佳，局势正扑朔迷离，学习过纵横术的李白怎么能在这个时候去呢？连他的妻子都劝他不要去。他的妻子宗氏出身官宦世家，祖父宗楚客政治经验丰富，却仍然死于权力斗争，在她看来李白的政治经验为零，去了必然凶多吉少。

　　李白却认为，这是实现他政治抱负的绝佳机会。

　　他不愿求人，而这次是李璘派人前来请他；他渴望被赏识，此次李璘正是礼贤下士；他的理想是使寰区大定，而此去正是为剿灭叛军。这样的机会以后还会有吗？所以他去得义无反顾。

　　然后李璘行动了，无视李亨的诏令，开始东巡，李白随行并写诗作赞。东巡途中遇到吴郡太守李希言写信质问其意图，结果永王李璘立刻派兵攻打吴郡，同时派遣大将攻打广陵。这就再也说不清楚了，叛军未灭，却先打起了自己人，这难道不是谋逆？最后李亨出兵，李璘兵败被杀，审判同党，李白被判长流夜郎。

经此一事，李白终于清醒了，他根本没有经纶天下的才能，他不是张良，不是鲁仲连，不是范蠡，他尽可以在诗的世界中尽情书写他们，却不能在现实中期待自己成为他们。

他的仕途之梦醒了，那么求仙呢？仙人是否眷顾了李白？

先期汗漫九垓上，愿接卢敖游太清。——和神仙一起约好了接他和朋友走。

终当遇安期，于此炼金液。——如果能碰见安期生，我就和他一起好好炼仙丹。

紫书倘可传，铭骨誓相学。——如果能把成仙的书留给我，我一定刻骨铭心地学习。

仙人如爱我，举手来相招。——仙人如果爱我，就赶快挥手招我过去。

但这些都是他的想象，他终究没有遇见神仙，等待他的是一个又一个失望。他炼制的丹药，也没有令他成仙，反而损害了他原本健康的身体。他不再那么笃定了，仙境真的存在吗？人真的能够成仙吗？

宝应元年（762 年，李白在这一年逝世）的春天，他似乎预感到了自己的生命即将走到尽头，于是前往当涂的横望山看望自己的旧友吴筠道士，或者是一次诀别。然后，他写下了一首长诗《下途归石门旧居》（节选），诗中，他以一种超脱出来的眼光看待曾经学道的往事：

余尝学道穷冥筌，梦中往往游仙山。

何当脱屐谢时去，壶中别有日月天。

我也曾为学道而钻研道经与学仙，往往梦中都在仙山上游行。总盼着有一天会得道解脱而玉，进入那壶中别有日月的仙境。

学道对于自己，已经是过去时了，从前的自己，是那样的渴望另一个神仙世界。

数人不知几甲子，昨来犹带冰霜颜。
我离虽则岁物改，如今了然识所在。

那里一些人已长寿得说不清自己的年龄，一个个肌肤犹如冰雪般洁白。自从我离开那里，一年年地发生了变化，如今，我终于明白了关于仙境的所在。

依然和以往一样，描绘了神仙所在的仙境，但这一次，他说自己了然了。他从没有像这般清醒过，他知道神仙其实也是虚幻，或许他早就知道了吧，只是一直不愿承认。

挹君去，长相思，云游雨散从此辞。
欲知怅别心易苦，向暮春风杨柳丝。

"云游雨散从此辞。"我想这是李白写的最动人的一句诗。

虽然此刻他仍然在描写着神仙的世界，但我们能感受到，他在告别，他终于回到了人间。之前大半生他都相信自己是谪仙人，一心想要离开人间，离开这纷纷扰扰的红尘。然而这一刻他才明白，人间才是他唯一的家。唯有人间，才有那些恨他、想他、念他、倾慕他、欣赏他、排挤他、帮助他的亲人、朋友、爱人、敌人。唯有这一切，才是生命的真实。

他不属于天上，也不属于政治，他属于诗。

若说有遗憾，大约会后悔为什么不尽情地倾泻自己的才华好好写诗，可真的需要遗憾吗？如果没有那些求仙访道、官场周旋的经历，又如何会有那些多姿多彩的诗作呢？

是啊，不需要遗憾，他是李白，用笔墨和诗歌塑造了自己的神话，在诗歌的仙境中，在他挥笔创造的那一刻，他就是神。

他在《春夜宴桃李园序》中写道：

浮生若梦，为欢几何？

宛若做了一个长长的梦，从太上忘情的期盼到漫游山海的傲岸，又到物我两忘的超然，直至不能忘情的清醒。

他终于醒了，天上的事都放下了，人间的富贵功名还有什么放不下的呢？

他不同于苏子，苏子先有得，得到后又失去，在得失之间，在起落浮沉之中彻悟，然后活在当下，随遇而安。李白终其一生，都没有真正得到过。或言李白一生洒脱，其实知我者谓我心忧，不知我者谓我何求，李白一生都在出世与入世的矛盾中纠缠。

现在，放下了，心就安宁了，放下了执着，得到了自在，不就已然成仙了？

其实属于自己的，只是一支诗笔啊！

李白，他找到了自己的那颗心——诗心。

诗心永在，浪漫不死，李白万古！

仁心杜甫——这个男人，不朽

在网文界，流传着黄金三章的说法，开头三章必须冲突满满，金手指齐出，牢牢吸引住读者，否则后面的内容看的人就很少了。所以本篇我们写杜甫，写他的心路历程，这么熟悉的一个诗人，那必须黄金一章才行，我应该开门见山，迅速亮出杜甫的热点：

同床共被、抵足而眠，杜甫与那个男人之间有着怎样的惊天友情？

震惊！杜甫很忙！为何老杜竟会成为高中生二创的热门首选？

李白粉丝、多情诗人、狂妄少年，一个你不知道的杜甫。

一口气看完杜甫的一生：三次落榜、十年漂泊，比苦他还没输过。

惊！忧国忧民的杜甫私底下竟是宠妻狂魔？

别小看这些东西，它们非常管用。想当初，一句"愿有岁月可回首，且以深情共白头"被冠上杜甫的名字之后，着实收割了一波热度，那些所谓的"诗词国学"博主的相关视频点赞量高达二十多万，一时间，什么"最美最甜""惊艳了大唐"的评论铺天盖地而来。

但稍微读过杜甫诗作的人也能一眼看出，这些东西怎么可能是杜甫的手笔？

所以，我偏不，去他的黄金三章，去他的热度。

我要的是读者，不是粉丝（这句不是我说的，我引用，你懂的）。

金庸先生写《倚天屠龙记》，全书四十章，写到第二十三章女主角赵敏才出场，这才是大家手笔。

杜甫有一颗伟大的心，这颗心和之前的每个诗人都不同。这颗心究竟是什么？我偏要先环顾左右而言它，娓娓道来，曲径通幽，一路和你欣赏各种风景，直到水尽处，云起时，才画龙点睛，卒章显志。

所以亲爱的读者，你一定要看到最后，才会知道谜底。

大历（767年）二年十月，此时的杜甫已经五十五岁了，他在夔州别驾元持宅院里，看到了李十二娘的一段剑器舞。"壮其蔚跂"，感到舞蹈雄浑多姿的同时也非常感慨，因为是那么的似曾相识。于是他问舞者是和谁学的，舞者回答他："余公孙大娘弟子也。"

一句话，引起杜甫的无限回忆。

开元五载（717年）时，杜甫五岁，他看到了公孙大娘的剑舞。

在唐代，刀早已取代了剑成为军中的制式装备，用于战场杀敌。不过剑并没有消失，它在其他方面依旧大放异彩，比如剑器浑脱舞。

唐代的舞蹈分健舞和软舞两种，前者节奏明快，后者轻柔唯美。崇尚壮美的大唐时代风气，使人们更倾心于前者。那些传承自南朝的轻歌曼舞实在是过于柔媚了些，《采莲曲》《后庭花》怎么能够体现人们心中的自信呢？

公孙大娘所擅的剑器舞属健舞一类，全名叫剑器浑脱舞，舞者做戏装打扮，一般手持双剑而舞。动作由武术中的攻防动作和舞蹈中的动作融合而成，刚柔并济，恰与大唐的刚健壮美相契合。它的艺术性和观赏性很高，却并非搏击之术。

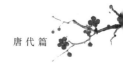

　　公孙大娘中的"大娘"也不同于我们今天口中的大娘，也就是说，公孙大娘并不是公孙大妈。"娘"指的是年轻貌美的女孩儿，比如诗词中常出现的"酥娘""秋娘""云娘"等。"大"的意思则指在家排行老大。公孙大娘就是公孙家的大小姐之意。若用今天的话来形容身着戎装舞蹈服，手持双剑起舞的公孙大小姐之风采，又美又飒，大约不错。

　　怎么样？是不是很想一睹公孙大小姐的玉颜和她舞剑的芳姿？

　　被唤起回忆的杜甫，挥笔写下激动人心的《观公孙大娘弟子舞剑器行》：

　　　　昔有佳人公孙氏，一舞剑器动四方。
　　　　观者如山色沮丧，天地为之久低昂。
　　　　㸌如羿射九日落，矫如群帝骖龙翔。
　　　　来如雷霆收震怒，罢如江海凝清光。

　　第一句就惊艳，她在舞蹈时，整个天地都好像在随着她的剑器舞而起伏低昂，无法恢复平静。接下来一连四句比喻，因为句式相同，都有"如"字，后人称之为"四如句"，将公孙大小姐的舞蹈动作描绘得让人神往不已。

　　后羿射日，天空中烈阳陨落，火焰烧天，云霞乱舞；飞龙拉车，搅动风云，天帝驭龙，法天象地。这两种景象是何等的瑰丽无方，动人心魄！然而它们都是公孙小姐舞姿的比喻，杜甫的想象力，堪称古今独步。

　　别人写动静，常常引用静如处子、动如脱兔，以为这就已经比喻得很好了，可是看我少陵野老，写动如雷霆、静如江海清光，意境壮阔，对比惊人，动与静之间的张力呼之欲出。四如句名不虚传。

闲话一句，有人曾依据此诗论证公孙大娘的剑术有多么高明，武艺有多么的好，是江湖中的一流高手。

不错，她的剑术是很好，但此剑术非彼剑术，此乃舞剑之术，是一种表演性质的功夫。

她的剑器舞，不止影响了"诗圣"杜甫。"草圣"张旭在看过之后，书法大进，"旭言：'始吾见公主担夫争路，而得笔法之意。后见公孙氏舞剑器，而得其神'"（李肇《唐国史补》）。与张旭齐名的怀素，悟性自然也不差："开元中，有公孙大娘善舞剑器，僧怀素见之，草书遂长，盖准其顿挫之势也。"（《乐府杂录》）

自古书画同源，写书法的人能从中得到笔意，绘画的人当然也可以。"画圣"吴道子，擅长用高古游丝描，据说他便是观看过裴旻和公孙大娘的剑舞而有所悟，体会出笔法神韵的。

不经意间，她的剑舞，将"诗圣""草圣""画圣"连到了一起。

绛唇珠袖两寂寞，晚有弟子传芬芳。

临颍美人在白帝，妙舞此曲神扬扬。

与余问答既有以，感时抚事增惋伤。

最喜欢"绛唇珠袖两寂寞"这一句，鲜艳的红唇、绰约的舞姿，如此明丽可亲的意象，偏偏都寂寞了，如此美妙动人的舞蹈，若不能传承下来，将是多么遗憾的事。读到这句，会让人不由自主地想起绛珠仙草，想起林黛玉的前生，伤感凄然之情又更深一层。

不过还好，杜甫今天看到了临颍李十二娘在白帝城重舞剑器浑脱，还有公孙氏当年神采飞扬的气概。同她一席谈话，不仅知道了她舞技的师传渊源，也引起了杜甫追忆往昔的无限感慨。

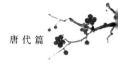

先帝侍女八千人，公孙剑器初第一。

五十年间似反掌，风尘澒洞昏王室。

梨园弟子散如烟，女乐馀姿映寒日。

金粟堆南木已拱，瞿唐石城草萧瑟。

玳筵急管曲复终，乐极哀来月东出。

老夫不知其所往，足茧荒山转愁疾。

想那开元初年，国家强盛，玄宗皇帝亲自建立了教坊和梨园，亲选乐工，亲教法曲，宫廷内外的歌舞女乐有八千余人，而公孙氏的剑器舞在这八千人中也堪称第一。可是一转眼间，就五十年了，一场"安史之乱"，天下风尘四起。玄宗皇帝当年亲自挑选培养的那么多梨园弟子也都在这一场浩劫中烟消云散了。如今只有残存的教坊艺人李十二娘，她的舞姿还在冬日残阳的余光映照下，显现出美丽而凄凉的影子。

玄宗皇帝已经死了，那金粟山的陵墓上，树木已够双手拱抱了吧？自己曾是玄宗时微不足道的小臣，如今流落到草木萧瑟的白帝城里。又是一曲管弦高歌，高歌终会结束，别驾府宅里的盛筵也该散了。

抬头看，月出东山，星月亘古长存，无视人间的繁华与衰落，天地无情啊！

如今杜甫四顾茫茫，行不知所往，长满老茧的双足，拖着一个衰老久病的身躯，应该走向哪里呢？慢一点吧。

杜甫的诗总是能不动声色间就悄然打动人，让人如闻诗人心语，如同和他一起见证，一起感伤。他感伤公孙大娘的离去，伤感梨园弟子的消散，可他真正感伤的，是那个黄金时代的渐渐远去。他真正不能忘怀的，是对一个盛世的追想和那个盛世中的自己。

爱妻怜子

鲁迅曾说："无情未必真豪杰，怜子如何不丈夫？"

但是看唐代那些大诗人的作品你会发现，他们很少，或者说得更准确一点，绝少在诗中秀恩爱，倒不是怕死得快，而是文化氛围如此。迷恋女人，沉溺在儿女情长中，那是要遭人耻笑的。

女人，只会影响他们科举考试时的码字速度。

虽然看不起女人，但是又离不开女人，结果就是，诗人都比较渣——处处留情、红颜众多、露水情缘、蓄养歌妓、纳个小妾，都被视为风流。你若没点偎红倚翠的往事可供谈资，那都不好意思叫著名诗人。

李白有过三段婚姻，还有千金买壁的佳话；白居易有心上白月光湘灵，虽然最后娶的人不是她；白居易好友元稹那就更是多情种子了，和莺莺、薛涛、刘采春等多名女子都有故事；李商隐情路扑朔迷离，留下无数爱情名句，什么"春蚕到死丝方尽，蜡炬成灰泪始干""身无彩凤双飞翼，心有灵犀一点通"等，历代传诵。

对比之下，杜甫就很另类。

因为在感情上，他竟然做到了一生一世一双人。

开元二十九年（741年），时任兖州司马的杜闲托人向司农少卿杨怡提亲，为长子杜甫求娶千金杨氏为妻。当时的杜甫二十九岁，刚刚结束十年漫游，心怀壮志但尚未取得功名，一介布衣而已。而杨氏十九岁。两个人在当时都属于大龄青年男女了，两家也算门当户对，杨怡同意了这门婚事。

婚后，两个人感情融洽，琴瑟和谐，相濡以沫三十余年，不离不弃。

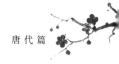

　　杜甫不同于其他人，也不在意世俗的目光，他将对杨氏的情感，时时镶嵌在诗行中，他在诗中赞美、思念妻子，让"妻"这个词，如珠玉般闪烁着温柔旖旎的光芒。

　　杜甫曾为了求官，困居长安十年，十年中，"朝扣富儿门，暮随肥马尘。残杯与冷炙，到处潜悲辛"。长安的生活如此凄苦，幸好杨氏一直陪伴在他身畔，与他一起尝遍人情炎凉、世间冷暖。但长安米贵，居可不易，杜甫后来不得已，将妻子儿女寄居到奉先县，自己则继续奔走。杨氏独自操持家事、静候佳音，这其中的辛苦，唯有带过娃的人才能理解。

　　后来杜甫终于得到了一个小官职——从八品右卫率府兵曹参军，他便请求去奉先县探望家人，想赶快把杨氏接回来。

　　这时，大唐的盛世已现暮色，已掩盖不了背后的疮痍，世事的无常又一次让杜甫感受到了天道的残忍。他在《自京赴奉先县咏怀五百字》（节选）中写道：

　　　　老妻寄异县，十口隔风雪。
　　　　谁能久不顾，庶往共饥渴。
　　　　入门闻号咷，幼子饿已卒。
　　　　吾宁舍一哀，里巷犹呜咽。
　　　　所愧为人父，无食致夭折。

　　没有想象中的喜笑相迎，只有杨氏破碎的哭声。

　　他的小儿子，因为饥饿而死。丧子之痛，无以言表。

　　杨氏可以深深地怨恨、乃至憎恨杜甫，因为在古代，养家本就是男人一个人的事，是杜甫无能，连粮食都弄不到，最后才导致幼子饿死。可长长的五百字，整首诗中，我们都没有看到杨氏有任何一句怨憎之言。在杜甫心中的千言万语，千愁万绪，也只汇成了一句："老妻，老妻……"

他望着妻子悲伤绝望、并不衰老的脸庞，再也说不出其他任何话。

爱意与心疼，愧疚与感激，都在一句"老妻"中。

然而聚散无常，才团聚不久，夫妻俩就又迎来了第二段别离。

同年"安史之乱"爆发，潼关失守，长安陷落，杜甫带着妻子儿女逃难至鄜州。不久，肃宗即位于灵武，杜甫准备前去追随，但兵荒马乱的，带着家眷更危险，于是两个人再一次分别。

杜甫于途中被叛军所俘，押解到长安。在狱中，他抬头望月，想念着远在鄜州的妻子，写出了他的诗作中最为动人的一首情诗《月夜》：

今夜鄜州月，闺中只独看。遥怜小儿女，未解忆长安。

香雾云鬟湿，清辉玉臂寒。何时倚虚幌，双照泪痕干。

在这首诗中，妻子不再是往日笔下的"老妻""瘦妻"模样，而是美得如同一道月光。

月夜闺中，她一个人呆呆地举头望月，思念着远在长安的丈夫，久了，那微微带着一些脂粉香气的雾气打湿了她的头发，在月亮的清辉映照下，她那如玉一样洁白温润的手臂感受到了丝丝凉意。

凉意调动触觉，香气调动嗅觉，远方的妻子仿佛可以触摸得到，可以拥她入怀，轻轻嗅着她发间的清香，向她诉说着自己的思念。

谁说杜甫不会写情诗？情到深处，句句是诗。

这首诗还有一个手法上的特点：对写，从对方的角度进行设想，想象对方思念自己时的情绪、样子，所谓"公本思家，偏想家人思己"。

原本是杜甫思念妻子儿女，可他从对方落墨，想象妻子在月夜里如何对月思念自己。

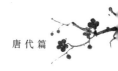

今夜鄜州的那轮月亮啊，此刻你是否正在闺房里独自注视着它？

我们的儿女年纪还小，还不懂得你为何会思念长安。

香雾打湿你了的发，月光使你玉臂生寒。

也不知道，何时我们能并肩坐在那帷帐下，让月色带走彼此脸上的泪痕。

对写法，沟通了双方的感情，然而这种写法，也应该是有信心才能写的。不然你含情脉脉地设想着对方此刻正在思念自己，而此刻其实对方正在月光下深情款款地打麻将、斗地主，那岂不是一厢情愿、自作多情了？

所以杜甫可以写，因为他知道，你是白月光，也是朱砂痣，你是永远，也是唯一。

不久后的夏日，官小且不出名的杜甫借着长安城疯长的草木悄悄逃走，终于来到了肃宗这里，拜官左拾遗。上任后的他很快就卷入一场权力斗争中去，因为劝谏不当，遭到唐肃宗的冷遇而获长假，杜甫终于可以回家探亲了。

当经历了一年的分别，杜甫千里迢迢回到妻子寄居的鄜州羌村时，作诗《羌村三首》（其一）：

峥嵘赤云西，日脚下平地。柴门鸟雀噪，归客千里至。

妻孥怪我在，惊定还拭泪。世乱遭飘荡，生还偶然遂！

邻人满墙头，感叹亦歔欷。夜阑更秉烛，相对如梦寐。

日暮时分，他终于抵达阔别已久的羌村家舍，推开柴门，院子里的鸟雀声声啼叫，惊异地看着这个来自千里之外的归人。

闻此动静，杨氏出门查看，眼前的一幕恍如隔世，让她惊了神：“你竟然还活着。”话还没说完，泪先流了下来。是啊，乱世飘零，久无音讯的人竟能够生还而归，真是偶然了。

长夜无言，摇曳的烛火下，夫妻二人相对而坐，他们因为久别重逢而喜悦，毫无睡意，彼此相看，熟悉又陌生，仿佛在梦中。

他们舍不得熄掉灯烛，恐怕灯灭之后，一切就真的只是梦一场。

就像晏几道在《鹧鸪天》中所写：

从别后，忆相逢，几回魂梦与君同，今宵剩把银釭照，犹恐相逢是梦中。

生离的苦已经尝尽，从今而后，不再分离。

于是他们迎来了生命中最安适的一段岁月，若没有这样一段时光，那老天对待有情人也太不公道了。

成都有杜甫草堂，我曾去过，那里的草堂当然不可能是杜甫时候的草堂，但依然觉得亲切。那天是午后，阳光透过浓密的树枝斑斑驳驳地筛在地上，步随影动，安静祥和。虽然杜甫在草堂生活的时间不足四年，其间还经历过一次离别，但这里仍然是他一生中难得的温暖。

他在《江村》中写道：

清江一曲抱村流，长夏江村事事幽。

自去自来梁上燕，相亲相近水中鸥。（梁上一作：堂上）

老妻画纸为棋局，稚子敲针作钓钩。

但有故人供禄米，微躯此外更何求？

他想下棋，但他们穷得买不起棋盘，可是妻子蕙质兰心，在纸上为他画了一副棋盘，二人之间的清欢，当真令人羡慕。杜甫看着画纸作棋盘的杨氏，看着她认真的眉眼，忽然有那么一瞬间的恍惚，他恍

惚想起，眼前的女子在成为自己的"老妻"之前，也曾是书香闺秀，衣食无忧。

后来，四川叛乱，杜甫最终离开了草堂，再度漂泊，漂泊到了夔州。

而她，一直都在他的身边。

再后来，杜甫死了，死在湘江上的一条小舟中，走在了她的前面。他没能给这个相濡以沫一生的女子立碑写传，但他无数次在诗中唤着的"老妻"二字，已然是最好的传记。

她也没有可以陪伴，可以为之画棋盘的人了。

杜甫曾和一个叫李梓州的官员一起在江上泛舟游玩，当时有歌妓在船上。在当时，狎妓可称风流、纳妾亦属寻常，李梓州当时也有点想法。

杜甫写诗给他："立马千山暮，回舟一水香。使君自有妇，莫学野鸳鸯。"

这大约就是杜甫的爱情观，世间固然有许多诱惑，但自从有了你，那些我都不会再看一眼。

杜甫一直很穷困，经常"囊空恐羞涩，留得一钱看"（《空囊》），虽说没钱，但留着一文钱看看也是好的啊！然而他从外面回来时，仍不忘想办法给妻子带一些女人喜欢的饰品礼物，他在《北征》中写道：

粉黛亦解苞，衾裯稍罗列。

瘦妻面复光，痴女头自栉。

当她看到丈夫带回的粉黛、衾裯之类的东西时，脸上还是露出了喜悦的光彩。谁说贫贱夫妻百事哀？能于苦难中相濡以沫、生死相依，何尝不是一种幸福？

杜甫深爱自己的亲人，请记住这第一个结论。

悲悯百姓

何谓悲悯？

真正的悲悯，至少要具备这样几层含义：

一、愿意面对、了解真正的人间疾苦

在《六一诗话》中有这样一个故事，进士许洞善于写诗词文章，他曾和一些僧人分题约定写诗，规定——

因会诸诗僧分题，出一纸约曰："不得犯此一字。"其字乃山、水、风、云、竹、石、花、草、雪、霜、星、月、禽、鸟之类，于是诸僧皆搁笔。

没有了这些字，他们就写不了诗了，这说明他们只能写这些。

在唐代，杜甫之前有那么多诗人，王勃、杨炯、卢照邻、骆宾王、张若虚、陈子昂、虞世南、苏味道、沈佺期……每一个名字都上得了中国文学史。

与杜甫同时代的，也有许多诗人，李白、高适、岑参、王维、孟浩然、张九龄、王昌龄……每一个名字都无比闪耀，都那样的如雷贯耳。

他们写风景、写羁旅、写送别、写边塞、写田园、写隐逸、写闺怨、写宫廷、写都市、写山水……他们咏物、咏史、咏怀、悼亡、记行、凭吊、唱和……

他们留下那么多千古传诵的名句：

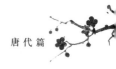

海内存知己，天涯若比邻。

春江潮水连海平，海上明月共潮生。

得成比目何辞死，愿作鸳鸯不羡仙。

忽如一夜春风来，千树万树梨花开。

海上生明月，天涯共此时。

大漠孤烟直，长河落日圆。

……………

但他们中，可有人写百姓生活，人间疾苦？

没有，即使有，也只是蜻蜓点水的偶尔之作，从来没有人真正把目光对准小人物，聚焦生活中的琐屑、平凡乃至苦难。因为那些东西，都没有"诗意"，它们让人觉得不悦、不美，所以何必关注、何必去写？

只有杜甫，他要去写，写这些在其他人眼中不"美"的东西，并把它们写得那样真实、惊心动魄——

堂前扑枣任西邻，无食无儿一妇人。不为困穷宁有此？只缘恐惧转须亲。

况闻处处鬻男女，割慈忍爱还租庸。

君不见青海头，古来白骨无人收。新鬼烦冤旧鬼哭，天阴雨湿声啾啾！

孟冬十郡良家子，血作陈陶泽中水。野旷天清无战声，四万义军同日死。

朱门酒肉臭，路有冻死骨。

丧乱死多门，呜呼泪如霰。

……………

039

这样的诗，除了杜甫，有谁能写，有谁敢写，有谁愿写？

世上疮痍，人间疾苦，尽作笔底波澜。

二、用平等的身份，绝不居高临下

悲悯意味着尊重。

李绅写《悯农》："锄禾日当午，汗滴禾下土。谁知盘中餐，粒粒皆辛苦。"

白居易写《观刈麦》（节选）："足蒸暑土气，背灼炎天光，力尽不知热，但惜夏日长。"

他们也书写底层人民的艰辛，但在诗中，你感受不到深沉的悲悯之情。白居易在写完农人的艰辛后，发了几句议论："今我何功德？曾不事农桑。吏禄三百石，岁晏有余粮，念此私自愧，尽日不能忘。"意思是说，我觉得自己很惭愧，我有官职在身，不需要从事农业劳动，俸禄很多，一年到头有剩余的粮食。

用自己官吏的身份去对比，进而感到惭愧，这其中能有多少悲悯的成分呢？到底还是一种旁观，一种俯视。

所以他们都比不了杜甫，比不了那撼动千古的"三吏""三别"，我们一起看看《无家别》。

> 寂寞天宝后，园庐但蒿藜。
> 我里百余家，世乱各东西。
> 存者无消息，死者为尘泥。

咦？杜甫怎么突然说自己的园子里长满了野草，又说从前乡里有一百多户人家，说他们因为世道混乱，都各奔东西了？乾元二年（759

年）里的他不是应该正漂泊在旅途中吗？

是的，杜甫此刻应该正跋涉在艰险崎岖的陇蜀途中，所以诗中的"我"，并非作者杜甫本人，而是无家别的主人公，一名从邺城之战败退后跑回家乡的士兵。

杜甫是在使用内聚焦的视角来讲述这段途中所见。他之所以放弃旁观者的身份，化身为"我"，进入人物内心，是他的情感使然。不如此，就不能抒发心中百感交集的情绪。

"我"已不能旁观，"我"虽无力回天，不能改变什么，但至少可以化身为你，与你一同呼吸，感受你心中的苦痛。仅就这一点，已高出无数"俯视"苦难的诗人。

"我"在战场上早已见惯了死亡，其实人死只是一瞬间的事，一支流矢，一下劈砍，人就没了，见多了，就麻木了。

活着的人没有任何消息，死去的人，埋了，就是尘泥。

或许我们这些普通人的生命，本来就和尘泥一样。

贱子因阵败，归来寻旧蹊。

我这个卑贱之人从战场上败退下来，回到家乡，也不敢有什么其他奢望，只想寻找一下从前曾经行过的小路。

此刻的"我"，空洞麻木，不敢有任何希望。

久行见空巷，日瘦气惨凄。
但对狐与狸，竖毛怒我啼。
四邻何所有？一二老寡妻。

一个人都没有，到处都是空空的巷子。太阳会瘦吗？这个"瘦"

字用得真是好,太阳不仅会瘦,还会变黑。

《静静的顿河》中有这么一句话:

他好像是从一场噩梦中醒了过来,抬起脑袋,他看见自己头顶上一片黑色的天空和一轮耀眼的黑色的太阳。

因为此刻的男主,正悲伤绝望到极致。

这种表现手法叫作移情。

这部小说的结尾,葛利高里回到了顿河故乡,母亲不在了,妻子不在了,刻骨铭心的爱人不在了,只有儿子迎接他,苍凉得令人心痛……

而无家别中的这名士兵,比他更为凄凉。

狐与狸早已把这里当成了自己的家,"我"反倒成了打扰它们的陌生人。此刻的"我",凄凉、孤寂,但终究还活着,活着就好,就值得庆幸。

宿鸟恋本枝,安辞且穷栖。方春独荷锄,日暮还灌畦。

儿不嫌母丑,狗不嫌家贫,故乡始终是故乡,我又怎么会嫌弃呢?耕一耕地,浇灌浇灌菜园,总算回家了。

此刻的"我",心中有了一丝希望。

县吏知我至,召令习鼓鞞。

原来就连这点卑微的心愿,都不能实现。

"我",又要去服役了。

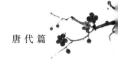

虽从本州役，内顾无所携。

近行止一身，远去终转迷。

家乡既荡尽，远近理亦齐。

虽然服役，至少在本州，但想收拾点东西带走时，却发现家徒四壁，一无所有，竟然没有任何可以带走的东西。一层悲也。若是去得近，也只有"我"一人孤独前往；若是去得远，那便前路茫茫，死生难料。二层悲也。其实远去还是近行，都无所谓的，因为"我"的家中其实什么都没有了，没有亲人，没有牵挂，没有温暖。"我"竟然还在计较什么远近，多么可笑啊！看似自我宽慰，但这宽慰自己的理由无比寒凉，三层悲也。

寥寥数句，心中悲苦层层叠加，重重转深，若不用内视角与之同感其苦，如何能下得了笔。

《史记·屈原贾生列传》中写道：

人穷则反本，故劳苦倦极，未尝不呼天也；疾痛惨怛，未尝不呼父母也。

已经被重重悲伤压至绝望的"我"，想起了母亲。

永痛长病母，五年委沟溪。生我不得力，终身两酸嘶。

结果却是更深的悲痛。您也许就不该生"我"，"我"没有对您尽过一天的孝道，甚至连死，都不能好好的安葬您。

天啊！

人生无家别，何以为蒸黎！

明朝有一位热情的杜甫研究者名叫王嗣奭，他在评论"三吏""三别"时说："非亲见不能作，他人虽亲见亦不能作。公以事至东都，目击成诗，若有神使之，遂下千秋之泪。"

为什么他人不能作？因为没有真正悲天悯人的情怀，就写不出这样的诗。

三、希望能够帮助对方摆脱苦难，为此，有着甘愿自我牺牲的勇气和精神

杜甫在写给朋友的诗中，常常勉励对方不要怕牺牲：

严武入朝时，他说"公若登台辅，临危莫爱身。"（《奉送严公入朝十韵》）

道州刺史裴虬在任上，他于长沙寄诗对他说，"致君尧舜付公等，早据要路思捐躯。"（《暮秋枉裴道州手札率尔遣兴》）

如果杜甫仅仅是这样，总是要别人去莫爱身、思捐躯，自己却无动于衷，那我是不会佩服他的，他也谈不上有什么悲悯之心。

可杜甫真正的心态是：

君不见潇湘之山衡山高，山巅朱凤声嗷嗷。
侧身长顾求其群，翅垂口噤心甚劳。
下愍百鸟在罗网，黄雀最小犹难逃。
愿分竹实及蝼蚁，尽使鸱枭相怒号。

在《朱凤行》这首诗中，杜甫笔下的朱凤，惆怅忧伤，孤独失意，

但依然怜惜受困的百鸟，尤其是那最小的黄雀。如果可以，它愿意将自己的食物分给那蝼蛄和蚂蚁。而毫不在意那猫头鹰的叫声。

杜甫当然是在托物言志，他用朱凤比喻自己，用百鸟、蝼蚁比喻平民百姓，用鸱枭（猫头鹰）来比喻压迫平民百姓的贪官恶吏。

他愿意牺牲自己赖以生存的食物，只为能帮百姓摆脱苦难。

这首诗，写于他去世的前一年。

这是他，为自己的一生所愿所做的总结。

如果能够使百姓脱离苦难，他甘愿自我牺牲，他在《凤凰台》（节选）中写道：

> 我能剖心出，饮啄慰孤愁。
> 心以当竹实，炯然无外求。
> 血以当醴泉，岂徒比清流。

心可以献出，血也可以献出，只为能够"一洗苍生忧"！

而将这种自我牺牲精神表现得格外动人的，是他在成都草堂居住时，在第二年的八月，一场大风雨袭击了他所居住的茅屋后，所诞生的那首被传诵至今的诗——《茅屋为秋风所破歌》：

> 八月秋高风怒号，卷我屋上三重茅。茅飞渡江洒江郊，高者挂罥长林梢，下者飘转沉塘坳。
>
> 南村群童欺我老无力，忍能对面为盗贼。公然抱茅入竹去，唇焦口燥呼不得，归来倚杖自叹息。
>
> 俄顷风定云墨色，秋天漠漠向昏黑。布衾多年冷似铁，娇儿恶卧踏里裂。床头屋漏无干处，雨脚如麻未断绝。自经丧乱少睡眠，长夜沾湿何由彻！

安得广厦千万间，大庇天下寒士俱欢颜，风雨不动安如山。

呜呼！何时眼前突兀见此屋，吾庐独破受冻死亦足！

这首诗动人的，不是字词，而是那流转在诗中的气势、文气！

秋风怒号，卷我重茅，然后用茅字作接字，形成顶真修辞，句子蝉联而下，号、卷、飞、洒、挂、飘、沉，一路动词扫荡，气势如虹。

"南村群童……"一句中，有两个人物，一是群童，一是"我"。之后两句为盗贼、抱茅去的主语是群童，承接群童而来。唇焦口燥，倚杖叹息两句的主语是"我"，承接"我"而来。脉络清楚，气势连贯。

然后写屋破又遭连夜雨的苦况。

风云墨色，天地昏黑，渲染出暗淡惨愁的氛围。

被子冷，不耐寒，一重难；踏里裂，又破了，不能盖完，两重难；偏偏此时大雨滂沱，三重难；"安史之乱"后的杜甫本就常常失眠，四重难；重重叠加，终于逼得他大声喊出一句"长夜沾湿何由彻"！这日子还过不过了！

只看句子，内容是一层比一层惨，若论气势，却是一重比一重足。

最后，终于来到千古名句处。

若无推己及人、悲悯苍生的伟大情怀，断然写不出如此诗句：

安得广厦千万间，大庇天下寒士俱欢颜！风雨不动安如山。

这一段，前后用七字句，中间用九字句，主谓宾奔腾而下，句句蝉联，"广厦千万间""大庇天下""不动安如山"，遣词用语境界宏大，音节明快流畅，节奏铿锵有力，直接推出情感的最高潮：

呜呼！何时眼前突兀见此屋，吾庐独破受冻死亦足！

自我牺牲。

——见过疮痍满目，走过崎岖坎坷，有过生离死别，才知不独唯己，原来众生皆苦。

他不是神，也不是官，不能渡你们到彼岸，也没有办法免除你们的徭役，但他还有一支笔，上天赋予他写诗的才华，也许就是要他为你们立言。

诗句冰凉入骨，诗情却温厚如斯。

凄楚的内容与奔腾倾泻一般的气势，内容与形式，恰好形成一种张力，构成一个隐喻，一个象征。那就是，那"长夜沾湿何由彻"的痛苦生活并没有让他消沉绝望，他反而从中迸发出不灭的希望与抗争。

世界以痛吻我，我要报之以歌。

这才是杜甫，这才是诗圣！

唐人的诗，璀璨如星河，能令人佩服的作品，多到目不暇接。可是一读就能让人感动的诗，必定有杜甫。

杜甫悲悯百姓，请记住这第二个结论。

致君尧舜

在许多人眼中，杜甫应该是一个"官迷"。

文史大家郭沫若就曾淡淡地评论："完全可以肯定，杜甫是有雄心壮志的人，他总想一鸣惊人，一举而鹏程万里，但这种希望，他一辈子也没有达到。很强的功名心不能落实，结果可以转化为很强的虚荣心。杜甫也就为这种毛病所侵犯，他的虚荣心也十分惊人。"

若仅从杜老先生的行为上看，还真就没法给他洗白。

在唐代做官途径大概有三种：

一是科举考试。唐太宗曾经开心地在御史府（考试进士的地方）看着鱼贯而入的进士说天下英雄入吾彀中矣。由科举而入仕途，名正言顺。

二是献赋谋仕。通过献给皇帝自己的诗文来打动皇帝，以此直接获得官职，快捷方便，平步青云。

三是干谒权贵。谒是拜见，干为求取。人家皇帝毕竟是九五至尊，你不可能随随便便就有直接陈情的机会。要不然皇帝一天也不用干别的了，天天读"陈情表"就好。所以要先去拜访京城中那些有权有势的达官贵人、京圈大佬，请求他们为自己向皇帝引荐，从而获得官职。

杜甫为了仕途，走的是哪一条路呢？回答是以上都对，他全部试过。

开元二十三年（735年），二十三岁的他在洛阳参加了一次考试。原本考场是应该设在长安的，但那一年大概是老天已经预知了杜甫的考试结果，所以很伤心，一直在下雨，导致长安一带雨水太多，粮食欠收。于是唐玄宗便迁往洛阳，考试亦于洛阳举行。

这一年的进士只录取了二十七个人，没有杜甫。

落榜后的他心境如何？没有诗作记载，也没有什么史料可以查证，但似乎影响不大。毕竟那时的杜甫正值年少轻狂，什么贾谊、曹植、刘桢都不放在眼里。而且这次科举考试是常科，一年一次，难度一般，所以杜甫应该不是特别在意，之后直接去山东一带漫游去了。

天宝六载（747年），杜甫三十五岁，他又一次参加了考试。这次考试比较特别，是由唐玄宗下诏，天下有一艺者赴京应考，专门选拔在文学艺术等方面有杰出才能的人。这是制举考试，级别很高，杜甫非常看重。他觉得这就是为自己准备的考试。此时的他旅居长安多年，阅历了种种人情冷暖，诗艺早已纯熟圆融。自己有艺，君主有"意"；一个是待价而沽，一个是渴求贤才；一个是美玉无瑕，一个是阆苑仙

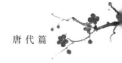

蓖；一个……跑偏了。

然而，因为一个人，本次考试沦为了一个局。

这个人就是"口蜜腹剑"成语的主角——李林甫。

作为一个合格的大反派，他的人设如下：

谄媚惑主，忌贤妒能，笑容人畜无害，行动心狠手辣。

他从前的"光辉"履历如下：

排挤名臣张九龄、严挺之，使其先后离开京师，两个人不久以后抑郁而死；

贬左丞相李适之为宜春太守，不久迫其自杀。

与李适之交好的房琯也被贬为宜春太守。

遣刺客杀死当朝名士、时任北海太守的李邕。

与李白金龟换酒的贺知章，因为惧怕他的迫害，明哲保身，走为上策，请度为道士，归乡养老去了。

这样的"人才"操纵考试，考试结果可想而知——无一人被录取。

那皇帝怪罪下来怎么办？李林甫的回答堪称厚黑学之典范。

问：为什么本次考试录取率竟然为零？

低情商：考试有诈。

高情商：野无遗贤。

"野"指朝廷之外，在朝廷之外的民间已经没有任何遗漏的人才了，所以才录取不到人。这不仅没有什么问题，还值得庆贺，因为这说明人才都已经集中在朝廷了，都在皇帝您的身边了。

一个让杜甫受伤的结果就这样完美达成了。

杜甫最接近成功的一次，是向皇帝直接献赋。

天宝十载（751 年），在正月八日至十日的这三天里，唐玄宗一连举行了三个大典：祭祀玄元皇帝、祭祀太庙和祭祀天地。

起因是天宝九载（750 年）十月，太白山人王玄翼上书说自己见到了玄元皇帝（就是道家的老子），并且宝仙洞中出现了妙宝真符。玄宗非常高兴，认为自己求道有成，长生有望，于是全国各地纷纷"从善如流"地上书报告出现了祥瑞，什么奇花异草，珍禽灵兽组团出现，不明白的还以为《山海经》重现人间了呢。那位李林甫更是技高一筹，在自己家中设坛向天祈祷，为皇帝求长生。于是龙颜大悦，三天三大祭祀。皇家祭典，自然隆重非常，程序、规格等都极为讲究，但在今天的我们看来，无非还是吃得太饱之故。

杜甫借此机会写成了三篇《大礼赋》，记颂其事，分别为《朝献太清宫赋》《朝享太庙赋》《有事于南郊赋》，并附上一篇《进三大礼赋表》，来说明写作缘由，一起投入了延恩匦（铜质意见箱）中。

这次他为什么不写诗了呢？

因为诗不足以展示他的文学才能，也不足以对祭典进行细致的描写，而赋这种文体就很适合如此盛大庄重的场合。

杜甫的天才其实未必就逊色于李白，只是被他一直以来的忧国忧民、穷困潦倒的形象给掩盖了而已。

这三篇大赋献上后，唐玄宗看了非常满意，命专人去考查杜甫文学才能，准备授予官职。这一刻是杜甫在长安十年中的高光时刻，就如耀眼的流星。

是的，如流星，一闪即过。考试后的他满怀希望地等待结果，却没了下文。

有人说这依旧和李林甫有关，却与杜甫无关了。

但这次功败垂成使他看到了希望，在天宝十三载（754年），他又接连献了两篇赋文，《封西岳赋》和《雕赋》，目的依然是求官，渴望进仕，但依旧无果。

第二条路没走通，还有第三条路——干谒。

长安十年，他分别写过：

（一）《赠韦左丞丈济》；

（二）《奉赠韦左丞丈（济）二十二韵》；

（三）《奉赠鲜于京兆二十韵》；

（四）《投赠哥舒开府翰二十韵》；

（五）《赠翰林张四学士垍》；

（六）《奉赠太常张卿垍二十韵》（"垍"或作"均"，乃垍之兄，但张均曾为大理卿，不曾为太常卿）；

（七）《上韦左相（见素）二十韵》，等等。

也就是说，他至少分别求过左丞相韦济、左丞相韦见素、京兆尹鲜于仲通、来长安朝谒的哥舒翰、玄宗的女婿翰林张垍等人。

但这些人没一个靠谱的。

韦济曾经将一个骗子道士张果引荐给唐玄宗。

韦见素倒是没啥劣迹，但他是杨国忠所引用的人，其人品也自当存疑。

鲜于仲通是四川土豪，与杨国忠互相勾结，他先利用杨国忠与杨玉环的关系捧其上位，待其上位后又让杨国忠来提拔自己，成为京兆尹，互利互惠。

哥舒翰呢，在"安史之乱"中守丢了潼关，然后直接向安禄山投降了，称安为"陛下"，最后被安庆绪所杀，没什么气节可言。

至于张垍，曾忽悠过李白，作为玄宗宠爱的女婿，最不该投降的他也在"安史之乱"中投降了，最后被安禄山的部下所杀，也是个没有骨气的人。

就是这些人，杜甫称赞他们是当世杰出的人物，是难得一见的人中龙凤、千里马。这些诗的写法都差不多，先恭维一下对方的功业，然后诉说自己的可怜与无奈，最后用典故或寄托的手法表达出自己希望得到举荐的本意。

了解了这么多，说杜甫是官迷，大约没冤枉他吧？

不，还是冤枉他了。

如果杜甫就怀着这样一颗汲汲于富贵之心，那他凭什么被后人尊为"诗圣"？这样的人岂配称"圣"？

看人应视其所以，察其所由，那么，杜甫求官为的是什么？

为的是"致君尧舜上，再使风俗淳"。（《奉赠韦左丞丈二十二韵》）

做官不是目的而是手段，仕途不是终点而是起点。他真正的心意是成就君主，辅佐君主成为尧舜那样的明君；他真正的心意是成就百姓，让百姓再一次享受到难得的太平。

放下尊严，四处求官的丑态背后，却是一颗兼济天下的儒者之心。

仅从这一点上来看，杜甫具有政治家的品格（才能另说）。政治家与官僚不同的地方在于，前者得到了权力之后，要利用权力做一些有益于百姓、天下的事，而后者的目的仅仅就是得到权力。

察其所安，人心最难测，如何知道他是否真的会如此做呢？假如给他这样一个机会，不就一切都明白了吗？

老天真的给了他这样一个机会——一个注定以悲剧收场，却可以证明自己信念的机会。

在"安史之乱"中，杜甫曾被抓住送往长安，但他是大唐子民，绝不屈服于叛贼。好在最终找到机会逃脱了，一路逃亡，长途跋涉，最后终于来到了凤翔拜见肃宗皇帝。

史书中称赞他"数尝寇乱，挺节无所污"，他见肃宗皇帝时，衣袖残破，两肘都露在外面，脚上也只穿着麻鞋。肃宗很感动，任命他为左拾遗。

左拾遗，顾名思义，拾遗补缺，指出他人的过失缺点并帮他改

正。这个官职的职责就是当看到皇帝的诏令有不合适、不合理，甚至不对的地方时，就要提出批评，提出改正的意见。同时还有举荐贤良的责任。

杜甫的心愿是致君尧舜，还有比左拾遗更适合他的职位吗？所以说这是上天给他的机会。但残忍的是，这并不是一个实现他愿望的机会。

因为左拾遗属于谏官，自古谏官最难当，也最危险。若评选哪一种官职对"伴君如伴虎"这句话体会最深，那一定非谏官莫属。

给皇帝挑错，你挑了是尽职，却容易触怒皇帝，有杀头的危险。可你若不挑，那就是失职，失职就是欺君，也得死。你挑了，但只是泛泛而谈，不痛不痒，那是明哲保身，是不忠的表现。既然怎么都不行，那不干了总可以吧？也不可以，惜身爱命，不愿为国尽忠，留你何用？所以你也不能不干。

杜甫刚上任不久就面临着这样的选择难题。

当时朝中针对宰相房琯正进行着一场权力斗争，结果房琯失败了，要被免去宰相职务。给出的理由是他门下的琴工董庭兰收人贿赂，不然便不为朝官引见宰相。

房琯被罢相是权力斗争失败的结果，所以理由并不重要，不过是随便加上的一个而已。但若从律令法规上看，因为门下人受贿便罢免宰相，显然是不合适的。那么作为谏官的杜甫是说话还是不说话呢？

说了必然被认为是房琯一党，要受牵连，不说就有失左拾遗的职责。

明哲保身，还是挺身而出、犯颜直谏？

杜甫选择了后者。

有人说杜甫没有政治眼光，连这件事的性质是一场权力斗争都看不出来。罢相的理由无关轻重，哪怕理由是房琯家的猫偷吃了皇帝家的鱼，那也没啥问题。但杜甫又不傻，他知道要想得平安，放着不管就行。但他的原则不允许他这样做，所以他上书说："罪细，不宜免大臣。"意思是不可以因为这样一件小事就罢免宰相，这是不符合程序的。

然后皇帝就怒了，"诏三司亲问"，三堂会审。幸好有人替他求情，他自己也再三解释原因，才堪堪躲过这一劫。但他的政治生涯，也实际上宣告结束了。

致君尧舜，无非好梦一场罢了。

杜甫四处奔走了那么多年，求了那么多人，甚至不惜颜面，不顾尊严，然而当他真正得到实现理想的机会后，却发现政治是那样的复杂，充满了看得见看不见的种种斗争，而并不是每个君王都想要成为尧舜。他无力应付如此复杂的局面。致君尧舜，大概只有管仲、张良、孔明那样的人才能做得到吧？

梦醒了，从此以后就心如死灰了吗？

不，伟大才刚刚开始。

杜甫在《自京赴奉先县咏怀五百字》中写道：

葵藿倾太阳，物性固莫夺。

他把自己比作葵藿，这俨然是一句终身的誓词，无论在什么时候、什么处境，都不会改变自己关心国家局势、关心百姓苦乐的"物性"。（《江汉》）

在去世前一年中，他依旧写道："落日心犹壮，秋风病欲苏。"

达则兼善天下，穷，也不肯独善其身。

他的政治理想比任何人都更加纯粹，没有私利，没有权谋，没有背叛，永远闪耀着理想主义的光芒，不会老去。

杜甫爱天下苍生，请记住这第三个结论。

天心若何

仁者，为天地立心。

现在，我们要下结论了，杜甫到底拥有一颗什么样的心呢？回想一下我们此前的三个结论：杜甫爱妻怜子、悲悯百姓、爱天下苍生。他的爱，推己及人，从身边人开始推及天下人，这不就是"仁"吗？

所以，杜甫拥有一颗真正的仁心，也唯此，才能称圣。

这个男人，为天地立心，不朽！

平常心白居易——通俗不媚俗，
独步天下的白氏叙事诗

　　提起白居易，我们第一时间想到的就是"在天愿作比翼鸟，在地愿为连理枝""同是天涯沦落人，相逢何必曾相识"，当然，若你是学生，印象最深的可能还是课文后面那句：朗读并背诵全文……

　　有人认为，他是世间第一有福之人：才高名盛、夫妻恩爱、甥侄孝顺，有别墅、有挚友、有红颜知己、有官位，并且长寿。

　　也有人觉得这样看他的人，是没看到他痛苦的一面：没有生在盛唐，少年时经历战乱和贫苦；苦读入仕，在正是可以大展宏图的年华，却因言获罪，被贬江州；大女儿早殇，挚友先他而去；晚年的他自身也饱受病痛折磨。

　　这都是他，认真品味生命给予他的喜、怒、哀、乐，然后终于得到了一颗平常心。

　　平常心是道。

　　所以他做到了无愧于自己的名字，白居易，字乐天，如同《周易》中的一句话：

　　乐天知命，故不忧。

喜悦

人生有四喜：久旱逢甘霖，他乡遇故知。洞房花烛夜，金榜题名时。

知己

那个人走了。

走了快十年了。

但白居易忘不了啊，思念一直伴随着他的余生，于是他在《梦微之》（节选）中写道：

漳浦老身三度病，咸阳草树八回秋。

君埋泉下泥销骨，我寄人间雪满头。

"我的身体也已经很不好了，这把老骨头，大病三回了。而春去秋来，长安城的野草在八年间，枯了又荣，荣了又枯，换了一茬又一茬。可是你啊，你在黄泉之下，泥土侵蚀着你的骨肉，最终会化作一抔黄土，而我如今虽在人世，却也是白发苍苍了啊！"

白居易开始追忆两个人过往的点点滴滴。

"那一年，你在骆口驿看到了我题写在驿站墙上的诗，于是笑着给我写诗。"

二星徽外通蛮服，五夜灯前草御文。

我到东川恰相半，向南看月北看云。

"我想象着你一会儿看月，一会儿看云的样子，觉得一定非常有意思。后来我们每到一地，都会先去驿站的墙壁上找一找，看有没有对方留下的诗。"

蓝桥春雪君归日，秦岭秋风我去时。

每到驿亭先下马，循墙绕柱觅君诗。

"那一天，大概是元和四年（809 年）的某一天，我和李十一同游，那天的景色很好，我突然间就想起了你，要是你也在，我们能一起欣赏这眼前胜景，该是多么惬意的事。可惜啊，有些伤感，我就写诗感怀。"

花时同醉破春愁，醉折花枝作酒筹。

忽忆故人天际去，计程今日到梁州。

"然而我后来才知道，就在那一天，你晚间夜宿在汉川驿，做了一个梦。梦见与李十一，还有我，一同游览曲江，还一起去慈恩寺。后来你突然就醒了，邮吏说天已经亮了。你不禁写下一首诗。"

梦君同绕曲江头，也向慈恩院院游。

亭吏呼人排去马，忽惊身在古梁州。

天下人认为这是一件奇谈，其实二人心有灵犀，彼此思念，感而有梦，千里神交，又有何奇？

那一年，长安正是秋天，"零落桐叶雨，萧条槿花风"。知己从长

安离开，以后在这里，他再也没有可以心意相通的人了。

勿云不相送，心到青门东。
相知岂在多，但问同不同。
同心一人去，坐觉长安空。

"你走后，我觉得偌大的长安城都是空空的，明明长安那么繁华。后来我给你写信，本来都已写完，要封入信封中了，可总觉得还有许多话没有说，重读了一遍，觉得应该再补充点什么。"

心绪万端书两纸，欲封重读意迟迟。
五声宫漏初明后，一点窗灯欲灭时。

"思绪万千，心潮起伏，不知不觉，就写了一夜的信，直到天亮，你说是不是很可笑？但我知道你不会笑我的，因为你想我的时候，不也是这样吗？"

官家事拘束，安得携手期。
愿为云与雨，会合天之垂。

"你希望我们能像云和雨那样，在天边相会。"

晨起临风一惆怅，通川溢水断相闻。
不知忆我因何事，昨夜三更梦见君。

"我也常常会梦到你，只是常常不知道你那里有什么事。"

把君诗卷灯前读，诗尽灯残天未明。
眼痛灭灯犹暗坐，逆风吹浪打船声。

"那一年，我被贬为江州司马，独自坐在舟中漂泊，心里无限凄凉，只有翻看你写的那些诗，才能换得一些安慰。"

残灯无焰影幢幢，此夕闻君谪九江。
垂死病中惊坐起，暗风吹雨入寒窗。

"这样的句子，就算是寻常人读了也承受不住那种惊痛，更何况是我，有你这样怜惜我，贬谪又算得了什么？我无憾矣！"

两人之间的深情，让后世无数人为之动容。

那个人，定然是白居易的知己无疑了。

白居易的人生喜悦之一，就是拥有元稹这样一个朋友。他们两个人的友情可以说是晚唐官场上最动人的篇章。

最美的故事，总是从少年才子，鲜衣怒马开始的，这两位也不例外。

白居易少年成名，虽然还未登科，写出的诗句却已经被广为传唱，因而很多诗会都邀请他参加。白居易虽然并不喜欢应酬，但也不能全部推辞不去。在一次诗会上，他注意到了一个同样年轻的人：元稹。元稹小白居易七岁，成名也晚，出身贫寒，虽然祖上是贵族，但到他时已没落。

有缘的人总是能够在人群中找到对方，白居易就这样遇到了他一生的挚友。

贞元十九年（803年），二人一起登书判拔萃科，同授校书郎，在长安结下友情。

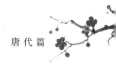

校书郎官职不大，是基层公务员，没有官场纷扰，没有家国之忧，这简直是老天要给两个人充分的时间来互相了解、交流。二人一拍即合，一起游遍长安，一起饮酒作诗，少年意气，不亦快哉。

三年后，元稹贬江陵县尉，白居易下放陕西盩厔县尉，再次巧合地担任同样的职位。从此两个人大半生分别两地，聚少离多。

虽然依照朝廷的命令各自天涯，就算写封信，也要一个多月才能交到对方手上，不过二人的友情并没有因此而淡去，相反，他们前无古人地发明了一种神奇的联络方式：驿站墙留言。

后来，在驿站的墙壁上去找寻对方留下的诗句，然后再写和诗给对方，成了元、白二人漂泊路上的一件乐事。虽然有时空阻隔，但诗句中的情谊从没有远去。他们用这种独特的方式，留下无数作品。

元稹虽然比白居易小，却比白居易先离开了人世。得知此事的白居易宛若失去了灵魂支柱，在给元稹写的墓志铭《祭微之文》中写下内心的悲痛。

呜呼微之！始以诗交，终以诗诀，弦笔两绝，其今日乎？呜呼微之！三界之间，谁不生死，四海之内，谁无交朋？然以我尔之身，为终天之别，既往者已矣，未死者如何？……多生以来，几离几合，既有今别，宁无后期？公虽不归，我应继往，安有形去而影在，皮亡而毛存者乎？

"公虽不归，我应继往"，这类似想要"殉情"一样的心愿，实在令人动容。

元稹死后，白居易没有忘记他，甚至希望能够来生再续前缘。

友情若是单方面的，就不那么感人了。虽然元稹先去，但在离世之前就写明了想与白居易生生世世有缘再见的心愿，他在《寄乐天》

中写道：

> 无身尚拟魂相就，身在那无梦往还。
> 直到他生亦相觅，不能空记树中环。

二人一个有情，一个有意，又常常心有灵犀，不能不令人浮想联翩。就连南宋词人杨万里也挠头怀疑过："读遍元诗与白诗，一生少傅重微之。再三不晓渠何意，半是交情半是私。"（《读元白长庆二集诗》）杨万里说他读遍了元稹和白居易的诗，发现白居易一生都很重视元稹，再三思考也不清楚他这到底是什么意思，估计一半是交情，一半，咳咳，是私。这"半是交情半是私"里的私，说得很有意思。

朋友之情，莫过于此，白居易何其幸矣。

花烛

在《白月光和朱砂痣》这首歌中有这么几句歌词：

> 白月光在照耀
> 你才想起她的好
> 朱砂痣久难消
> 你是否能知道
> 窗前的明月照
> 你独自一人远眺
> 白月光是年少
> 是她的笑

白居易幸运的是，白月光和朱砂痣，他都遇到了。

他的白月光叫湘灵，安徽符离人。当然，这未必是真名，湘灵的字面意思是湘水的神灵，屈原的《远游》中就有这样的句子："使湘灵鼓瑟兮，令海若舞冯夷。""湘灵鼓瑟"是一个非常空灵美丽的意象，亦真亦幻。白居易用这个美丽的名字来代指与他相恋最后却又无法得到的初恋爱人，岂非再适合不过？

他有时还在诗中叫她"婵娟子"。

二人少年相恋，青梅竹马，白居易写诗《邻女》表白。

娉娉十五胜天仙，白日姮娥旱地莲。
何处闲教鹦鹉语，碧纱窗下绣床前。

意中人看意中人，自带滤镜，自己的湘灵比神仙姐姐还美，是地上长出的莲花，是白天下凡的嫦娥。

后来白居易要去长安参加科举考试，与湘灵离别，心中思念，于是写下《寄湘灵》一诗。

泪眼凌寒冻不流，每经高处即回头。
遥知别后西楼上，应凭栏干独自愁。

还记得在杜甫篇中讲过的对写手法吗？白居易在这里运用的就是对写，他说天寒地冻，别泪凝腮，抑制不住的思念使他下意识地总是经高必回头，回头必怅望，怅望必怀想。他想留下的湘灵此刻一定也正独倚着西楼深情期盼，凄婉而哀伤。白居易可不是自作多情，他有这个自信，他曾模拟湘灵的口吻写下过一首《长相思》，其中有这样的句子：

妾住洛桥北，君住洛桥南。十五即相识，今年二十三。
有如女萝草，生在松之侧。蔓短枝苦高，萦回上不得。
人言人有愿，愿至天必成。愿作远方兽，步步比肩行。
愿作深山木，枝枝连理生。

之后若是白居易高中，然后回乡迎娶湘灵，那其实也是一段佳话。

不过白居易考中了进士，但却令他和心中的初恋越来越远。因为在唐代，对婚姻是有着严格规定的。

《唐律疏议·户婚律》中记载：

疏议曰：人各有耦，色类须同。良贱既殊，何宜配合。

所谓良，是指有自由身份的市民百姓；所谓贱，是指没有自由身份的部曲（本为军队编制及私兵之称，后为家仆之称）、乐人、杂户（户口的一种，身份低于平民，高于奴隶）、官户（罪役户，犯罪者及其家属没入官府服杂役，编入特殊户籍，身份低于杂户）、奴婢等。这些人几乎没有人身自由，如果没有恩免，世代相承为本色人户。

然后良贱不婚：奴婢与良人之间不可以结婚，违者重罚。

《唐律·户婚》中记载：

诸杂户不得与良人为婚，违者，杖一百。官户娶良人女者，亦如之。良人娶官户女者，加二等。即奴婢私嫁女与良人为妻妾者，准盗论；知情娶者，与同罪。各还正之。

　　至于部曲，是可以娶客女或奴婢为妻的，也可以娶良人之女。但良人女嫁与部曲为妻后，身份地位降低，与部曲同。

　　封建社会，等级森严不容儿戏。

　　虽然不知道湘灵家的具体地位，但门第不高，身份卑微是可以想见的。而白居易已经步入仕途，身份发生了变化，如果真是非湘灵不娶的话，那多半只能纳她为妾。而白居易的母亲强烈反对，其实也属情理之中。

　　贞元二十年（804年），白家从符离搬走，两个人的感情到了终点，彼此含恨而别。湘灵送了他一双锦履和一个自己梳妆用的镜匣。这两件东西白居易一直保存到最后，并分别写有诗作。

　　美人与我别，留镜在匣中。自从花颜去，秋水无芙蓉。

　　经年不开匣，红埃覆青铜。今朝一拂拭，自照憔悴容。

　　照罢重惆怅，背有双盘龙。

——《感镜》

　　中庭晒服玩，忽见故乡履。昔赠我者谁？东邻婵娟子。

　　因思赠时语，特用结终始。永愿如履綦，双行复双止。

　　自吾谪江郡，漂荡三千里。为感长情人，提携同到此。

　　今朝一惆怅，反覆看未已。人只履犹双，何曾得相似？

　　可嗟复可惜，锦表绣为里。况经梅雨来，色暗花草死。

——《感情》

　　两个人之间的最后一次见面，是在白居易被贬江州的那段时间里，他和妻子杨氏偶遇到了落难的湘灵父女，二人百感交集。白居易情难自已，写下《逢旧》一诗。

我梳白发添新恨，君扫青蛾减旧容。

应被傍人怪惆怅，少年离别老相逢。

之后湘灵就离开了。这一年，白居易大约四十五岁，湘灵可能小他几岁，一直未嫁。

此时白居易可以纳妾，但不知什么原因，双方这一次见面并没有任何结果。总之，这是白居易与湘灵的最后一次见面，此后就再无湘灵的消息了。

人的初恋最是难忘，没能走到一起，这自然是伤心的，但有过一段如此真挚纯洁的感情，亦可以说是生命中的一种喜悦。

元和二年（807年），白居易三十五岁，已经可以放下这段感情形成的心结了，但不会忘记，深藏心底，而生活，依旧要继续。他想成家了，曾作诗《戏题新栽蔷薇》。

移根易地莫憔悴，野外庭前一种春。

少府无妻春寂寞，花开将尔当夫人。

把蔷薇花当夫人当然只是个玩笑，花又不能解语。

就是这一年，在好友杨虞卿的介绍下，白居易认识了其兄杨汝士的妹妹（这个女子的具体年龄已经不可考证，但从白居易写给她的诗和白居易在五十八岁时还生了一个儿子叫阿崔两件事看，两个人大约相差二十岁）。杨姑娘虽然没读过书，但人很贤惠端庄。

白居易有心，但杨虞卿和杨汝士一开始没看出来，直到饯别时（白居易这一年的整个春天几乎都在杨家食住，醉翁之意不在酒），他留诗《醉中留别杨六兄弟》。

春初携手春深散，无日花间不醉狂。

别后何人堪共醉，犹残十日好风光。

杨汝士在家族兄弟中排行第六，故称杨六兄弟。白居易说希望能把三月过完，度过十日好风光后再离开，理由是担心一别之后，就没有人陪伴他一起喝酒了。

这句"别后何人堪共醉"，显然有话外之音。

大家都是文化人，自然一听就懂。双方也算门当户对，杨姑娘对白居易也是敬慕已久。于是在元和三年（808年）的夏天，二人在长安完婚，此时，白居易官居左拾遗。

他们的感情如何呢？婚后几十年，从白居易的大量诗文中可以得到结论：朝夕相伴，情深意长。

入眠时，她帮助他脱帽卸衣；生病时，她细心伺候汤药；天冷时，她照顾他的寒温；贪杯时，她劝他要节制；做饭时，她调配可口的菜肴；贫苦时，她悉心料理家务，使白居易不为衣食所累。

而白居易，则是无论到哪里做官都要带着妻子同行。此外，唐代士人蓄养家妓被认为是很风流、也很正常的一件事。白居易呢，也蓄养了许多歌妓，据说有八位之多。可是他没有纳其中任何一个人为妾室，永远只有一个正妻——杨氏。

他在《和微之听妻弹别鹤操，因为解释其义，依韵加四句》中写道：

义重莫若妻，生离不如死。

他在一生之中，既拥有白月光的纯粹真挚，又得到了朱砂痣的长情陪伴，兼有莺莺燕燕的软语温存，可以无憾耳。

金榜

白居易在《与元九书》中提道：

十年之间，三登科第，名落众耳，迹升清贯。

如果大略地看一下唐代著名诗人的科举考试成绩，会觉得好像一个能打的都没有。李白因为家世问题不能参加科举；李贺因为父亲的原因办不下来准考证，也进不去考场；杜甫考了两次都没中；李商隐至少考了五次；韩愈最励志，超强"复读生"，四次进士考试，四次铨选考试，终于步入仕途；孟郊一直考到四十六岁，最后在慈（虎）母（妈）的鼓励下终于及第。

但白居易将向我们展示如何凭借超人的天赋，加上卓绝的努力，再加上科学的备考，然后实现傲视考场的一段超神经历。

每逢大考前，学校广场上的孔子像前都会摆满学子们虔诚的祭品，其实，以后你们应该拜白居易。

他语言天赋超强，生不足岁就显示出了非凡的识字能力，虽然还不能说话，但对简单的字如"无""之"等，屡以手指，从未误判，所以不可能是巧合，见者无不称奇。后世成语"略识之无"，就来自此。

之后，长大了一点，五岁能作诗，九岁解声韵。

他不仅有超强的语言文字天赋，而且读书贼玩命儿，他在《与元九书》中写道：

二十已来，昼课赋，夜课书，间又课诗，不遑寝息矣。以至于口

舌成疮，手肘成胝。既壮而肤革不丰盈，未老而齿发早衰白；瞀瞀然如飞蝇垂珠在眸子中者，动以万数。盖以苦学力文之所致。

白天学习文赋典籍，夜晚练习书法，课余时间穿插练习诗词，连休息的时间都没有，真正的废寝忘食，勤学不辍，以至于背书背得口舌生疮，写字写得手肘磨出厚茧，长大后皮肤黯淡无光、头发早白，未老先衰。最痛苦的时候，眼前有无数好似飞蝇一样的小光点在乱飞，这都是"苦学力文"所导致的啊！

我觉得苏秦的头悬梁、锥刺股也要甘拜下风。

天才加勤奋，那基本就无敌了。

二十八岁的白居易在宣州（唐代州名，治所在今天的安徽宣城市）参加乡试，一挥而就，试卷拔乎其萃，宣州刺史崔衍选拔他为本地贡生，送往长安（唐国都，如今的陕西西安）迎接进士大考。

唐代的常试科考主要分为"明经"和"进士"两科。前者考经典背记，只要你肯下功夫，死读书、读死书乃至读书死，就一定能考出来。而后者就不一样了，重视能力考查，几千人中录取二三十人。再加上进士科考卷不糊名（李商隐篇中有说），有权贵推荐的考生更容易通过，更卷死了那些普通的寒门考生。

所以当时有"三十老明经，五十少进士"的说法。难度这么大，你就算考到五十岁考中了，那也叫归来仍是少年，一点儿不丢人。

贞元十六年（800 年），二十八岁的白居易参加进士大考，以第四名的佳绩得中，是所有及第者（共十七人）中最年轻的。

兴奋的他写下"慈恩塔下题名处，十七人中最少年。"（《句》）接下来是曲江盛宴，插花游街，一时风光无限。

但中了进士之后，并不会被立刻授予官职，而是需要守选三年，三年后继续参加吏部的铨选考试，通过后才能被授予官职，否则徒有功名而无官可做。

铨选考试也是难度惊人，往往从头年十一月开考，到次年三月才结束，前后历时近半年之久。共考四项内容：一考书写功力，二考判词文理，三考身材相貌，四考口齿言说。

文起八代之衰的韩愈，四战进士考试之后，又四战铨选，三次被淘汰，困顿长安近十年，最后一次才堪堪通过，求得了一个小官职。

白居易要应试的，是铨选中的"书判拔萃科"，主要考试经义和律法，难度很大。

要如何备考呢？从前的考生无外乎苦读而已。可是会做题没什么了不起的，刷题就能刷出来，但是能够给别人讲清楚，这才是真正掌握了。所以，给自己讲题，或者给他人讲题，是检验自己是否理解，知识是否有漏洞的最好方法。

可是白居易考试的时候，没有什么真题可供研究，他是如何实现突围的呢？这要归功于他自己写的《百道判》。

贞元十七年（801 年）秋后，白居易回到徐州符离乡下，伏案十个月，针对判词的考察内容，他自己编写了上百道题目，并站在考官的角度为每道题目都附上了参考答案，通过自问自答来促进思考与提升。题目内容包罗万象，什么家庭婚姻、科举教育、丧葬礼仪、为政之道、品行操守、军事律法等，质量极高。

比如判十一：江南诸州押送赋税的官员四月才达京城，户部认为超期当罚，他们辩解冬月运路水浅，故赶不及初春到达。那么你该怎么判呢？白居易认为，"赋纳过时，必先问罪"，但从江南到京城路途遥远，且"川无负舟之力"，应酌情责罚。为辨真假，应验其所带公文，再按律执罚。

尚刑重法但又不量刑过重，"理大罪而赦小过"，"合于法意，不背人情"，这妥妥的法治精神！其思想之先进，就是放在现代社会也

具有借鉴意义，更遑论是一千多年前的中唐时期呢？

无题可做，就自己给自己出模拟题，就问你，厉害不厉害？

有此神器，考试自然无往不利，毫无悬念的，白居易一举通过吏部铨选，顺利被授予校书郎的官职，开始了自己的仕途之路。这一次同科及第者仅有八人，他的新朋友也是此生最好的朋友元稹也在录取之列，并且也被授予了秘书省校书郎一职。

之后，他把这一百道模拟题和当年的考试真题编辑在一起，出了一本册子，就是《百道判》。可这真的是《百道判》吗？不，它不是，这是唐代"公务员"考试版的"五三"啊！谁不想要？一经传出，立刻受到万千学子的哄抢与追捧，如果那个时代可以收版税，白居易仅凭这本册子就可以在长安横着走了。不过虽然没有金钱上的回报，但白居易的大名在长安考圈儿中已经是如雷贯耳了。

考海无涯，征途无限，三年之后，还有制试。

制试考察的内容是关于国计民生及施政纲领的完整意见，相当于方针政策的提案。不同于初级官吏的选拔，制试选拔的是高级干部，通过之后直接授予官职，至少也是地方上的一把手，所以难度再升级。

有了《百道判》的成功经验，白居易决定将备考资料再升级。

他和元稹一起，离开繁华的京城，一起来到郊外的华阳观里，闭关备考。一连数月，废寝忘食，每日里研究时政，然后合力撰写模拟题，拟写答案，最终完成了七十五篇策论。内容涉及为君为圣之道、施政化民之略、求贤选能之方、整肃吏治之法、省刑慎罚之术、治军御兵之要、矜民恤情之核、礼乐文教之功等八大项。

如果说《百道判》还只是局限于应考资料的范围，那么这些内容已经可以说是治世典籍了。它是白居易忧虑国事、思革除弊的民本思想的具体体现。他反对土地兼并，反对官吏发放高利贷，提出减免百姓赋税，彻底废除肉刑。提出"以天下心为心""以百姓欲为欲"的政治主张。他的著名文学创作主张"文章合为时而著，歌诗合为事而作"，其实伏笔在这里就已经埋下。

之后，白居易又把这些资料编订成册，称为《策林》。毫无意外地，又被京师应试学子奉为圣经，就连朝廷也引用了它的内容作为参考答案，官方肯定曰："策对语直。"

于是制试也顺利拿下，白居易等十八人登第。其中以白居易、元稹、韦处厚、独孤郁等人的对策最为著名。白居易入四等，元稹入三等。同月二十八日，白居易被授予盩厔县尉（正九品下）一职，正式开始了理论联系实际的实操阶段。

顺便说一下，同年的十二月，白居易和陈鸿、王质夫一同游览仙游寺，然后创作了《长恨歌》，名动天下。

从白居易贞元十六年（800 年）进士及第开始算起，到元和元年（806 年）的制科得中，六七年的时间里，连登三科。

盛名之下，果无虚也！

愤怒

唐元和十年（815 年）六月三日这天，一切都和往常一样。长安的天还没有完全亮，空气中微微有一丝凉意。

宰相武元衡和平常一样去上朝。他从自己居住的静安坊中出来，骑马进宫，马前有导骑引路，他们手中拿着标有"相府"字样的大灯笼不快不慢地走在前面，武元衡居中，身边还有几个侍从。

他每天都这样去上朝，这条路也不知走了多少次。他甚至开始想，如果有一天自己不做宰相了，不能在这样去上朝了，会不会有一些失落？

他以后再也不用为这个担心了。

"灭灯!"黑暗中突然传出这样一声呼喊。

导骑不清楚是怎么回事,但知道肯定不妙,立刻大声呵斥。然而声音还没有传出去,就被破空而来的锐箭射下马来。

藏在道旁树荫中的刺客突然窜出,以棍棒为武器打散武元衡的随从,又一记狠击,打断武元衡的左腿,让他无法反抗,然后抓起马的缰绳向东南牵出十余步。一刀刺死武元衡,又急速地割下他的首级,用布包裹好,乘着夜色未尽,快速逃走。

整个过程,不过片刻。

这时路上已经有骑马上朝的官员和行人了,他们听到负责治安巡逻的兵卒一个接一个地大声呼喊传报:"贼杀宰相!"连呼十余里,不一会儿就传到了朝堂之上,百官惊恐不安,不知道死的是哪个宰相。

在刺杀武元衡的同时,同样被刺杀的还有御史中丞兼刑部侍郎裴度,不过裴度命大,侥幸逃过了一劫。

宰相与御史在上朝途中遇刺,前者还被割去了头颅,何其耸人听闻。整个长安都充满了恐怖的气氛,百官在天不亮时都不敢走出家门,有时宪宗在金殿上等了好一会儿,官员都还没有来齐,一问原因,害怕不敢出门。宪宗索性下诏,宰相出入,加派金吾卫。但令他想不到的是,刺客竟然嚣张到了极点,给左、右金吾卫、京兆府和长安城内的长安、万年两县的主要官员分别送去了"死亡威胁":"不要急着搜捕我,否则就先杀你!"

人心更加惶惶不安。

这不是普通的仇怨刺杀,而是政治谋杀。

武元衡是武则天的曾侄孙,长大后进入仕途,因为政绩显著,被唐宪宗重用。他和裴度都是主张对藩镇进行镇压的人。

元和九年(814年),割据淮西的彰义节度使吴少阳病死,其子吴元济自领军务,企图继续割据一方。朝廷派使者去吊祭吴少阳,吴元

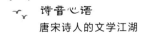
济不仅拒绝迎接使者，还派兵四处劫掠，甚至逼近东都洛阳。对此，唐宪宗决定发兵平定淮西。

吴元济马上向成德节度使王承宗、平卢淄青节度使李师道求救。两个人出于自身利益的考虑，决定帮助吴元济，毕竟如果他完了，下一个很可能就是自己。

于是王承宗和李师道上表要求赦免吴元济，唐宪宗直接拒绝。为了策应吴元济，李师道派遣刺客焚烧唐军粮草，并招募洛阳的地痞流氓杀人放火、骚扰地方；王承宗则直接上书诋毁负责对淮西用兵的宰相武元衡。

此时，李师道接受幕僚的建议，派出了刺客，杀死了武元衡。

凶杀案发生后，舆论大哗。兵部侍郎许孟容对唐宪宗说："自古未有宰相横尸路隅而盗不获者，此朝廷之辱也！"唐宪宗也极为震怒，下令全力搜捕，获贼者赏钱万缗，官五品；敢庇匿者，举族诛之。于是在京城长安开展了大搜捕，墙壁有夹层的都要凿开检查。

文官此时也应该表态发声，尤其是那些谏官。这可是朝廷的奇耻大辱，此案不破，何以维护朝廷尊严？凶手不抓，王权哪里还有威信？但奇怪的是，谁也不敢先上奏折谴责凶手，因为怕成为下一个暗杀目标。

白居易此时是翰林学士和太子左赞善大夫，以职责而论，不方便对朝政发表意见。但宰相当街被杀，属于"非常"事故，如此明目张胆，令白居易极为愤慨。就算普通百姓尚且不能沉默，何况自己位列朝班，岂能沉默自保？

武元衡天将亮时遇刺身亡，当天中午，白居易的奏章就送到了宪宗面前。他也许还不知道，自己是第一个对这件事正面表态的人。几天之后，长安城的人都知道了白居易率先奏议这件事。

按理说，白居易不畏威胁、率先表态、公忠体国。上书的内容也

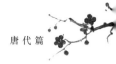

是支持宪宗加强王权、平定叛乱、严惩凶手，是对皇帝的坚决支持，完全符合皇帝的心意。那么就算不予嘉奖，至少也该鼓励才是。然而白居易意想不到的是，等待他的竟然是——弹劾。

理由有二：一是越职言事，目的是邀功取宠；二是白居易对母不孝，"甚伤名教"。

理由很荒唐，甚至有些荒诞，白居易在等宪宗的最后决断。他觉得，宪宗皇帝一定能理解他，毕竟，自己是宪宗提拔上来的人，他了解自己的为人。

如果他回想一下自己从前的所为，也许就不会抱有这样的期待了。

白居易任左拾遗充翰林学士，和杜甫同样的职位，所以他也面临与杜甫同样的选择，迎合上意还是敬事尽职？他也选择了后者。

元和三年（808 年）春，上《论于𬱟裴均状》，反对于𬱟（宪宗的儿女亲家）、裴均企图入朝为官，谋取大权的行为。

同年四月，上《论制科人状》，反对对本次制科考试中相关人员贬谪的处理，因为牵涉到党争，结果有失公允。

同年九月，上《论王锷欲除官事宜状》，反对宪宗授予淮南节度使王锷（以大量钱财进奉宪宗，贿赂宦官）宰相职务。

元和四年（809 年）三月，上《论孙璹张奉国状》，认为上面对两个人的人事安排有失轻重，当重新调整。

同年四月，上《论裴均进奉银器状》，斥责山南东道节度使裴均进献银器一千五百余两给宪宗的行为，认为"裴均本性贪残，动多邪巧"，背后别有用心，而宪宗更不该接受。

同年五月，上《论于𬱟所进歌舞人事状》，主张宪宗应该将于𬱟献给自己的歌舞女赐还回去，以"止息浮词"。

同年九月，上《论承璀职名状》，坚决反对任命宦官吐突承璀为征讨叛军的统帅，言辞十分尖锐。后来唐军出师不利，战事胶着，白居易又上请求罢兵的奏折。宪宗不理会，又上《请罢兵第二状》，依旧石沉大海，于是再上《请罢兵第三状》，并且在其中说该说的臣都已经很详细地说了，认为臣不对，就治臣的罪，如果臣说得对，那么为什么不采纳？请陛下将臣此状好好再读个十几遍，用心领会其中的精神，以免把握不住。敢这么对皇帝说话的，大概也是前无古人了。

元和五年（810年）三月，元稹因为得罪宦官被贬，白居易连上三道状论救，指责宪宗庇护宦官。

元和六年（811年），上《论严绶状：奉宣中书状撰制除严绶江陵节度使》，反对授予严绶荆南节度使的职务，并拒绝撰写制书。

…………

就问你若是皇帝，你烦不烦？你说得对，不等于我不讨厌。

宪宗生气了，后果很严重。

得罪了皇帝，如果同僚之间关系好，获罪时有人帮自己说话，也能免于处罚。但问题是，白居易把同僚也得罪得差不多了，他在《与元九书》中写道：

又请为左右终言之。凡闻仆《贺雨》诗，众口籍籍，以为非宜矣；闻仆《哭孔戡》诗，众面脉脉，尽不悦矣；闻《秦中吟》，则权豪贵近者，相目而变色矣；闻《登乐游园》寄足下诗，则执政柄者扼腕矣；闻《宿紫阁村》诗，则握军要者切齿矣！大率如此，不可遍举。不相与者，号为沽誉，号为诋讦，号为讪谤。苟相与者，则如牛僧孺之诚焉。乃至骨肉妻孥，皆以我为非也。其不我非者，举世不过三两人。

"请你允许我把这件事的因由彻底地说一说。凡是听到我的《贺雨》诗，众人就一起喧嚷扰攘，认为不合时宜；听到我的《哭孔戡》诗，众人就面色恼怒，都不高兴；听到我的《秦中吟》，那些有权势

的、显贵的近臣就彼此使眼色并且神情为之改变；听到我寄给你的《登乐游园》诗，当政者就扼腕痛恨；听到我的《宿紫阁村》诗，掌握军权的人就切齿痛恨。情况大都如此，没有办法一一列举了。与我没有情谊的人说我沽名钓誉，谗言诋毁，讽刺诽谤。即使是与我有交情的人，也用牛僧孺揭露时政而被斥逐的例子来警戒我。甚至于我的兄弟和妻子也都认为我是错的。那些不批评我的人，整个世上也不过二三个罢了。"

权豪贵近者、执政柄者、握军要者，都"得罪"到了，现在又怎么可能有人为他说话呢？四面包围，孤立无援，后果可知矣。

他最后等来的，是一道贬谪的诏书。朝廷下令贬白居易为江表刺史，但有人还觉得不够，又上书说这样不忠不孝之人是不配治理一个郡的。于是朝廷再次下诏，贬白居易为江州司马。

被贬江州，白居易的不幸刚刚开始，然而文学史上的大幸即将来临。

引导千古杰作的前奏已经鸣响，一道神秘的天光射向江州，一篇无可比拟的作品马上就要诞生了。

哀伤

诸君，我喜欢《琵琶行》。

诸君，我很喜欢《琵琶行》。

诸君，我最喜欢《琵琶行》了！

元和十一年（816 年）秋天，白居易被贬江州司马的第二年，这一天，他在浔阳江头送别客人，偶遇一位善弹琵琶的歌女，有感而成《琵琶行》。

浔阳江头夜送客，枫叶荻花秋瑟瑟。

主人下马客在船，举酒欲饮无管弦。

醉不成欢惨将别，别时茫茫江浸月。

诸君，作为一首叙事诗而言，开篇这几句，蕴含着哪些信息？

其一是时间：在深秋，在夜晚。诗人点明时节的方式通常都是用季节里的典型景物，写春天，"燕子不归春事晚，一汀烟雨杏花寒"。（戴叔伦《苏溪亭》）杏花、烟雨、燕子，多有美感。写秋，用枫叶荻花，一样的画面感十足。不然的话，写"浔阳江头夜送客，秋天来了真萧瑟"，那不成打油诗了？其二是地点：浔阳江头。其三是人物：主与客。其四是事件：送别。其五是气氛：不成欢，惨将别，一派凄凉、清冷的意境。"茫茫江浸月"，浸字用得极好，调动触觉，写出了寒凉的感受。其六是铺垫：没有管弦，因为没有音乐为伴才如此凄凉，如果有的话，必不会如此哀伤凄凉，为后文的琵琶女出场做了铺垫。

真是大家手笔，没有任何复杂的字词，没有任何一点的浪费，却又在不经意间面面俱到。

忽闻水上琵琶声，主人忘归客不发。

寻声暗问弹者谁，琵琶声停欲语迟。

移船相近邀相见，添酒回灯重开宴。

先侧面烘托一下，能令主人和客人都忘记出发，这琵琶曲将如何美妙？弹琵琶的人技艺又将如何高超？寻声暗问，移船邀请，"添酒回灯"，这动词运用得无比精准又简洁明了，最见语言的功夫。

千呼万唤始出来，犹抱琵琶半遮面。

转轴拨弦三两声，未成曲调先有情。

弦弦掩抑声声思，似诉平生不得志。

低眉信手续续弹，说尽心中无限事。

轻拢慢捻抹复挑，初为《霓裳》后《六幺》。

大弦嘈嘈如急雨，小弦切切如私语。

嘈嘈切切错杂弹，大珠小珠落玉盘。

间关莺语花底滑，幽咽泉流冰下难。

冰泉冷涩弦凝绝，凝绝不通声暂歇。

别有幽愁暗恨生，此时无声胜有声。

银瓶乍破水浆迸，铁骑突出刀枪鸣。

曲终收拨当心画，四弦一声如裂帛。

东船西舫悄无言，唯见江心秋月白。

这段对音乐的描写历来被人称道，但一问好在哪里？大多就是说比喻运用得好啊，你看"间关莺语花底滑"一句，运用了通感的手法。拟声词用得好啊，你看"嘈嘈""切切""间关"等。对了，还有反衬，写听者的神情反应来反衬音乐的动人。

对此我只会淡淡（一定要淡）地说，你不懂音乐，更不懂白哥。这段对琵琶演奏的描写，不是好而已，是出神入化，古今无二。

没有对比就没有伤害，要想理解这一点，咱们得先拉来几个大师级人物当"炮灰"：

昆山玉碎凤凰叫，芙蓉泣露香兰笑。

女娲炼石补天处，石破天惊逗秋雨。

　　　　　　　　　　——李贺《李凭箜篌引》（节选）

乐声清脆动听得就像昆仑山美玉击碎，凤凰鸣叫；时而使芙蓉在露水中饮泣，时而使香兰开怀欢笑。高亢的乐声直冲云霄，冲上女娲炼石补过的天际；好似补天的五彩石被击破，逗落了漫天绵绵秋雨。

> 昵昵儿女语，恩怨相尔汝。
> 划然变轩昂，勇士赴敌场。
> 浮云柳絮无根蒂，天地阔远随飞扬。
> 喧啾百鸟群，忽见孤凤凰。
> 跻攀分寸不可上，失势一落千丈强。
>
> ——韩愈《听颖师弹琴》（节选）

犹如一对亲昵的小儿女在耳鬓厮磨，互诉衷肠，又夹杂着嗔怪之声。忽地一下琴声变得高亢雄壮，好似勇士骑马奔赴战场杀敌擒王。一会儿又由刚转柔，好似浮云、柳絮漂浮不定，在这广阔天地之间悠悠扬扬。蓦地，又像百鸟齐鸣，唧啾不已，一只凤凰翩然高举，引吭长鸣。登攀时一寸一分再也不能上升，失势后一落千丈还有余。

> 为我一挥手，如听万壑松。
>
> ——李白《听蜀僧濬弹琴》（节选）

为我一挥动起手指演奏，我就仿佛听到了千山万壑间那阵阵的松涛之声。

这三段都是对音乐的描写，尤其是前两首，一直被视为经典。

这三个人，一个"诗鬼"，一个"诗仙"，韩愈那就算诗人吧，天地人三才组合，天上地下最强。

这三首诗运用的都是比喻的手法，尤其是李贺的诗，芙蓉香兰、石破天惊，用来做比喻的喻体堪称人类想象力的天花板。

但是，在不看诗歌标题的情况下，他们这写的是什么乐器发出的声音呢？

瑟、笛子、箫、胡笳、箜篌、古筝、古琴、琵琶……是哪一个？还是说，感觉哪一个都行？如果无法根据描述判断出究竟是哪种乐器，那这种描写，就不够专业，就不行！

首先，描写音乐必然使用比喻，这是一定的。

因为我们欣赏音乐时会产生联觉反应，听觉与视觉可以联系起来，听觉和听觉也可以联系，还有听觉与情态之间的联系。

· 听觉／视觉—通感—特殊的比喻
· 听觉／听觉—以声写声—比喻
· 听觉／情态—以事写声—比喻

所以能最大限度、正面表现音乐的艺术手法就是比喻。利用了你已有的经验，已体会过种种感受，把音乐的感觉和你已知的感受联系起来，温故而知新。

但比喻归比喻，在白居易之前的那些描写音乐的比喻，都是这样的：

古今听琴阮琵琶筝瑟诸诗，皆欲写其音声节奏，类以景物故实状之，大率一律，初无中的句，互可移用，是岂真知音者？但其造语藻丽，为可喜耳。

——胡仔《苕溪渔隐》

大家都想要描写声音节奏，用各种景物来比喻，其实差不多。很多人写的那些诗句，句子之间可以互相调换顺序，换完了还毫无违和感，这叫懂音乐？也就是想象力不错，语言很美，读起来不错罢了。

但白居易就不同了。

千呼万唤始出来，犹抱琵琶半遮面。

主人公的出场先层层铺垫，千呼万唤，半遮面。主角通常是在最紧要的关头出场的，一开始就四处乱逛的，那多半是炮灰，比如那个"主人"，以后基本就没戏了。

转轴拨弦三两声，正式弹之前要调音试弦，细节拉满。

大弦嘈嘈如急雨，小弦切切如私语。

琵琶的大弦在低音区，发声低沉，为何却能发出"嘈嘈"（粗重）般的声音？小弦处于高音区，声音尖亮，为何却能发出"切切"（轻柔）般的声音？

因为这和演奏时的一个因素有关：弹弦力度。当使用较大的弹弦力度时，即使是低音区的大弦也能发出粗重的声音，用"嘈嘈"来形容，恰当至极。而小弦自然也同理，所以这个比喻中，包含了演奏者的弹弦力度。

如果这样你就要惊叹了，那还是早了，我们再思考一下，白居易使用的喻体是急雨和私语，这其中包含了什么信息呢？无论急雨还是私语，都是连续性的，雨水肯定是一滴接一滴连续不断地掉落到地面，雨打沙滩点点坑。私语，说话，肯定也是你一句，我一句，彼此不断，谁见过你说"啊"，我说"嗯"，你说"哦"？我说"哎"，这样交流的？

也就是说，这两个喻体告诉我们，琵琶的一根弦上要连续发出多

个音才符合。

那么如何让一根弦上连续发出多个音呢？用琵琶特殊的演奏指法——轮指。不同的轮指手法可以形成不同的效果：满轮雄浑激烈，扫轮亦凛雄健厉，而半轮则安适恬逸，长轮飘逸明丽。

现在可以下结论了，"大弦嘈嘈如急雨，小弦切切如私语"这两句诗，描绘出的内容其实是：

——以较大的弹弦力度、使用满/扫轮的轮指手法，弹奏大弦时所发出的声音：嘈嘈如急雨。

——以较小的弹弦力度、使用半/长轮的轮指手法，弹奏小弦时所发出的声音：切切如私语。

试问卷帘人，哦不，试问古往今来，有谁描写音乐时做到了这一点？

懂文学的不懂琵琶，懂琵琶的不懂文学，唯有白居易，兼而有之，登峰造极。

至于之后数句比喻的精妙之处，我们不妨先玩个纸上游戏：连连看，将左边的乐器与右边的意象对应连接起来。

圆号	德芙巧克力
古筝	泼妇
大提琴	冷宫中的嫔妃
箫	被遗弃在文明边缘的金色教堂
唢呐	清泉
中提琴	孤独的贵族女人
萨克斯管	落日的光辉

无论你是不是音乐系的学生，至少都能连对两个，唢呐对应的一

定是泼妇（笑）；古筝一定对应清泉；箫和冷宫中的妃嫔最搭。因为我听过这些乐器的声音，知道它们带给人的感觉，于是引入一个概念，音色（Timbre）——指声音的感觉特性。

李贺、李白、韩愈这些大家只能笼统地比喻声音，白居易却可以比喻音色。

作为民乐之王的琵琶具有五种音色：

尖，指高音区的发音明亮干净。

堂，指低音区的发音浑厚凝重。

松，指按弹时发音灵敏，余音绵长。

脆，指发音清脆亮丽。

爆，指发音坚实而有分量，能发出金石之声的音色。

嘈嘈切切错杂弹，大珠小珠落玉盘。

这是形容音色之脆。琵琶的音色还具有颗粒性，即在弹奏一个长音时，它的音不是连绵的一个长音（二胡），而是由许多个小短音连缀而成的，以大珠小珠落玉盘模拟，最是贴切。

然而绝妙之处还不仅于此，仅能以声写声，仅调动了听觉，那还不够。

且看珠给人的感觉，浑圆与饱满，这正是其所贵之处。在大自然中，少有能接近球形正圆体的天成之物，而珠最能接近正圆体，越接近正圆体的珠就越珍贵，称为走盘珠。

再看玉给予人的观感，致密、细腻，温润而有光泽，握在手里还有一种沉甸甸的垂坠感。温、润、泽三个字都带有水，容易使人联想起悦耳的乐音具有水灵灵的特性。

珠玉具有圆润、饱满、结实、细腻等特质，这些都是视觉或触觉

的效果。白居易用它来形容琵琶的音色之脆，将这些视觉、触觉的效果转移到听觉上，这便是修辞上的通感或移觉。

所以这一句诗，浅层是比喻以拟声，深层是通感以会意。

这个比喻，赋予了琵琶的声音以珠玉之美。或许反过来说更有力，在中国的民族乐器中，其发音最具珠玉之美的，唯有琵琶。

白居易的理解之深，表达之美，无人能及。

间关莺语花底滑，音色之松。
幽咽泉流冰下难，音色之堂。
银瓶乍破水浆迸，音色之尖。
铁骑突出刀枪鸣，音色之爆。

五种音色，一应俱全！尤其是那最后一种，铁骑突出，只有琵琶才有那种金属质地的音色。"葡萄美酒夜光杯，欲饮琵琶马上催。醉卧沙场君莫笑，古来征战几人回。"几人回？无人回！可听了那铮铮如金铁交击的琵琶声，你热血沸腾，还是义无反顾地上了沙场，如果把琵琶改成二胡，那你就……

冰泉冷涩弦凝绝，凝绝不通声暂歇。
别有幽愁暗恨生，此时无声胜有声。

为什么突然无声了，这是什么？从低眉信手续续弹，到四弦一声如裂帛，不仅有对音色的精准描写，还有曲子旋律的变化，从前奏到高潮，从高潮到戛然而止。而中间这无声胜有声的一刻，类似音乐中的休止符、停顿、无声，是为了更好地抒情与爆发，所以无声之后，就是银瓶乍破、铁骑突出。

演奏虽然精彩，但还不算主题，精彩的现在才来。

沉吟放拨插弦中，整顿衣裳起敛容。
自言本是京城女，家在虾蟆陵下住。
十三学得琵琶成，名属教坊第一部。
曲罢曾教善才服，妆成每被秋娘妒。
五陵年少争缠头，一曲红绡不知数。
钿头云篦击节碎，血色罗裙翻酒污。
今年欢笑复明年，秋月春风等闲度。
弟走从军阿姨死，暮去朝来颜色故。
门前冷落鞍马稀，老大嫁作商人妇。
商人重利轻别离，前月浮梁买茶去。
去来江口守空船，绕船月明江水寒。
夜深忽梦少年事，梦啼妆泪红阑干。

这段叙事徐徐道来，语言兼具简练和声色之美，只能感受，无法
分析。至于内容，是自述身世。琵琶女才艺无双，容貌也是绝色，画
好妆，连秋娘也会嫉妒。唐代的李琦，有妾名杜秋，在李琦叛变后入
宫，受到宪宗宠幸，到穆宗时年纪已老，遂放回故乡。诗人杜牧曾写
有《杜秋娘诗》记述她的身世遭遇。后来用她的名字泛指美女，秋娘
成为唐代歌伎常用的名字，一首《金缕衣》据说是她写的：

劝君莫惜金缕衣，劝君惜取少年时。
花开堪折直须折，莫待无花空折枝。

琵琶女一曲弹罢，收获缠头（赠送歌伎的财物）无数。一匹上好

的丝绸可供平凡人家生活数个月，可见她受宠之盛。可是，五陵少年们是真心吗？未必。钿头云篦，也信手拿过来打着拍子，碎了就碎了，毫不在意。

然后最悲凉的句子来了：暮去朝来颜色故。以色事人者，色衰而爱弛，所以有心的风尘女子都希望在自己风华最盛的时候，找个真心待自己的人，所以有了许多才子佳人的故事。

红颜老去，繁华不在，这就是琵琶女的故事。可白居易仅仅是在讲她的故事吗？有没有寄托？

诗歌中有一种手法，就是借美人失意来抒发怀才不遇之情。美人的美貌和士人的才华，美丽却不受宠爱和有才却不被重用，这两者不是很像吗？这其实也是屈原香草美人文学传统的一种变化运用。

所以，白居易是借叙述琵琶女的故事，来寄托自己怀才不遇的情怀。

"你是个失意人，那么我呢？我其实也是个失意人啊！"

我闻琵琶已叹息，又闻此语重唧唧。
同是天涯沦落人，相逢何必曾相识！
我从去年辞帝京，谪居卧病浔阳城。
浔阳地僻无音乐，终岁不闻丝竹声。
住近湓江地低湿，黄芦苦竹绕宅生。
其间旦暮闻何物？杜鹃啼血猿哀鸣。
春江花朝秋月夜，往往取酒还独倾。
岂无山歌与村笛，呕哑嘲哳难为听。
今夜闻君琵琶语，如听仙乐耳暂明。
莫辞更坐弹一曲，为君翻作琵琶行。
感我此言良久立，却坐促弦弦转急。

凄凄不似向前声，满座重闻皆掩泣。

座中泣下谁最多？江州司马青衫湿。

你与我在这里相遇，诗歌的两条线索在这里汇合，就还有一层意思——知音。

曾经一曲弹罢，红绡不知数的琵琶女，其风华当真让人追忆不已。可为何年轻时的自己不懂珍惜，任凭容颜老去？如今，琵琶该是越发弹得出神入化了吧？却只能在午夜梦回时，去重温那年轻时的繁华。醒来，唯有眉间清泪，打湿面颊红妆。

这里，谁能听懂她的琵琶声，谁能欣赏她？没有人，没有。

可她终究还是幸运的，遇到了白居易。那个凭一句"野火烧不尽，春风吹又生"便让顾况改口说居天下也容易的人，也有失意的时刻。恰好在那样一个时刻，两个人相遇了，那天的月光，浸透了江水碧色，清泠泠地照着两岸的枫叶荻花。

"今夜闻君琵琶语，如听仙乐耳暂明。"我知道你的惊才绝艳，我知道你的心中伤悲，然而，然而，我也不能为你做些什么。

歌者的歌，舞者的舞，侠客的剑，文人的笔，我唯有用手中的一支笔，将你的心情化作文字曲折，韵脚平仄，记下这一刻。

当你觉得凄苦的时候，当你觉得孤独的时候，你知道，这世间还有一个人，也和你一样，他懂你的音乐，他明白你的心思，那么，你也许就不会那么辛苦了吧？这一点人间的温情，可以暂时温暖你手中冰冷的琵琶弦吧。

比相遇更为匆忙的，是分别，白居易没有写彼此是如何道别的，我们只知道，那晚的秋月，倒映在江心，皎洁如霜雪。

乐天

白居易一生中当然有很多快乐的时候，比如说，晒工资——

他当校书郎时的薪水是："俸钱万六千，月给亦有馀。既无衣食牵，亦少人事拘。遂使少年心，日日常晏如。"（《常乐里闲居偶题十六韵》）

这笔工资相对于他后来的收入很微薄，但他很满足，想想这份工资除去各种开支每月还有剩余，而且活少，人事单纯，使他这颗少年的心每天都很阳光。

后来官职擢升，工资自然也正比例上涨，三十五岁任县尉时，工资是："吏禄三百石，岁晏有余粮。"（《观刈麦》）

三十七岁官至左拾遗，工资翻到："月惭谏纸二千张，岁愧俸钱三十万。"（《再授宾客分司》）

三年后，白居易调任"京兆府户曹参军"，成了首都市长的助理，开心的白居易作了一首《初除户曹喜而言志》：

俸钱四五万，月可奉晨昏。
廪禄二百石，岁可盈仓囷。

后来，四十多岁的白居易因得罪权臣，被贬为江州司马，收入中没了禄米，钱倒好像没什么变化："今虽谪佐远郡，而官品至第五，月俸四五万，寒有衣，饥有食，给身之外，施及家人。亦可谓不负白氏子矣。"（《与元九书》）。

五十三岁时，白居易调至杭州刺史，生活富足："云我五十余，未是苦老人。刺史二千石，亦不为贫贱。"(《南亭对酒送春》)。

大和七年（833年），六十二岁的白居易被授予太子宾客分司，一个正三品的职位，薪水是："俸钱七八万，给受无虚月。分命在东司，又不劳朝谒。"(《再授宾客分司》)。

六十四岁，当上平生最高官职——太子少傅，收入已经用虚数来形容了："月俸百千官二品，朝廷雇我作闲人。"(《从同州刺史改授太子少傅分司》)。

会昌六年（846年），去世前，白居易还念念不忘留下一首《自咏老身示诸家属》，最后晒一晒工资："寿及七十五，俸沾五十千。"

不过我们这里所说的乐，并非他的世俗快乐之乐，而是乐天知命的乐。

都知道他的名字叫白居易，字乐天。

若问乐天忧病否，乐天知命了无忧。

——白居易《病中诗十五首·枕上作》(节选)

何谓乐天？经历了那么多的喜怒忧思，浮沉聚散，才领悟到人生的底色是无常，面对无常的人生，随遇而安，顺其自然才对。

何谓知命？"功成，名遂，身退，天之道也。"(《道德经》)成就了功业，建立了名望，就应该收敛身退，这才是天地之道。知进退，懂取舍，就是知命，所以在长庆二年（822年）的时候，白居易做了人生中最正确的一个决定：急流勇退。

那时的他正担任中书舍人，相当于内相，距离宰相只差一步之遥。若是别人，定然想尽一切办法谋求再进一步。可是此时的白居易，观察局势，觉得国是日非，朋党倾轧，尔虞我诈，两河再乱，民生日困，这种局面下，不该再去谋求什么了，应该停一停，退一步了，这才符

合天命。

于是他请求外任，离开京师，到地方去做官。

这一退，救了他的命，让他得以安享晚年。

大和三年（829年），五十八岁的他在长安完成了和元稹唱和诗集——《因继集》十六卷的编订，月末，百日假满，朝廷授予他太子宾客分司东都。四月初，他返回了洛阳。这是他最后一次离开长安，此后一直到去世共十八年都在洛阳居住。

远离了权力中心，也就远离了纷扰与危险。

大和九年（835年），唐朝的历史上发生了一件骇人听闻的大事——"甘露事变"。

被宦官集团拥立起来的唐文宗深感宦官的危害，决定和大臣李训、郑注等策划剿灭宦官势力，然而谋事不秘，事情败露。朝臣和宦官之间展开殊死博弈，最后以朝臣的失败告终。

宦官集团大开杀戒，一日之内杀掉六百多名朝臣，皇帝也被宦官软禁。而此时隐居在洛阳的白居易正独自游览香山寺，幸运地躲过了这一场灾难。

政治的残酷性让人不寒而栗，白居易作《九年十一月二十一日感事而作》，表达对宦官横行的愤怒，也为自己的早退而感到庆幸。

祸福茫茫不可期，大都早退似先知。

当君白首同归日，是我青山独往时。

顾索素琴应不暇，忆牵黄犬定难追。

麒麟作脯龙为醢，何似泥中曳尾龟。

会昌六年（846年），白居易在洛阳，以刑部尚书的身份致仕（退休回家）。

正月，他赋诗想念牛僧孺等友人。

八月十四日，白居易的人生在且行且吟中徐徐落幕，享年七十五岁。

无数人怀念他，写诗凭吊他，但凭吊白居易最好的诗歌是皇帝写的。

缀玉联珠六十年，谁教冥路作诗仙。

浮云不系名居易，造化无为字乐天。

童子解吟长恨曲，胡儿能唱琵琶篇。

文章已满行人耳，一度思卿一怆然。

——李忱（唐宣宗）《吊白居易》

见过离乱，亦享过太平，最后得以高寿。诗名满天下，作品传中外，雅俗共赏，老少皆宜，一生作品，完稿结集。敌人不多，朋友不少，夫妻有爱，红颜伴老。有丧子之痛，亦有含饴弄孙之喜。有贬谪，亦有拔擢，兼济天下，留下无愧功绩，独善其身，避开腥风血雨。

白居易的一生，生命中最重要的几种心境：喜、怒、哀、乐全深深品味过，最后怀有一颗平常心，平静地离开。

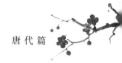

愁心李商隐——芭蕉不展丁香结

楼上黄昏欲望休，玉梯横绝月如钩。

芭蕉不展丁香结，同向春风各自愁。

——李商隐《代赠二首》（其一）

本诗仄起入韵，平仄严合，格律规整。题为《代赠》，题目中就包含着悬疑要素，代替谁？赠给谁？一概不知。

朦胧晦涩，正是李商隐的特色。

但大多研究者不喜欢和他捉迷藏，认为这就是他自己情感的表达，之所以用《代赠》做标题，不过是故意混淆视听罢了，不想让自己情感表现得过于直接，不想让其他人那么轻易地就看穿自己。

想表达，却害怕暴露；想得到，又担心拥有；想前行，不能不犹豫徘徊。

一个矛盾又忧郁的李商隐。

黄昏时分，一个女子走到楼上，想看看自己的心上人来了没有，却又忽然放弃了。因为"玉梯横绝"，上楼的梯子已经断绝了，那让

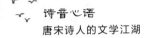

心上人如何能上去呢？或者说，因为某些事情阻碍了，使心上人无法去见女子。

"月中钩"，即月如钩，并非月亮里面真有一把钩子。如钩是残月，残缺不圆，暗示女子和心上人无法相见，人间不圆满。

天上的月不堪看，那么就看看地上的景致吧。女子将目光移到楼下的庭院中，她看到的是芭蕉不展，丁香尚结，更引动了她的愁绪。自己和心上人就像这无法舒展的芭蕉与不能盛开的丁香，虽然两情相悦，却只能各自相思，如何不忧愁呢？

"丁香结"就是尚未盛开的丁香花蕾，小小的花苞就像人的心，用丁香结来比喻人的愁心，这真是堪称妙绝的想象。丁香结因此而成为爱情愁思的专属意象之一，丁香花美好而淡然，丁香结郁结而迷茫。

女子步月南楼是叙事，叙事为"赋"；中天有明月如钩，庭中有芭蕉丁香，此为写景，写景是为了抒情，故写景为"兴"；同向春风，各自哀愁，这哀愁如芭蕉不展，如丁香空结，此为用比喻写情，故写情为"比"。有赋有比有兴，短短四句，将古诗之文法一网打尽，却又毫不费力，信手拈来。

只因心中多愁绪，怀中有郁垒，笔下便生出花来。

一颗愁心，一生忧郁，最后在愁郁之中绽放出美丽的迷迭香（花语是留住回忆），这就是李商隐。

少年忧

我一直以为，语文书中论比惨的话，写《陈情表》的李密绝对是第一。

臣密言：臣以险衅，夙遭闵凶。生孩六月，慈父见背；行年四岁，舅夺母志。祖母刘悯臣孤弱，躬亲抚养。臣少多疾病，九岁不行，零丁孤苦，至于成立。既无伯叔，终鲜兄弟，门衰祚薄，晚有儿息。外无期功强近之亲，内无应门五尺之僮，茕茕孑立，形影相吊。而刘夙婴疾病，常在床蓐，臣侍汤药，未曾废离。

这孩子多可怜啊，才六个月就没爹了，四岁那年母亲又被迫改嫁了。体弱多病，九岁了还不能走路。一个亲人也没有，只有自己的影子是儿时的玩伴。

但当我读到李商隐的《祭裴氏姊文》后，我动摇了。

躬奉板舆，以引丹旐。四海无可归之地，九族无可倚之亲。既祔故邱，便同逋骇。生人穷困，闻见所无。及衣裳外除，旨甘是急。乃占数东甸，佣书贩舂。日就月将，渐立门构，清白之训，幸无辱焉。

"板舆"是古代一种人抬的代步工具，多为老人所乘坐，后来便用作迎养父母之词。李商隐三岁的时候，父亲李嗣被罢去县令一职，前往浙江入幕，全家也随之迁往浙江。九岁时，父亲在幕府任上病逝。李商隐作为长子，要把父亲的灵柩运回河南。"邱"即坟，当他把父亲埋在祖坟里后，就成了无家可归的人。四海虽大，却没有他的家，宗族亲朋虽多，却没有一个可以倚靠的人。他害怕得就像要被立刻捉拿的人，惶惶不可终日。人生在世，那种困苦可以说是闻所未闻的。

"及衣裳外除，旨甘是急"。古人要为父母守孝三年，守孝期间是不能工作的，但是等到丧服脱下来，守孝结束，吃饭的问题就来了。"旨甘"是美好的食物，但这个词不用于自己身上，而是指孝敬母亲的食物。父亲死了，母亲还活着，所以他必须赶快找到工作奉养母亲。

可是一个九岁多的孩子，能做什么呢？

"乃占数东甸，佣书贩舂。"他赶快在东甸（洛阳城东的一个地方）报了一个户籍，户口报好后，就可以正式做事了，做什么呢？抄书和舂米。"佣书"就是抄书，李商隐受人雇佣以抄书为业。"舂"就是舂米，"贩舂"就是贩卖劳力给别人舂米。这就是李商隐少年时所做的工作。

还有，作为长子，他不只要谋生，还有光耀门楣的重大责任。所以李商隐读书一定也是很辛苦的。

过早地体悟到了人世的艰辛，在家族没落和坎坷身世的双重阴影下，年少的李商隐如何不忧郁呢？

情怀伤

李商隐的情路亦如他少年时的生活一样坎坷，屡次伤怀，接着看他在《柳枝五首》序中说的一段情。

柳枝，洛中里娘也。父饶好贾，风波死湖上。其母不念他儿子，独念柳枝。

柳枝是洛阳街坊中的少女。她的父亲是洛阳富商，资产丰厚，喜欢做生意，但不幸的是，在做生意奔波的途中死在了湖上。她的母亲不牵挂自己的儿子，却非常疼爱柳枝。

生十七年，涂妆绾髻，未尝竟，已复起去。吹叶嚼蕊，调丝撅管，作天海风涛之曲，幽忆怨断之音。

柳枝十七岁，不大喜欢化妆打扮，常常是还没有弄好妆容，就起身离开了。她被庭院里的花开叶落吸引，拿着乐器，吹奏出天海风涛、幽怨凄凉的曲子。

居其旁，与其家接故往来者，闻十年尚相与，疑其醉眠梦物断不婷。

住在她家附近的邻居们，听到十年来都有从柳枝家传出管弦的声音，知道她一直沉溺在歌舞之中。他们都怀疑这样一个沉醉于美丽梦幻中，行为浪漫无拘的女孩子，是不会有人愿意娶的。

余从昆让山，比柳枝居为近。他日春曾阴，让山下马柳枝南柳下，咏余《燕台》诗。柳枝惊问："谁人有此？谁人为是？"让山谓曰："此吾里中少年叔耳。"柳枝手断长带，结让山为赠叔乞诗。

李商隐跟随堂侄李让山，相邻柳枝家近住。有一天春阴时节，让山下马到柳枝附近，吟诵了李商隐的一首《燕台》诗。这个柳枝姑娘惊讶地问，谁能有这样的情思？又是谁能将这样的情思写出来？让山回答说是自家少年小叔写的。柳枝姑娘手起刀落，剪断衣服上的长带，让让山转赠给李商隐，说想求一首诗。

明日，余比马出其巷，柳枝丫鬟毕妆，抱立扇下，风障一袖，指曰："若叔是？后三日，邻当去溅裙水上，以博山香待，与郎俱过。"余诺之。

第二天，李商隐和让山骑马路过她家的巷子，柳枝梳着双鬟，双臂交错立于门下，指着李商隐说："你就是诗的作者吗？三天后有个除灾求福的节日，我要烧一炉博山香等着你来，与你一起过这个节日。"

大唐民风率直坦荡，柳枝也没有一般女孩的忸怩，从素不相识到约会就是这么高效。李商隐也答应了。

会所友有偕当诣京师者，戏盗余卧装以先，不果留。雪中让山至，且曰："为东诸侯取去矣。"明年，让山复东，相背于戏上，因寓诗以墨其故处云。

正好李商隐和他的一个朋友准备一起去京城，此人戏弄李商隐，偷偷拿走了李商隐的行李，先跑到京城去了，李商隐在这里无法久留，只能快马加鞭跟了去。冬天下雪的时候，侄子让山到了京城，对李商隐说，柳枝已经被人娶走了。

第二年，让山要东归，路过洛阳，他们在马背上说起这件事。

李商隐对让山说："我欠她一首诗，你有空将诗带回去，写在她的故宅上。"

李商隐啊李商隐，你何止是欠人家一首诗呢？

李商隐自己写的诗序，假话全不说，真话不全说。他没有告诉我们，三日后其实是七夕节，在唐朝这是女儿节，女子有所祈愿，会在这天乞求上天实现。一个女子要和你一起过七夕节，这是什么意思？李商隐不懂？还有，怎么可能一念这首诗就立刻有这么大的反应，想必柳枝和李商隐之前应该见过一次，或是偶尔相遇。否则那个侄子也不会用李商隐的诗去试探女子的反应。

然而李商隐终究还是爽约了，或许他觉得自己的未来尚无着落，无法给这样的女子一个长久的承诺。

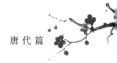

　　萍水相逢，如白云般聚散，不过是她一生中的一个小小插曲，愿她有个更美好的未来，这样最好。

　　他欠她的，不只是一首诗，或许是一个梦。

　　以后，这世间他再也没有遇到过一个像柳枝一样的女子了——因为喜欢他的诗，就主动与他相约，那约定背后有多少未说出来的话，他都不知道了。

　　情路伤心，仕途或许会好一些？对不起，仕途更伤。

　　想入仕途，必先科举。李商隐一生一共参加了多少次科举考试呢？

　　看李商隐现身说法：

　　凡为进士者五年。始为故贾相国所憎，明年病不试，又明年复为今崔宣州所不取。

——《上崔华州书》（节选）

　　这里的第一句话就交代了他考进士的情况，但文言行文简省，这里可以有两种理解。

　　一是考进士一共用了五年时间，那么在这五年里一共参加了多少次考试就不太清楚了，反正最多五次，因为这时候的科举是一年一次，也可能是三或四次。另一种解释就是有五年参加了进士考试，五进考场，但参加考试的时间可就不局限于五年了。有学者经过对李商隐生平的缜密考证后，得出结论，当为后者，即五进考场，考了五次。

　　其实两种情况无论是哪一种，都最多考五次。

　　考了五次，四次不举，被伤了四回。

　　如果仅仅是结果很受伤也就罢了，当他复盘自己的科举之路时，才发现更伤他的，其实是唐代科举的潜规则。

得罪主考，为主考官所不喜，一伤也。

李商隐在《上崔华州书》里回顾自己的科举经历时提到：

始为故贾相国所憎。

李商隐在恩师令狐楚的帮助（替他出应考的费用及给他找来应考的名额）下，连续参加了三次进士考试，可惜的是，三次都落榜，而这三次的主考官都是贾𫗧。相比之下，贾𫗧自己倒是官运亨通，从礼部尚书一直做到了宰相。

李商隐因为什么得罪了他我们不清楚，但是贾𫗧这个人虽然善于写文章，而且机敏有决断，但性格暴厉急躁，常凌辱同僚。谏议大夫李渤心生厌恶，去找宰相弹劾他，但宰相李逢吉因为爱才，罩了他。这样的人主考，李商隐自然没什么机会。

同一个考官，自己三次不弟，而跟自己水平相当（或者说并不如自己）的令狐绹却一次就考上了，这到哪儿说理去？

等等，难道说主考官可以看到考生的名字？是的，晚唐的进士试不糊名，主考官阅卷时就知道这个考生是谁了。

今天我们都已经习惯了糊名，也就是试卷上的考生信息要被遮挡，比如那句耳熟能详的"密封线内不要答题"。但考察一下唐代科举，其实一直处在时糊时不糊、局部糊整体不糊、偶尔糊常常不糊的变动之中。

糊名考试法真正成为全国通行制度的时间是宋太宗淳化三年（992年）。

但是，作弊与反作弊的斗争是不会停止的，直到今天还在继续，何况古代。参加改卷的老师可以通过辨认笔迹得知试卷出自何人之手，仍然能进行操作。

魔高一尺，道高一丈，北宋政府又创立了誊录制度，将试卷统统抄一遍，全都一个字体，看你怎么认？

不仅如此，还多级审核。试卷糊名、誊录之后，先送初考官评定，然后，将初考官所定的名额和名次糊名，再送覆考官重新审核，最后送详定官审核。

这不，我们今天也是如此，密封考生信息。

可是唐代不这样，主考官、阅卷员能看到考生的信息，评出结果后又无需对考生解释，这里面水可就深了。既然水深，那就有应对办法，而这个应对办法，恰是李商隐的另一重伤。

行卷无果，二伤也。

因为不糊名，某年某科有谁参加考试、哪本试卷属于谁，都是公开的。这就使主考官在录取时，有如下几种可能：参考应试人平时的诗文作品和名气声望，有时甚至完全依据这一点；应试者可以在考前呈献诗文或者请人推荐自己；主考官的亲友团有代他搜罗人才，加以甄别录取的可能。

于是就出现了"行卷"这一风气。

所谓行卷，就是举子把自己所写的各种文章、诗歌乃至传奇（小说）等，加以编辑，写成卷轴，精心装裱后，在考试以前（敲黑板、划重点）送呈当时在社会上、政治上和文坛上有地位的人，请求他们向主司即主持考试的礼部侍郎推荐，从而增加自己及第机会的一种手段。

然后自己静静地等待消息，若有消息，自是皆大欢喜；若无消息，也没关系，温故而知新嘛，再投一次以提醒，这叫作温卷。

唐代科举考试名目繁多，称为"常科"的有秀才（不同于明清的秀才）、明经、进士、明法、明书、明算六科，还有其他各种科目。其中最为人重视的是进士科。行卷、温卷主要是同进士科有关。

但要注意，参加科举的举子是不能私下直接向主考官递交行卷的，你要找社会上有地位的人代为转交，或高官显贵，或文坛翘楚，他们能直接或间接联系到主考官，并且还能与之通榜（共同决定录取名单）。

而且他们的朋友圈都是社会上层人物，传播后能在社会上形成美誉度，提高知名度。

唐代进士一般是在正月考试，二月放榜。因此，投献行卷多数是在头一年秋天就开始进行了。初次到长安（或洛阳）应试的外地举子们，往往事先就做好一些卷轴，随身携带，进京备用。

由于行卷都是选辑自己最满意的诗文，所以唐诗中一些流传于后世的精品名篇不少都出自行卷。"气蒸云梦泽，波撼岳阳城"，这气势不凡的诗句，就出自孟浩然写给丞相张九龄的干谒诗《望洞庭湖赠张丞相》。

而朱庆馀向张籍的行卷故事，就更是一段佳话了。

临考前，士子朱庆馀内心忐忑不安，就特地写了首行卷诗给时任水部郎中的张籍，想求得张籍的认可和举荐，诗名为《近试上张水部》：

洞房昨夜停红烛，待晓堂前拜舅姑。
妆罢低声问夫婿，画眉深浅入时无？

诗人以"新娘"自比，假称张籍为"夫婿"，把主考官比作"舅姑"，以新娘羞羞怯怯，不知道自己的妆容能否赢得舅姑称赞的忐忑心理，来比喻自己应试前患得患失、不知道能否中举的心理，巧妙无比。

不过话说回来，将自己比喻为新娘，那也就美人了，这还是跑不了屈原香草美人手法的范围，屈子伟大。

张籍素有文名、乐于荐才，又颇赏识朱庆馀，自然乐得应答，于

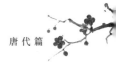

是回了一首《筹朱庆馀》：越女新妆出镜心，自知明艳更沉吟。齐纨未足时人贵，一曲菱歌敌万金。

张籍将朱庆馀比作"越女"，夸他"明艳"，定会赢得人们的赞赏，暗示他必定金榜题名，不必过分担心。

一问一答之间，隐晦委婉又清楚明白，闻弦歌而知雅意，文人的风流正在此处。

行卷到底好不好？应该说有好的一面，避免了"一考定终身"的弊端，因为仅凭一次考试的确很有可能会抹杀掉那些有才华之人。唐代确实有不少在社会上、文学上有影响的人物也乐于奖掖那些有才华的文士。

比如韩愈。作为"唐宋八大家"之一，韩愈参加了三次科考，三次都没有中。就在第四次科考时，遇到了已经退休的宰相郑余庆，借机"行卷"。因为韩愈的诗文很受郑余庆的青睐，这位前宰相就在自己的交际圈子里，为韩愈推广扬名。果不其然，这一年科考成绩榜下来，韩愈成功考中进士，从此名声打响。

但有人在的地方就有江湖，有可以操作的地方就有深浅，行卷也为作弊大开了方便之门，偷窃、抄袭、捉刀代笔、干谒、请托等不正之风越演越烈。而且那些有背景、出身豪门的考生简直具有天然的压倒性优势。

像杜牧这样的才子，写出了大家耳熟能详、必须背诵的《阿房宫赋》，可千古名作《阿房宫赋》也没能砸出一个前三名来。他找到吴武陵给他推荐，原本应该很顺利。主考官崔郾十分欣赏杜牧的才华，但还是和吴武陵说，不好意思呀，状元被人预定了……不仅是状元，前三、前五都被人预定了……后来在吴武陵的争取下，杜牧拿下了第五名。

发展到唐朝中晚期，"行卷"基本上就成了参加科考的考生们必做之事，假如说不屑或者忘了，那基本上就名落孙山，准备重头再来吧。

唉，有规则的地方就有水，有水就有深浅，是甘愿打湿衣服过河去享受对岸的风景，还是潇洒地站在河边旁观，就看自己的选择了。

李商隐自然也行过卷，但是效果很不好。

已而被乡曲所荐，入来京师，久亦思前辈达者，固已有是人矣，有则吾将依之。系鞋出门，寂寞往返其间，数年，卒无所得，私怪之。

而比有相亲者曰："子之书，宜贡於某氏某氏，可以为子之依归矣。"即走往贡之，出其书。乃复有置之而不暇读者；又有默而视之，不暇朗读者；又有始朗读，而中有失字坏句不见本义者。进不敢问，退不能解，默默已已，不复咨叹。

故自大和七年后，虽尚应举，除吉凶书及人凭倩作笺启铭表之外，不复作文。文尚不复作，况复能学人行卷耶？

——《与陶进士书》（节选）

李商隐来到京师，想要获得一些前辈的帮助，结果寂寞奔走了数年，却一无所获。后来亲近的人告诉他，应该把自己写的东西投献给谁谁谁，对方如果赏识，或许就可以得到对方的帮助了。

于是李商隐也开始行卷，结果却是：有把诗文放到一边根本没时间看的；有默默看完，根本不愿意朗诵一下的（唐诗有韵律平仄，不读不能体现）；有开始读几句，最后却不了了之，根本没明白他写的是什么的。而他自己人微言轻，不敢去问结果，也不能去做解释，就这样默默无语，默默无闻。

所以他此后只写一些简单的应用文，不再写诗文了，诗文都不写了，还学什么行卷呢？

那为什么李商隐的行卷就没人认真看呢？这就涉及第三伤了，身世门第。

家道落魄，三伤也。

公先真帝子，我系本王孙。

——《哭遂州萧侍郎二十四韵》

李商隐并没有为自己粉饰，他的先祖原与李唐王室是一家，有着共同的祖先凉武昭王李暠。但古人实行的是嫡长子继承制，造成了家族内部成员不同的境遇，再加上经过几代帝王的更迭，到李商隐这一代，家族已是"官职卑微，不及寒门"了。

他的父亲、祖父和曾高祖都只做过一些地方上的小官，并且都是盛年早逝。因此，家族三代孤寡，门庭薄弱。

让人痛苦的不一定是不曾拥有，而是曾经拥有，却最终失去。对于李商隐，官宦与名门的荣耀，都曾属过往，到了他这里什么都没有了。

这样的他，跑去行卷，自然不会被人多看一眼。

蛾眉误

李商隐，爱上了一个不该爱的女人。

这并不是小说的戏剧性开场白，是真的如此。

开成二年（837年），李商隐到长安第五次赴考，这一次，他终于幸运地考中了进士，但不幸的是恩师令狐楚去世。他回到家乡参与料理后事，待一切尘埃落定后，又风尘仆仆地赶回长安。

此时，与他同年中进士的韩瞻已结婚，结婚对象是泾原节度使王茂元的大女儿。好友相见，畅聊别后种种见闻，李商隐看着韩瞻新婚甜蜜，而自己二十六岁了，却依然孤独一人，不禁伤感起来。

但他其实无需伤感，缘分这东西固然不可强求，但它要来时，你想挡也挡不住。

王茂元早就听说李商隐才华卓绝，于是诚心邀请他去节度使府做幕僚，李商隐答应了。

以为是偶然的相逢，其实却是命中注定的相遇。

接下来，我们可以使用另一种风格来简介这个故事了：

初见，他只是府中幕僚，无权无势，却白衣胜雪，忧郁入骨。

而她，是父母的掌上明珠，大家闺秀，一颦一笑，都摇人心旌。

若不是命运恩赐，他与她，永远不会有交集。

可偏偏，他喜欢上了她的聪慧、温柔和多情，而她深深地陷入了他的忧郁中不能自拔，这样才华横溢，这样温文尔雅，为什么却总是那样的淡漠？

她要融化他心中的坚冰……

可是真相永远比梦想更残酷，他们不能相爱……

我们继续看，李商隐应该是真的很喜欢王茂元的小女儿王晏媄，而王茂元又很欣赏李商隐，好友韩瞻更是极力帮忙促成此事，估计他觉得和好朋友做连襟是件很好玩的事。至于王晏媄，也不大可能对李商隐毫无感觉，毕竟那可是柳枝姑娘一见倾心的人物。所以，万事俱备。

李商隐在《无题二首》（其一）中写道：

昨夜星辰昨夜风，画楼西畔桂堂东。

身无彩凤双飞翼，心有灵犀一点通。

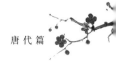

隔座送钩春酒暖，分曹射覆蜡灯红。

嗟余听鼓应官去，走马兰台类转蓬。

在一个通宵达旦、热闹非凡的宴席上，李商隐遇见了一位让他心动的女子，在周遭嘈杂的环境里，李商隐和她互通心意，眉目传情，彼此享有一份温情和爱意。

昨夜，昨夜，重复的笔法，一方面带来音韵的美感，一方面起到强调的作用——两次"昨夜"一下子将读者带入追忆中——那是一个美好的夜晚，夜风习习，繁星点点，他们在一场盛大的宴席上不期而遇。

画廊以西，桂堂以东，这是他们相遇的地方吗？未必。李商隐常常对诗歌中的意象进行模糊化处理，没有明确的所指，它们只是过去的代名词。事情的原貌如何，如今已不重要，重要的，是他们邂逅那一刻的印象，那时的印象是如此的强烈，以至于李商隐此刻穿过记忆的层层迷雾，试图回忆那天晚上灵犀相通的一刻。

总之，酒宴很热闹，觥筹交错，畅饮春酒，喧嚣非凡，可这一切都只是背景。

周围的人形色匆匆，行走其间，为了追逐片刻的欢愉而奔波忙碌，你和我都置身其中；宴席上有上百张模糊的脸，只有女子清晰起来；女子的身边流过美酒，流过红烛，流过喧闹与斑驳，可是她站在那里，孤单如昨。

李商隐和他钟情的那位女子，与周遭的环境仿佛形成了两个截然不同的世界，那份心意相通的爱意和温情将他们与外界隔绝，刹那芳华，瞬间永恒。

这首诗是写给谁的？和其他无题诗一样，除非李商隐亲口告诉我们，不然再精彩的推理也只能是猜测。在我这里，我相信它就是写给王晏媄的。

但这个女子，他真的是不能爱的，因为女子的父亲是王茂元。

晚唐最著名的政治事件，大概就是牛李党争了。这场朋党之争始于唐宪宗元和三年（808年）的进士考试，此后两派官员互相倾轧、争吵不休，历经穆宗、敬宗、文宗、武宗四朝，到唐宣宗时期以李德裕被贬谪崖州而宣告结束，前后持续近四十年。

纠缠、争斗得有多厉害？就连皇帝唐文宗都对此感慨："去河北贼（三大藩镇）易，去朝廷朋党难。"连皇帝都没办法，可见其严重程度了。

王茂元与李党首领李德裕关系极好，被视为"李党"的骨干成员；而令狐楚父子则属于"牛党"。

令狐楚一家对李商隐有着非同一般的知遇之恩。

大和三年（829年），李商隐以"十六岁能著《才论》《圣论》，以古文出诸公间"的才名，得到了天平军节度使令狐楚（牛党骨干）的赏识。

令狐楚对李商隐的照顾十分周到，并让他和其子令狐绪、令狐绹，侄儿令狐缄等交游，建立了两代人和李商隐的密切关系。令狐楚还将李商隐招进幕府，亲授其骈体章奏之学。当时官私文书皆用骈体，擅长骈体章奏也是致身通显的一条捷径。

李商隐写《谢书》一诗表达感激之情："自蒙半夜传衣后，不羡王祥得佩刀。"

"西晋王祥所得的佩刀，只有官至三公的人才能佩戴。但是自从您亲授我章奏之学后，我再也不羡慕王祥的佩刀了。"

前文我们说过，李商隐在开成二年（837年），第五次进士考试时终于得以登第。除了他本人的才学，也有令狐绹的大力帮助。他如果娶了王茂元、李党骨干的女儿，那不就是赤裸裸的背叛吗？王晏媄，

他能爱吗？

　　但他还是选择了王晏媄，做了节度使王茂元的女婿。

　　爱一人，赌一生。

　　在朋党之间的派系斗争中，忠于自己的门户，维护己方的利益，是被接纳的底线，也是官场斗争的默认原则。李商隐无视这些，就注定了他的后半生跌宕坎坷。

　　不仅牛党的人看不起他，李党的人也认为他背叛可耻。令狐绹尤其厌恶他，认为李商隐忘恩负义，背叛恩师的提携，背叛自己的友情。李商隐娶王茂元之女后，令狐绹大怒，斥责李商隐"忘家恩，放利偷合"。

　　反正忘恩负义这个评价是没跑了。

　　我们今天也只能推测，李商隐为什么会这样做。其一，李商隐具有典型的诗人气质，有独立的人格意识，并不把娶王氏之女这件事看成是背叛牛党，投靠李党。其二，李商隐对王晏媄是真爱。

　　开成三年（838年），李商隐参加"博学宏辞"科考试，本已录取，但上报中书省时，被除了名，理由是："此人不堪！"

　　李商隐很快便领悟到不被录取的缘由，怀着悲愤凄凉而又无可奈何的心情，吟成经典名诗《安定城楼》。

迢递高城百尺楼，绿杨枝外尽汀洲。

贾生年少虚垂涕，王粲春来更远游。

永忆江湖归白发，欲回天地入扁舟。

不知腐鼠成滋味，猜意鹓雏竟未休。

　　"高大绵延的城墙上城楼高百尺，在绿杨林子外是水中的沙洲。年少有为的贾谊徒然地流泪，春日登楼的王粲再度去远游。我向往将来能成就一番回转天地的事业，然后就带着满头白发，乘一只小船归

隐江湖。我没想到小人们会把"腐鼠"一样的小利当成美味，竟然对
鹓雏猜忌个没完没休。"

不过还好，第二年，也就是开成四年（839年），李商隐总算通过
了吏部的考试，获得了一个弘农县尉的小官。会昌二年（842年），又
考中了拔萃科，授予秘书省正字，就是当年陈子昂受召金殿时一举获
得的官职，这说明了陈子昂当年是多么的荣耀，也说明了李商隐是多
么的不易。

此后终其一生，李商隐在各个无足轻重的职位上辗转，晚年，他
得到了一个盐铁推官的职位，虽然品阶低，但待遇丰厚。李商隐在这
个职位上工作了两到三年，罢职后回到故乡闲居。

大中十三年（859年，一说十二年），四十六岁的李商隐在家乡病故。

后人评价李商隐做了王茂元的女婿，因此断送了仕途，是做了此
生最大的一件蠢事。其实，这样的看法太过功利。

李商隐娶了王晏媄，然后处于两党的夹缝之中，一生仕途受累于
此，但是，他后悔过吗？

没有。

至少，在他的诗中找不到半点痕迹。

妻子去世后，有一年冬天他应节度使柳仲郢之邀，前往四川，途
中遇到大雪，伤感地想到以后再也没有人给自己寄寒衣了，于是写下
《悼伤后赴东蜀辟至散关遇雪》。

> 剑外从军远，无家与寄衣。
> 散关三尺雪，回梦旧鸳机。

又下雪了，需要寒衣来御寒。

制作寒衣前先要捣衣，用木杵捶打葛麻衣料，使之柔软熨帖，易

于缝制，在寒冬来临前的秋季，在有着月光的夜晚（白天操劳，没有时间），妻子一边捶打衣料，一边思念着远方的亲人。

一件寒衣，承载着思念、忧虑和期盼，无数美丽的容颜是它的背景，那思念栖息在脸上的样子最美。

远行的游子收到寒衣，会深深地想念家乡的温暖，想念与家人一起的天伦之乐，这是旅途中难得的幸福时刻。

然而这一切，在妻子走后，没有了。

李商隐只有在梦中，回到妻子曾经为他织布做衣的绣具旁。

至少在想象中，他还有家。

李商隐思念去世的妻子，有诗《夜雨寄北》。

> 君问归期未有期，巴山夜雨涨秋池。
> 何当共剪西窗烛，却话巴山夜雨时。

这首诗太有名了，关于这首诗究竟是寄给何人，其实有两种说法，友人或是妻子。

主要理由是，考证李商隐的生平，他滞留巴蜀期间，正是在他三十九岁至四十三岁做东川节度使柳仲郢幕僚时，而在此之前，其妻王氏已亡。

所以，李商隐怎么会给已经故去的妻子写《夜雨寄北》呢？

但说是给朋友的吧，这悱恻缠绵的情感，好像也不太合适。

李商隐一往情深，触景生情，思念妻子，不能自已，为已死去的妻子写下一首特备的悼亡诗又有何不可呢？

诗的前一句是过去，妻子还在的那个时空。那时候李商隐常常四处奔波，他们聚少离多。每一次李商隐离开妻子都会问他，什么时候回来呢？可他回答不了。诗的下一句是现在，李商隐此刻所在的时空。此刻的他身在巴蜀，巴山的夜雨渐渐沥沥，雨水已渐渐涨满秋池，他受阻于此，仍然不知道回去的日期。妻子的问题，他仍旧无法回答。

用这两句，李商隐完成了与妻子跨越时空，超越生死的对话。

而再下一句，则是未来。定一个约定，什么时候，双方才能再见？才能一起剪烛窗下，互相诉说今夜巴山夜雨中的思念呢？

没有答案，因为李商隐知道，这是一个来生的约定，今生注定无法实现了。

下辈子，他还要找到她，还要娶她，然后给她讲今夜的巴山夜雨。

今生约定，来生实现。

爱一人，赌一生。

不，其实是爱一人，赌上今生与来世。

后来一直到死，李商隐都没有再续娶，王氏成了他余生永恒的眷恋。

所有的忧郁，都由美来实现

李商隐在生命的最后一年，留下了诗歌史上最晦涩难解的《锦瑟》，一千多年来，无人能解得它真正的含义。

锦瑟无端五十弦，一弦一柱思华年。
庄生晓梦迷蝴蝶，望帝春心托杜鹃。
沧海月明珠有泪，蓝田日暖玉生烟。
此情可待成追忆？只是当时已惘然。

关于这首诗的主题，有恋情说、咏物说、悼亡说、闺情说、自伤说、自悔说、世事说、夫妻说、无端说、论诗说等。

各种解说的提出，都各有种种的论据和道理，也各有各的趣味。这既是《锦瑟》本身的魅力所致，也为《锦瑟》增添了许多魅力。

那么多解读的人都达成了一个共识，就是这首诗很美，非常美，让人一见倾心。迷离梦幻，摇曳多姿。

梁启超在《中国韵文里头所表现的情感》就曾写道："义山的《锦瑟》《碧城》《圣女祠》等诗，讲的什么事，我理会不着。拆开来一句一句叫我解释，我连文义也解不出来。但我觉得它美，读起来令我精神上得一种新鲜的愉快。"

可是一首好诗，一首好歌，一副美丽的画，它们都很美，但我此刻正在为一道难题而烦恼，正在为一个分数而担心，那么它的美和我又有什么关系？

有关系，美好的事物，具有一种感发的力量，给人一种向上要好的精神。它会让你觉得，生活、生命真的很好、很珍贵，我不能浪费它，我不能混吃等死，我不能蓬头垢面，我不能无所追求，这就是美的力量。

所以，还需要解释什么吗？不需要了！

它很美，就够了。

这也许就是李商隐要留给我们的话——

他有一颗愁心，一生忧郁，但最后，所有的忧郁都由美来实现。他没有沉沦，没有被绝望压倒，他找到了美，留下了美。

这，还不够吗？

菩提心王维——山中红萼纷纷开、纷纷落

通常来说，古人的名与字之间都有着某些联系，或是补充说明，比如周瑜字公瑾，瑜和瑾都是美玉的意思；或是提醒节制，比如韩愈字退之，愈有超过之意，凡事过犹不及，所以要懂得退一下。但是王维的名字是个例外，他字摩诘，名和字要连起来才是一个完整的词——维摩诘。

维摩诘本是一个家财万贯、妻妾成群的富人，但他信奉佛教，虔诚修行，并且能够做到不执着于相，对境而不生境，这是很高明的境界，于是得证菩萨道。他才智超群，享尽人间富贵，又擅论佛法，超脱红尘生死。而王维的母亲是一名虔诚的佛教徒，师从一代名僧大照禅师三十多年，一生褐衣疏食，持戒安禅，对王维影响很大。她也希望王维能够像维摩诘一样，所以给王维取了这样一个名字。

在梵文中，维是无的意思，维摩诘意为无垢，意蕴深远。当拥有这个名字的那一刻起，王维就已经与佛结缘了。

作为"诗佛"的王维，他有一颗菩提心。

菩提是觉悟的意思，而觉悟有两种途径。对禅宗文化感兴趣的读

者，多半都知道这样一段著名公案。

五祖要传衣钵，大家都认为神秀必然是最佳人选。他年近五十拜五祖为师，虔诚修行，从搬柴运水等粗活干起，直至成为上座教授师，步步踏实，德高望众。

这天，五祖召集门下徒众，要求每人作一首偈颂。通过偈颂来观察大家对佛法的体悟程度，程度最高的人自然就能得到衣钵，成为第六代祖师。

神秀回顾过往，将自己的心得体会写成一偈。

身是菩提树，心如明镜台。
时时勤拂拭，勿使惹尘埃。

众僧读后，都觉得不必再写了，这首偈把他们想说的都写完了。

然后，不出意外的话，你懂的，将会出点意外。有位叫慧能的人，自幼丧父，与母为伴，家境贫寒，卖柴为生。他三十多岁的时候前往东山寺拜见五祖，然后在厨房干粗活。他不认识字，先请人读了神秀的偈语，听完后哈哈一笑，说他也可以做一首，请人帮忙写下：

菩提本无树，明镜亦非台。
本来无一物，何处惹尘埃。

佛家最后要证悟的是什么呢？就是一个缘起性空。而慧能直接就体会到了空这个境界，自然高于神秀，所以他成了六祖，一偈成名。

不过最终，神秀和慧能都成了得道高僧，分别创立了禅宗的北宗和南宗。神秀创立的北宗，讲求渐修渐悟，而慧能创立的南宗，则追求顿修顿悟。两者相比，慧能更像是一个天才，虽然不识字，但可以直接体悟到佛法的本质。然而对于我们普通人来说，神秀的渐悟更有实践价值，总要经过一个循序渐进（时时勤拂拭）的学习过程，才能达到某种境界。

一个是不积跬步无以致千里；一个是灵台一点、立地成佛。

纷纷开

我以为，王维应该属于天才式的顿悟，在某一天某一刻，遇到某个契机，然后突然间就悟了，从此潇洒出尘，成为人间散仙。不过，当深入了解过后我才明白，没有人能躲过命运的嘲讽，一颗觉悟的心更不能，说王维一生顺利的人，大约是用欣赏和喜爱的滤镜滤掉了他的沉浮起落。

王维的父族是太原王氏，唐代顶级豪门，著名的五姓七望（陇西李氏、赵郡李氏、博陵崔氏、清河崔氏、范阳卢氏、荥阳郑氏、太原王氏）之一。在五姓七望中还有两家崔氏，清河崔氏与博陵崔氏，一个在唐朝出了十多位宰相，一个被称为天下第一门户。王维的母亲就出自五姓贵族之首的博陵崔氏。也就是说，他的母族比父族地位更高。

五姓七望这七家，为了保持自己的血统和地位，几乎不对外通婚。高傲到什么地步？连皇帝向他们求婚都不答应，因为李唐王室虽然也姓李，但和鲜卑人通婚，血统不纯正了。当然，朝廷也曾多次想办法制止他们的势力，禁止他们内部通婚，但效果并不理想。整个唐王朝期间，这几大家族可以说是一直在主导朝政，直至唐朝灭亡。

两大顶级豪门，孕育了王维。

王维字摩诘，九岁知属辞。（《新唐书》）

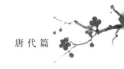

属辞就是能做文章，这个能写文章和我们今天的能写作文那可完全不是一个概念。考试中，你们仅剩二十分钟都能搞出篇作文来，这样的你，史书会评价你能属文么？

王维十五岁到京城，写下四首《少年行》：

其一：

新丰美酒斗十千，咸阳游侠多少年。
相逢意气为君饮，系马高楼垂柳边。

其二：

出身仕汉羽林郎，初随骠骑战渔阳。
孰知不向边庭苦，纵死犹闻侠骨香。

十六岁作《洛阳女儿行》：

洛阳女儿对门居，才可颜容十五余。
良人玉勒乘骢马，侍女金盘脍鲤鱼。
画阁朱楼尽相望，红桃绿柳垂檐向。
罗帷送上七香车，宝扇迎归九华帐。
狂夫富贵在青春，意气骄奢剧季伦。
自怜碧玉亲教舞，不惜珊瑚持与人。
春窗曙灭九微火，九微片片飞花琐。
戏罢曾无理曲时，妆成祗是熏香坐。
城中相识尽繁华，日夜经过赵李家。

117

谁怜越女颜如玉，贫贱江头自浣纱。

十七岁写《九月九日忆山东兄弟》：

独在异乡为异客，每逢佳节倍思亲。
遥知兄弟登高处，遍插茱萸少一人。

现在明白什么叫能属文了吧？年少能属文，正史记载的也没几个，这个描述，其实是天才少年的另一种表述罢了。

十九岁，参加府试。

按唐朝科举规定，最初级的考试为府试，考中者为贡生，"贡"即把人才贡献给朝廷之意；贡生们再参加由礼部主持的考试，考中者为进士，"进"取地方向朝廷进献杰出人才之意。进士及第后，再由皇上亲自主持考试，也就是殿试。殿试的前三名，才是我们所熟知的状元、榜眼、探花。而唐代府试的第一名，称为解元。

在李商隐篇中我们说过，唐代行卷风气盛行，不行卷，多半考中无望。王维中解元，其中也有一段特殊的行卷故事：

辛文房在《唐才子传》中记载：

工草隶，闲音律，岐王重之。维将应举，岐王谓曰："子诗清越者，可录数篇，琵琶新声，能度一曲，同诣九公主第。"维如其言。是日，诸伶拥维独奏，主问何名，曰："《郁轮袍》。"因出诗卷。主曰："皆我习讽，谓是古作，乃子之佳制乎？"延于上座曰："京兆得此生为解头，荣哉！"力荐之。

王维工于草书隶书，娴于丝竹音律，长于山水绘画，可谓多才多

艺。更重要的是，他和岐王关系很好。

岐王建议他去拜访一下九公主，王维答应了。那天，王维给公主独奏新曲，满座为之动容。公主问王维这是什么曲子。王维答是《郁轮袍》，他自己谱写的。公主甚感惊奇，非常高兴。岐王趁机将王维的诗作交给公主，公主看过之后更加惊奇："这都是我平常所背诵学习的，还以为是古人之作，原来就是你写的！"于是将王维请到上座，待为贵宾。并说京兆府如果能以此人为解头，那是国家的光荣啊！得到了九公主的大力推荐，王维一举登第，做了解头。

这个故事未必完全属实，但从中可知王维少年成名，引人注目。

以第一名通过府试之后的王维，二十岁，正是青春年少，参加当年春天吏部举行的进士考试，然而没有考中，不过他似乎也并没有太放在心上。这一年里，他常常随着岐王游玩、宴饮。

然后在第二年的考试中，王维顺利及第。

你要问这其中有没有关联？我只能引用一句台词说："你可以这样认为，但我不会发表任何评论。"

二十一岁就进士及第，前途大好，未来可期。但他不知道的是，他的"大唐光明仕途体验卡"即将到期，而他又懒得续费充值。

纷纷落

据《新唐书》记载：

开元初，擢进士，调太乐丞，坐累为济州司仓参军。

太乐丞是掌乐之官，归太常寺管理，在朝廷负责礼乐方面的事宜。

官阶不高，但王维精通音律，也算依才授官，毕竟还年轻，未来还很长。然而没过多久，他就被贬为济州司仓参军。司有管理的意思，司仓就是管理仓库。

缘何被贬？史书中的一个"累"字很关键，坐是"因为"的意思，累是"连累、牵连"。因为牵连进某件事中，所以被贬。

表面上，他因为排练黄狮子舞而获罪，黄色乃帝王色，皇帝还没有看，王维竟敢先看排演，岂不是大不敬之罪？但他是太乐丞，就负责音乐、舞蹈教习啊，他不看怎么排？不排直接给皇帝演，那不一样是大不敬吗？所以这只是一个借口，实际上是在诸王之争中，因为他与岐王关系很密切，被划为岐王势力，所以遭到打击。也有说是因为当时执政的张说打击对手，他被连累其中。

不管怎么说，他要去山东了，山东济州，距京千里，他在离开之前，写诗《初出济州别城中故人》留别。

微官易得罪，谪去济川阴。
执政方持法，明君照此心。
闾阎河润上，井邑海云深。
纵有归来日，各愁年鬓侵。

官职卑微最容易获罪，我被贬谪到济水之滨。执政者坚持以法办事，圣明的君主原无贬斥之心。村落在黄河浸润的岸边，城镇上空的海云浓深。纵然有回到京城的一天，只怕岁月也早已染白了我的双鬓。

由此可见，这时的王维一点也不佛系，该郁闷照样郁闷。

仕途沉浮来得如此突然，已令王维的心中，起了层层涟漪。

几年后，玄宗大赦天下，他也回到长安，在嵩山隐居，但入世之心，并未消失。

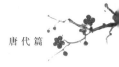

张九龄执政后，王维向他献诗，《上张令公》中的一句诗表明了他的心迹。

学《易》思求我，言《诗》或起予。

渴望被任用之心，尽在其中。而张九龄也很欣赏王维，提拔他做右拾遗。不得不说，诗人好像都和拾遗这个职位有缘，杜甫做过，白居易做过，如今王维也来做。

但宦海波澜何匆匆，王维被授为右拾遗后仅三年，赏识他的张九龄就在政治斗争中失势，口腹蜜剑的李林甫开始执政，王维之后的际遇可想而知。

张九龄被罢相后，贬到荆州，他写了一首《感遇》以明心迹。

兰叶春葳蕤，桂华秋皎洁。

欣欣此生意，自尔为佳节。

谁知林栖者，闻风坐相悦。

草木有本心，何求美人折！

王维得知恩人被贬，立刻写了《寄荆州张丞相》一诗。

所思竟何在，怅望深荆门。

举世无相识，终身感旧恩。

方将与农圃，艺植老丘园。

目尽南飞鸟，何由寄一言。

当时没有人赏识他、理解他，只有张九龄提拔了他，他将终身感念张九龄旧日的恩德。张九龄被贬是李林甫一手策划的，此时此刻写此诗，实在是不够明哲保身，但王维还是写了。

掌权后的李林甫，将王维明升暗降，让他做监察御史，出使凉州。

出塞就出塞，咱随缘自适。

在出塞途中，王维有感而发，作诗《使至塞上》。

单车欲问边，属国过居延。

征蓬出汉塞，归雁入胡天。

大漠孤烟直，长河落日圆。

萧关逢候骑，都护在燕然。

沉沉浮浮算得了什么，千百年后，我们依然清晰的记得"大漠孤烟直，长河落日圆"的壮阔景色，而李林甫是谁又有几个人知道？

有所悟

几年后，王维再次回到长安，这次他开始看淡了许多事，并开始领悟到一件事：

红尘中，秋花不比春花落；官场上，尘梦哪如鹤梦长？

的确，史书上记载一个人，往往只有几页甚至几行，前一页，这个人可能还庙堂煌赫，富贵到了极致，可也许下一页，就流放贬谪，什么都没有了。从位极人臣到带罪之身，就只是那么薄薄的一页书，那么短短几年光景，让人真的感慨尘梦如璀璨烟花，虽然华丽，却如春梦一场，很快便了无痕迹。而鹤梦，漫步山野，长啸林泉，放浪形骸，逍遥自在。

此间有鹤长舞、风长吟，此处有花长开、酒长醉，不义富且贵，于我如浮云。

想想那些浑不在意功名利禄的隐士。

唐尧时代，尧想把天下传给一个人，名叫许由，可他不肯接受，逃走了。尧锲而不舍，再一次召他想让他治理天下，这一次，他连听都不想听：尧又召为九州长，由不欲闻之，洗耳于颍水滨。

但是你若以为许由是最爱洁的人就错了，一山还有一山高，正当许由在颍水边洗耳朵的时候，有一个人牵牛来水边饮水，这个人就是巢父。他问许由在干什么，许由就把唐尧想把天下让给他的事情说了一遍。巢父听了也很生气，说："你如果真的想做隐士，隐居在高山深谷中，谁又能找得到你？现在人家能找得到你，你又推脱不去，这不是故意求名吗？你在河里这么一洗，不是把河水都弄脏了吗？那我的牛还怎么喝水？"巢父牵着牛到上游饮水去了。

可能后人觉得这有点不合情理，大概是假的。所以司马迁实地考察，写道："余登箕山，其上盖有许由冢云。"因为《高士传》中说许由死后，就葬在了箕山之巅，山也因此而名许由山。

领悟到这一点之后，四十岁左右的王维开启了半仕半隐的生活模式。

那个诗歌中充满了空灵禅意的王维，要来了。

那个传说中的辋川别墅，要出现了。

如果说起中国文人的精神家园，桃花源是一个，辋川就是另一个。

辋川位于蓝田，山水环绕，且水流如车轮一般聚集。山能藏风，水能聚气，山环水绕，富贵长寿，这简直是可遇而不可求的宝地。

最开始这里是宋之问的庄园别墅，天宝三载（744年）左右王维接手买下了它，作为他母亲奉佛修行的隐居之地。然后直到"安史之乱"爆发，这中间大约十二三年的时间，王维公退之暇，或休沐之时，都会来这里休憩。丁母忧时，更是长居辋川。

王维经过一番精心设计后，修建、营造出了二十处自然景点。他在《辋川集并序》中如数家珍地陈述道："余别业在辋川山谷，其游止有孟城坳、华子冈、文杏馆、斤竹岭、鹿柴、木兰柴、茱萸沜、宫槐陌、临湖亭、南垞、欹湖、柳浪、栾家濑、金屑泉、白石滩、北垞、竹里馆、辛夷坞、漆园、椒园等。"

山、岭、岗、坞、湖、溪、泉、片、滩等等，一应俱全。

辋川别墅建好之后，王维便邀请好友来一同游赏，还用诗歌吟咏了辋川的风景名胜，每一处景物写一首诗，共写成四十首诗，王维、裴迪各二十首。这些诗歌由王维辑成《辋川集》。

篇幅有限，我们只欣赏其中的几首。

空山不见人，但闻人语响。

返景入深林，复照青苔上。

——《鹿柴》

这里的主人养着许多梅花鹿，因而得名"鹿柴"（"柴"通"寨"）。

当王维来到鹿柴时，空荡的山谷中不见行人的踪迹，只是偶尔能听到有人语的声音传来。落日余晖的光线穿过枝叶的缝隙，斑驳地洒在深林的地面上和绿色的青苔上。

鲜有人迹的山谷、幽深的林子、温和的夕阳余光、绿色的青苔，大自然中的一切都是那样无声安详，且和谐有序。

平平淡淡、自自然然，却又仿佛蕴含着某种难以言说的哲理和禅趣。

而王维，似乎也不是在写诗，只不过是把这一切如实描述出来而已。

独坐幽篁里，弹琴复长啸。

深林人不知，明月来相照。

——《竹里馆》

顾名思义，竹里馆是一座建在竹林深处的房子。诗人在竹林深处独坐，弹琴长啸，明月相伴，出尘绝俗。

木末芙蓉花，山中发红萼。

涧户寂无人，纷纷开且落。

——《辛夷坞》

坞为山间谷地，辛夷是落叶乔木，先开花后长叶，早春著花，又名玉兰。

"涧户寂无人"这句把环境写得十分安静幽寂，却并非万籁俱寂，而是以静衬动。其他三句中，发、开、落三个动词连用，在五言绝句中十分罕见。这三个动词不但把花发、花开、花落的不同阶段顺序分明地表现出来，也仿佛依稀能听到蕾绽、花开、瓣落的声音。

这是生命最好的姿态：既有沉寂，又有绽放，一切都自然而然，无为而作。

木芙蓉自开自落的自然属性，是天道自然的完美体现。

诗的意境是空，但又不是单纯的空、枯寂的空，而是禅师不落空寂的那种空。意境如碧沼青莲，淡雅真纯，从热闹繁华中开出淡泊与洒脱，绝美而稀有。

悟到了世事无常之后，就开始随缘自适，而这份随缘，也救了他一命。

唐玄宗天宝十五载（756年），安禄山叛军攻陷潼关，随之攻入长安。唐玄宗仓皇逃往四川，王维没来得及逃走而被俘。被俘后，他曾吃药取痢，假称患病，想以此逃避麻烦。但因为他的诗名太大，安禄山派人将他"迎"到洛阳，拘于菩提寺中，不管他答应不答应，硬委之以伪职。无奈之中，王维当了安禄山的给事中。

他没有如历史上的一些刚烈臣子，以死明志，既然推脱不掉，那就顺其自然吧。

"安史之乱"平定之后，所有曾在安禄山手下做过官的人都要追责处理，"重者刑之于市，次赐自尽，次重杖一百，次三等流、贬"。

要么处死，要么流放，王维能幸免吗？

其间，曾发生了一件事。

安禄山在凝碧池举行一次大型宴会，席上，当旧日唐宫音乐响起时，一位名叫雷海青的宫廷乐师情绪失控，摔碎乐器，西向长安恸哭不已，以示不忘旧主。

安禄山暴怒火，令手下将雷海青绑在宫殿柱子上，肢解示众。

好友裴迪将这个消息带给了王维，王维悲愤不已，只能用诗来抒发心中悲愤。

这个时候写这样的诗，显然是很危险的，如果被安禄山得知，会不会被处死？但王维没有想那么多，既然此时心中悲愤难忍，那么就发声为诗，这才是自然。

于是他写下一首《菩提寺禁裴迪来相看说逆贼等凝碧池上作音乐供奉人等举声便一时泪下私成口号诵示裴迪》。

万户伤心生野烟，百官何日再朝天。
秋槐叶落空宫里，凝碧池头奏管弦。

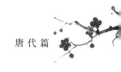

　　这大概是最长的标题了，不长怕说不清楚，日后，它成为王维人生中至关重要的一首诗。

　　就因为这首诗，证明了王维是忠于唐王朝的，加之他的弟弟王缙请求削己官职以赎死罪，唐肃宗特此原谅了他。不但不杀，还给了个太子中允的官，可谓不幸中的大幸。这时的王维已经五十七岁了，任太子中允不久，又加集贤殿学士，后又迁太子中庶子，中书舍人。上元元年，六十岁的王维转尚书右丞，这是他一生中所任的最高官职，也是最后所任之职。

　　上元初年，王维在与弟弟和亲朋一一作别之后，坐化而去。

　　"不知栋里云，去作人间雨"，他走了。

　　世界对他并不能算温情，但在他的诗里，你很难找到什么愤恨、什么不平，仿佛他的世界里从来都是云销雨霁，风和日丽。

　　经历过少年时的惊才绝艳，经历过中年时的沉浮起落，然后明心见性，看到了山中红萼，纷开纷落的生命至景。

　　生如夏花之绚烂，死如秋叶之静美。

　　他的辞世都如同诗的留白一样——索笔作书，与异乡的亲友一一告别，然后放下笔，安然离开。

　　就如同檐上的一片雪花，临春，归去。

壮心王昌龄——我不顺，但是我很强

问曰："讲唐诗，不讲"旗亭（酒楼）画壁"的故事，可乎？"

答曰：不可。

因为那是唐代大诗人们留给后世最好玩的故事之一。

天上有雪，熔万物为白银。

行路的人，变得越发艰难起来，偶有一阵风吹过，雪花便直直地灌入人的袖间。

昔日繁华的长安街上，如今已然没有了几个行人。在这样寒冷的天气里，人们大多会选择躲在屋子里。一边烤着火炉，一边喝着温好的酒，聊着江湖上的一些趣事，岂非这种天气里最好的选择？

因此，这家酒楼里人满为患，也就一点都不奇怪了。

在酒楼的角落里，三个看起来气质儒雅的书生正围坐在一起，畅饮美酒，纵论天下，爽朗的笑声不时从中传出。

不错，人生得意须尽欢，就当如此。

然而他们的笑声，很快就停下了。因为他们看到从门外又陆续进来一些人，有男人也有女人，美丽的女人。

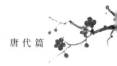

    原来酒楼为了给客人助兴，特意请了梨园子弟前来表演。走在最后的四个姑娘，更是美丽无比，有一种卓尔不群的优雅大方。她们怀抱琵琶，开始唱起歌来，朱唇皓齿，摇人心旌。

    "我们来打个赌，如何？"

    "哦？如何赌？"

    "你我三人，江湖中都略有声名，然而究竟谁更技高一筹，却始终没有定论。今天我们就赌，她们口中所唱者为谁人之诗，多者为胜，何如？"

    "哈哈，妙极。"那二人大笑，尽皆赞同。

    第一位姑娘清声宛转地唱道："寒雨连江夜入吴，平明送客楚山孤。洛阳亲友如相问，一片冰心在玉壶。"

    "我的。"提议者淡淡一笑，提笔在身后墙壁上画了一道，以示计数。

    第二位面容娇俏的姑娘又唱道："开箧泪沾臆，见君前日书。夜台今寂寞，犹是子云居。"

    "这是我的一首绝句。"两人中的一人，也在墙上画了一笔。

    说话间，第三位姑娘已开了绣口："奉帚平明金殿开，且将团扇共徘徊。玉颜不及寒鸦色，犹带昭阳日影来。"

    提议者面有得色："又是我的，两首。"墙上再添一笔。

    三首绝句，自己不居其一，那两个人中的另一人却并不着急，慢声细语地道："寻常红巾、潦倒翠袖，岂识阳春白雪？"一指那尚未开口的绝色女子道："此女容貌为诸女之最，此女所唱，如非我诗，我就此封笔，不再言诗！"

    片刻，该女子开口道："黄河远上白云间，一片孤城万仞山。羌笛何须怨杨柳，春风不度玉门关。"

    正是那人诗作。

    三人相与大笑。

这就是有名的"旗亭画壁"的故事。

这三个人就是王之涣、王昌龄和高适。

那提议赌诗的人，即是王昌龄。

出塞

王昌龄的生平并不复杂，也没有像其他诗人一样的传奇，《旧唐书·文苑传》中这样记载：

王昌龄者，进士登第，补秘书省校书郎。又以博学宏词登科，再迁汜水县尉。不护细行，屡见贬斥，卒。昌龄为文，绪微而思清。有集五卷。

生得不明不白，死得不清不楚。

王昌龄出身寒微，家世清苦，少年时边耕边读。

他曾自述道："久于贫贱，是以多知危苦之事。"

这是不是很像孔子说过的："吾少也贱，故多能鄙事。"巧合的是，王昌龄后来被称为"诗家夫子""七绝圣手"，和夫子他老人家还真是挺有缘的。

王昌龄在《上李侍御书》中写道：

昌龄岂不解置身青山，俯饮白水，饱广道义，然后谒王公大人希大遇哉？每思力养不给，则不觉独坐流涕，啜菽负米。

我也希望自己能够漫游天下，去拜见王公贵族，用诗文博得他们的赏识，可是这些我都做不到，因为我得先生活，先活下去。

他生活的窘迫，可见一斑。

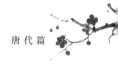

　　也许是现实太痛苦了，也许是受时代风气的影响，大概在唐玄宗开元八年（720年）前后，王昌龄曾到嵩山学道，有诗《就道士问周易参同契》为证。

　　仙人骑白鹿，发短耳何长。时余采菖蒲，忽见嵩之阳。
　　稽首求丹经，乃出怀中方。披读了不悟，归来问嵇康。
　　嗟余无道骨，发我入太行。

　　不同于有仙根的李白，王昌龄大大方方地承认，就算他得到了炼丹的书，也读不懂、悟不了。既然自己没有学道的根骨，那就算了吧。

　　学不了道，那去做什么呢？一般而言，该去考科举。但王昌龄的豪情就体现在此处，他选择了从军。科举什么的先放一边，等去大漠边关转一圈回来再说。

　　自古就是强汉盛唐，那时的人都有一种强烈的事功精神。汉讨匈奴、唐伐高丽、傅介子刺楼兰王、班超虎穴夺子、唐俭深入敌营忽悠可汗、王玄策一道檄文灭印度。这些为了建功立业而深入险地的传奇行为，正是一个盛世的缩影。

　　王昌龄熟读诗书文史，如果说在选择从军的这一刻会想到谁，那一定是班超。

　　《后汉书·班超传》中记载："家贫，常为官佣书以供养。久劳苦，尝辍业投笔叹曰："大丈夫无他志略，犹当效傅介子、张骞立功异域，以取封侯，安能久事笔砚间乎！"

　　然后他展现出自己超凡的军事实力，率领三十六骑出关，降西域三十六国，驱逐匈奴势力，经营三十余年。具体过程中各种心理战加外交战，威逼、胁迫、感化各种手段拿捏自如。凭一己之力收复西汉末年丧失的大片西域土地，重建西域都护府。汉和帝永元十二年（100年），七十岁远居西域三十一年的班超申请回国，三十一年为国开疆扩土尽忠坚持，年少意气风发投笔从戎，生命在"不敢望到酒泉郡，但愿生入玉门关"的期盼中，在终于回到洛阳时，画上了句号。

永元十四年（102 年），班超逝世，举国哀悼。

读到这里，我也热血沸腾，很想一扔粉笔，大喝一声：大丈夫岂能终日周旋于粉笔黑板间乎？然后也世界那么大，我想想去看看，潇洒地留给世人一个背影。

但冷静下来后，发现自己只会教书，算了，还是好好带学生吧。

开元十二年（724 年），二十七岁的王昌龄赴河陇，出玉门，至大漠，闯边塞！

他把自己的壮怀与豪情都献给了大漠边关，而塞外的夜月胡笳也回馈给了他全新的素材与灵感。他以手中的诗笔为刀、为剑、为马，写出了一首首慷慨悲壮、气势雄浑的边塞诗歌，这些诗被无数的战士在烽火硝烟、刀光剑影中传颂，让他身在边关而名满天下。

青海长云暗雪山，孤城遥望玉门关。
黄沙百战穿金甲，不破楼兰终不还。

——《从军行七首（其四）》

青海湖上浓云弥漫，北面雪山光线黯淡，塞上孤城苍凉而立，金甲战士身经百战。

铠甲可以磨穿，但壮志不会熄灭，不扫平来犯之敌，誓不收兵回还！

如果你觉得没有细节，那是因为你不曾去想象。

今夜青海湖畔
星光黯淡
生灵涂炭

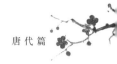

壮士断腕

怎么能容忍那匈奴进犯

保家国济苍生要战便战

十年戍关十年征战

祁连雪山被我望断

怎么能让我的军心涣散

…………

全军将士都听我令

英雄酒倒满

再借我一身苍龙胆

铁马银枪映月寒

大漠琵琶谁把它声声弹

青海长云暗雪山

孤城遥望玉门关

黄沙百战穿金甲

不破楼兰终不还

塞外壮阔之景，将士鏖战之烈，激扬豪迈之情，尽在其中。

有句话叫作"文无第一，武无第二"，武术可以有第一，因为可以比试，打败了所有人，你就是第一。但文学就不好说了，人人都说《红楼梦》好看，可我偏偏就看不进去，那也没办法。虽然事实如此，但大家对于评选压卷作品这件事始终乐此不疲。

那么唐人的哪一首七言绝句可称第一？

答案就是这首可入神品的《出塞》。

秦时明月汉时关，万里长征人未还。

但使龙城飞将在，不教胡马度阴山。

明后七子之一的李攀龙可能是最早提到"唐人七绝第一"这个概念的人，他认为《出塞》当之无愧。而他的好朋友，同为后七子领袖的王世贞也认同他这个观点。

"秦时明月汉时关"，这句真的是大气磅礴。

初读之下，似乎有点不合逻辑——难道明月就只照在秦朝，汉朝就无月了吗？难道就只有汉朝有关塞，秦朝就没有吗？

当然不是。

这一句诗中运用了互文的手法，上下文文意互渗，共同来表达一个完整的意思。

月，秦时有月，汉时也有月，明月不分今古，朗照到今；关，汉有雄关，秦亦有坚城，雄关坚城不怒自威，亘古长存。明月、雄关是地理空间，秦时、汉时是时间遥远。雄关漫漫，明月苍茫，地理空间已然辽阔浩瀚，复又加上时间的无垠辽远，时空交错之下，真是说不尽的大气磅礴、雄浑壮阔。

一句"秦时明月汉时关"，唱出了那个时代的最强音。

"万里长征人未还"，边塞和内地相距万里，虽然这肯定是虚指，但不用"万里"，如何写出空间的辽远？人不还，多少好男儿战死沙场，不再回来？在广阔辽远的底色之上，又添一层苍凉悲壮。

怎样才能永久的平定战乱？自古胡汉恩仇不断，匈奴、鲜卑、柔然、突厥、回纥、契丹、女真、蒙古，来了一波又一波。汉高祖刘邦白登之围死伤无数，陈平奇计拯救新生大汉政权，然后便是和亲救国，可是，"汉家青史上，计拙是和亲。社稷依明主，安危托妇人。岂能将玉貌，便拟静胡尘。地下千年骨，谁为辅佐臣"。（戎昱《咏史》）

大汉一直忍辱负重，直到汉武大帝，历经祖孙三代积蓄，誓要开疆拓土，报仇雪恨！长风呼啸，汉军威武，卫青霍去病，李广飞将军，打得匈奴直接逃到欧洲腹地，在那边继续和欧洲人掐架。

龙城飞将若在，胡马敢度阴山？

奇袭匈奴圣地龙城的卫青和飞将军李广如果还在，胡人的骑兵怎敢跨过阴山？

一点怅然，尽在不言之中。

短短四句，视通万里，纵横千年，一气呵成，读来酣畅淋漓，七绝第一，诚不我欺！

骝马新跨白玉鞍，战罢沙场月色寒。

城头铁鼓声犹震，匣里金刀血未干。

——《出塞（其二）》

将军跨上配了白玉鞍的骏马出战，战斗结束后战场上只剩下月色凄寒。城头上的战鼓声还在旷野里震荡回响，刀匣里宝刀上的血迹尚且未干。

王昌龄不愧是真正在边塞生活过的人，诗句中的细节极准，其他诗人表现英勇豪迈之情时大多用剑作为意象，可王昌龄说匣中金刀，血迹未干。因为真正在战场上用于杀敌实战的，是刀，唐刀（准确说是唐横刀）。

唐横刀以百炼钢制成，刀身上带有自然纹理，纹理会随着光线角度的变化而变化，奇异又美丽，在肃杀之中又添一丝美感。其性能代表了冷兵器时代的一个巅峰，步骑两用，所向无敌，在唐时的各大战役中发挥了极大的作用。

一把唐刀，能够折射出大唐盛世的多方繁华。

盛世与名刀，相映相辉。雄厚的经济实力与先进的兵器相结合，所形成的就是强大的军事实力，它与绚烂多姿的唐文化一起，造就了中国历史上的最强帝国。

一柄唐横刀，刀锋冷峭，不怒自威；刀身长直，刚健宏大；刀镡小正，干练自信；刀鞘或朴实无华或华丽夺目，藏锋于内，彬彬有礼。

王昌龄也许亲手感受过它的霸气和锋锐吧。

为官

当王昌龄结束了自己的边塞生活，从塞外王者归来，想要开启后半生的传奇时，却不想，两次及第，两次贬谪，就勾勒完了他后半生的全部线条。

第一次及第：

开元十五年（727年），三十岁，赴京城长安应试，一举进士及第，授秘书省校书郎国家图书馆馆员。

第二次及第：

开元十九年（731年），三十四岁，以博学宏词登科，迁河南汜水县尉（相当于现在的公安局长）。三年后，再迁任江宁丞（县令的佐官）。

第一次被贬：

在江宁任上干了四年，因言事犯上而获罪，被流放岭南。所幸次年遇"天下大赦"，得以北还，后又继续担任江宁丞。

他在遇赦北归的途中经过襄阳，与好友孟浩然相见，二人非常高兴，然而乐极生悲。当时正患疽病的孟浩然已经差不多快好了，可是见到了老朋友高兴，不管不顾地吃了些海鲜，导致痈疽复发，最终竟然因此而死。

王昌龄内疚、自责不已，悲痛地离开了襄阳。

然后又在巴陵（今湖南省岳阳市）意外地遇见了另一个好朋友李白。

与孟浩然、李白这样当世第一流的诗人相见，自是人生一大乐事，

可惜与孟浩然一见竟成永诀，与李白相见又都在贬途（当时李白正流放夜郎）。

这就是王昌龄"失孟交李"的轶闻。

第二次被贬：

天宝七载（748 年），因为放浪形骸，不拘小节，行为举止不够谨慎，被贬为龙标尉，此时他已经五十岁左右了。

那就走吧，身无长物，唯有琴书相伴。王昌龄雇船沿长江上行，经巴陵，过洞庭，至武陵，又放舟顺水前往龙标。

山高水远，烟雨迢迢。

这次贬谪，倒是一下子贬出了两首千古名诗：

首先，李白发来了慰问信。

杨花落尽子规啼，闻道龙标过五溪。

我寄愁心与明月，随君直到夜郎西。

——李白《闻王昌龄左迁龙标遥有此寄》

接着，好友辛渐得知仕途本就不顺的王昌龄又被贬官，立刻专程从遥远的洛阳辗转来到龙标看望他。

最难风雨故人来，本就不拘细行的王昌龄扔下政务，天天陪着远道而来的挚友在龙标游山玩水，到芙蓉楼饮酒赋诗。

然而天下没有不散的宴席，辛渐辞别诗人回洛阳的时间到了，王昌龄作诗《芙蓉楼送辛渐》相送。

寒雨连江夜入吴，平明送客楚山孤。

洛阳亲友如相问，一片冰心在玉壶。

迷蒙的烟雨笼罩着吴地江天，一个"连"字，一个"入"字，写出了雨势的平稳连绵，可是江雨那悄然而来的动态能为人所分明地感知到，诗人因为离别伤感而一夜未眠的情景也自可推知。

但这样水天相接、浩渺苍茫的烟雨吴江，意境上却又是那样的高远开阔。

分手之际，他对友人嘱托道："你到达洛阳后，如果那里的亲友问起我的情况，你就这样告诉他们，王昌龄的一颗心，仍然像一块纯洁晶莹的冰块，盛放在玉壶之中。"

他托辛渐给洛阳友人带去这样一句话，显然是有潜台词的：我因不拘小节而被贬谪，我遭到了许多非议。可任凭他们怎么议论我，朋友们，你们不要因之而怀疑。我王昌龄还是你们了解的那个王昌龄，清澈无瑕的玉壶中自有一颗晶莹澄澈的心！

这是他对污蔑之词的回击，也是对友人做出的告慰。

在龙标，他生活清苦，和随从而来的老仆沿路捡取枯枝败叶回去当作饭的柴烧。但他仍不忘悉心了解民情，为政以宽，是一个颇有政绩的地方官。

在任其间作诗《龙标野宴》。

沅溪夏晚足凉风，春酒相携就竹丛。
莫道弦歌愁远谪，青山明月不曾空。

身在何方又何妨？眼中有青山明月就够了。这首诗算是给李白等一众好友的回应了，不必担心他，他的心中一片光风霁月。

亡故

王昌龄任龙标尉任了八年，在大约五十九岁时才得以离开，离开原由是这一年肃宗初即位，大赦天下。

大赦后的王昌龄被任命为江东某职，他由龙标而赴江东，在武陵，与朋友留诗《留别武陵袁丞》（节选）作别。

皇恩暂迁谪，待罪逢知己。
从此武陵溪，孤舟二千里。

到了九江，有感而发《九江口作》。

漭漭江势阔，雨开浔阳秋。驿门是高岸，望尽黄芦洲。
水与五溪合，心期万里游。明时无弃才，谪去随孤舟。
鸷鸟立寒木，丈夫佩吴钩。何当报君恩，却系单于头。

都一把年纪了，还惦记着单于的脑袋（笑），虽然已届花甲，但犹是豪情满怀，壮心不减。

然而，他的壮心再也无法实现了。年近六十的王昌龄在途经濠州时，被濠州刺史闾丘晓杀害。

直至今天，我们也不清楚闾丘晓杀王昌龄的真实动机是什么。只在《唐才子传》中有一句："为刺史闾丘晓所忌而杀。"这里的忌到底是妒忌还是忌惮呢？

如果因为妒忌就杀人，那比他诗才高的人何止千万，杀得过来吗？如果是忌惮，那就是闾丘晓被王昌龄意外地知道了一些不可告人的秘密，从而招至了杀身之祸。

但无论哪一种，都只能是猜测而已。

一代名家，就这样结束了人生之旅，颠沛一生，最后竟不得善终，如何不令人痛惜？

所以有人要给他报仇：

张镐担任河南节度使，下令汇合各路军队，闾丘晓最后才到。张镐以他迟到为理由要杀掉他。若只是合兵晚到，可杀，也可不杀，所以闾丘晓向张镐求情，自己家有老母，能不能饶了他？但他的这个晚到导致的后果比较严重。

> 张镐闻睢阳围急，倍道亟进，檄浙东、浙西、淮南、北海诸节度及谯郡太守闾丘晓，使共救之。晓素傲很，不受镐命。比镐至，睢阳城已陷三日。镐召晓，杖杀之。
>
> ——《资治通鉴·唐纪三十六》

所以本就是必死之局，但张镐还是回了一句话，点明了必杀你的另一层缘由：你有老母，王昌龄就没有吗？他的母亲谁又来赡养呢？你杀王昌龄时可曾想过？

闾丘晓无话可说。

志在千里，壮心不已。

其人虽已没，但是那些诗句会如长风一般，呼啸着从盛唐的渺远吹来，扫去你我心上的尘埃，拓开你我狭仄的胸怀。

送君，不觉有离伤。

青山一道同云雨，明月何曾是两乡？

我们，也永不相忘。

宋代篇

通达心苏轼——中心位永远只有一个

苏轼曾写过一句诗："人生如逆旅，我亦是行人。"那么，他跌宕起伏的一生，我们要从哪里开始讲起呢？对不起，让我们残忍一点，就从他春风得意的那一刻开始吧。

贺新郎·得意

当时共客长安，似二陆初来俱少年。有笔头千字，胸中万卷，致君尧舜，此事何难。用舍由时，行藏在我，袖手何妨闲处看。身长健，但优游卒岁，且斗尊前。

——《沁园春·孤馆灯青》（节选）

少年心中有丘壑，立马振山河。

帮助君主成为传说中尧舜那样的圣君又有什么难的呢？被重用或是被忽视，这或许由时运所决定，但愿意入世建功还是潇洒出尘，却是由我不由天。我若不愿意，那就袖手闲立，淡然旁观这世事纷扰又如何呢？

狷介潇洒，从容淡定的气息跃然纸上，治天下仿佛运掌一样。

人，真的可以这样轻狂吗？

不可以。

但苏轼是例外。

一个文人若能留名于在文化史上，可谓人生无憾矣。然而这太难了，自古就是文无第一、武无第二。没有开创性的贡献，压倒性的优势，里程碑式的成就，怎么能够青史留名呢？所以在一般读者看来，一个人能留下的名号越多，大概就越厉害。

寻常才子能在文学史上如风过春水，留下那么一二处涟漪，已经很满足了。但苏轼，在史诗级游戏中，拥有如下多款皮肤，款款经典。

自古诗言志，为文学正统，诗歌方面，他和黄庭坚被后世称为"苏黄"。

宋代的词风流独步，写词方面，他与另一位传奇辛弃疾同为豪放词地标，并称"苏辛"。

至于文章，"经国之大业，不朽之盛事"。后世评出最具代表性的"唐宋八大家"，苏轼赫然在列。

文章写得好，字不好那也是不行的。书法方面，后世称"宋四家"：黄米苏蔡。

家学方面，世称"三苏"：苏洵、苏辙、苏轼。

这些称号个个都足以荣耀后世，都是寻常文人梦寐以求的。

若说这些大多是后世给予他的荣光，生活在当时的苏子本人并不知道，那么当时的苏子是否春风得意呢？那月光是少年的月光，春风是少年的春风，那逸兴遄飞，神采飞扬的心境究竟是何模样？我们

要去询问一座古城才能知道——开封。

开封是苏东坡开启自己盛名的荣耀之地。

科举制度自隋唐时获得确立，到了宋代发展得更加完备，录取人数也增加了很多。要想改变命运，实现阶层跃迁，一夜之间天下扬名……没有什么是一场考试不能解决的，如果有，那就多考几场。

嘉佑元年（1056年）八月，苏轼二十一岁，参加开封府举行的举人考试。

成绩：第二。

嘉佑二年（1057年）正月，苏轼二十二岁，参加贡举考试。

苏轼作《刑赏忠厚之至论》等数篇。

成绩：第二、全场最佳。

没有夺得第一，为啥还是全场最佳？

因为主考官欧阳修看到那篇《刑赏忠厚之至论》，依据文风推断这可能是自己的学生曾巩的文章，将自己的学生擢为第一，有偏私之嫌，于是心想委屈他一下吧，给了第二名。

这场考试还考出了两个文学史名场面：

其一，欧阳修读完苏轼的文章后，称赞说："读轼（苏轼）书，不觉汗出。快哉快哉！老夫当避路，放他出一头地也。"成语出人头地，顺利诞生。

其二，这篇文章中苏轼用了一个典故，关于尧与皋陶讨论刑法的对话。博学如欧阳修一时间竟然也想不到出处，就去问梅尧臣，结果他也不知道。估计两位老人家此刻一定在感叹学无止境、学海无涯的古训是多么有道理。

然后直接叫来苏轼问出处，苏轼的回答是："何须出处，想当然耳"。

想来应该有这么回事。

欧阳修生气了吗？没有，反而觉得此子有个性：公赏其豪迈，太息不已。

不久，贡举复试，以《春秋》三传为材料出题，苏轼见招拆招，作《春秋》对义。

成绩：第一。

嘉佑二年（1057年）三月，苏轼二十二岁，参加殿试，仁宗皇帝亲自主持。

成绩：第六。

嘉佑六年（1061年），苏轼二十六岁，参加制举考试。

本次考试之前还有一个小插曲，相国韩琦对人说："二苏在此，而诸人亦敢与之较试，何也？"韩琦果然是制造考前焦虑的高手（笑），他的话传出去后，许多考生一合计，是这样啊，何必当陪跑呢？走吧。竟然真的吓走了一大半考生。

苏轼：别问我，我啥都不知道。

作《御试制科策》。

成绩：入三等。

才第三等，也没有什么了不起的吧？其实，制举考试成绩共分为五等，"故事，制科分五等，上二等皆虚，惟以下三等取人，然中选者，亦皆第四等"（叶梦得《石林燕话》）。也就是说其中第一、第二等为虚设，从不授人，实际上就是第三等为最高等，苏轼中第三等第一，此前只有百年前有一人曾中制举第三等第一，因此，被称为百年第一。

苏轼自己对于这份成绩也很满意，欧阳修作为推荐导师，苏轼、苏辙二人制科考试同时入等，更是开心地夸赞："苏氏昆仲，连名并中，自前未有，盛事！盛事！"

御试完毕之后，宋仁宗回到后宫也是喜不自胜，高兴地对高皇后说："朕今日为子孙得两宰相矣！"

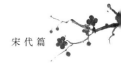

　　大宋教育报终于可以这样报道了：我大宋教育，以立德树人为本，经过了百年的长足跨越式发展之后，终于在制举考试上取得了突破性进展。入三等第一的人数整整是一百年前录取人数的一倍，共计达到了两人次。这不是苏轼一个人的胜利，这是大宋教育百年树人的胜利！

　　苏轼，惊才绝艳，名满天下。

　　生活需要仪式感，有宋一代重文轻武，考试之后有一整套仪式感满满的皇家活动，将新科进士的荣耀与自豪之情推向极致。

　　先是皇帝亲自临轩唱名赐第。

　　当自己的名字被九五至尊亲口念出、并赐予等级的时候，那一刻会是一种怎样的心情呢？当苏轼的名字被皇帝念出的那一刻，他一定会想起小时候母亲带着他一起读汉书《范滂传》的那个遥远午后：

　　"轼若为滂，母许之否乎？"（如果我想做舍身取义的范滂，母亲能允许吗？）

　　"汝能为滂，吾顾不能为滂母邪？"（你能做范滂一样的人，我为什么不能做范滂母亲那样的人物呢？）

　　然后是闻喜宴，又称琼林宴。

　　朝廷专门机构负责场地、食谱、器乐等相关事宜的统筹安排。活动之日全城奏乐，席间还有赐诗、簪花、谢表等若干仪式活动。席后，进士们戴花而出，各自归家，路上百姓莫不争睹其风采，人生得意须尽欢，其是之谓乎？

　　只有醇酒若无美人，又怎能将此得意之情衬托得淋漓尽致呢？

　　苏轼有词《蝶恋花·送潘大临》。

　　别酒劝君君一醉，清润潘郎，又是何郎婿。记取钗头新利市，莫将分付东邻子。

回首长安佳丽地，三十年前，我是风流帅。为向青楼寻旧事，花枝缺处余名字。

苏轼被贬黄州时，认识一个叫作潘大林的朋友。黄州时期的苏轼，人人避之唯恐不及，而性情洒脱的潘大林常常和他一起游玩，可见其人的真挚，所以苏轼也很喜欢他。

元丰七年（1084 年），潘大林要去开封参加省试，苏轼写词送他。

他说潘大林喝下这杯酒吧，送别的酒可以一直喝到醉；他说丰神清雅的潘大林啊，你是哪家的郎婿？说着说着，他就想起了自己那段鲜衣怒马、"春风得意马蹄疾，一日看尽长安花"的难忘日子……

那时候他是风流帅，那时候的汴京城中，佳丽遍地，美人如云。

新科进士春衫薄，倚马斜过桥，满楼红袖招。

风度翩翩的潇洒才子，妩媚多情的美丽女子，邂逅，亦如春之漫野。

苏轼既是一个深情的人，也是一个多情的人。

有良辰，有美景，有良师，有益友，有美酒，有佳人，有可以随意挥洒的才情，有欣赏自己的君王，有璀璨辉煌的前程。

人间得意，可有胜于此者？

清商怨·绝望

杀人莫过诛心。

毁灭掉他的肉体未必就是胜利，因为你可以消灭他的肉体，却不能打败他的精神。

唯有毁灭他的精神，扼杀他的希望，让他心如死灰，这才是最痛

苦的打击。

可如果他本来就没有希望，又如何摧毁？"曾经沧海难为水，除却巫山不是云"的深情，前提是见过沧海的浩瀚，见过巫山行云的迷离变幻。所以，欲取之，必先予之，要先让他拥有他想拥有的一切，然后再夺走这一切，他才会绝望。

苏轼这块美玉太过瑰丽、光芒夺目了，老天先给予他无可比拟的才华，让他一路高中；给予他少年意气，让他以为天下无不可为之事。让他做凤翔签判、杭州通判，做密州太守，做徐州太守，让他以为这只不过是朝廷的正常历练。天将降大任于斯人，如何不先苦其心志？前方等待他的将是致君尧舜的坦途，是一展平生抱负的快慰。

命运，真是一位高明的棋手。

老夫聊发少年狂。左牵黄，右擎苍，锦帽貂裘，千骑卷平冈。为报倾城随太守，亲射虎，看孙郎。

酒酣胸胆尚开张，鬓微霜，又何妨。持节云中，何日遣冯唐。会挽雕弓如满月，西北望，射天狼。

——《江城子·密州出猎》

在做密州太守时，他出城打猎。

他戏称自己是老夫，其实并不老，对于从政的人而言，四十岁左右正是奋发扬厉之时。在戏谑中有一丝苦涩，他担心时不我与，担心自己错过了建立功业的最好年华。

来像少年一样疏狂一回吧，去痛痛快快地打一次猎吧！

他很满意自己的新造型：戴着华丽的帽子，身上穿着貂皮，左手猎狗，右手苍鹰（我左青龙，右白虎……），带着一队人马呼啸而过，烟尘滚滚，怎么看都是一副"社团大哥"的样子。

这一刻他感觉无比的畅快，来！家人们！你们既然这么热情，老夫就给你们整个豪气干云的活儿——看我射只老虎来！

他的心情又好起来了，头发微微有点花白又有什么关系呢？他不再说自己老了，他问朝廷什么时候能派遣像汉代冯唐一样的使者来找自己呢？他不问有没有，只问什么时候，因为他毫不怀疑皇帝是一定会重用他的，只不过是时间问题而已。此刻的隐忍，不过是一种历练罢了。他只是有些着急了，但心中的希望从未减少，对未来的期盼越发强烈，好，这就对了。

现在，命运要落下另一枚棋子了。

苏轼来到黄州，是因为一场名为乌台诗案的无妄之灾。

北宋最高监察机构叫作御史台。

御史台的官署内种有许多柏树，而柏树上常常有许多乌鸦来做巢栖息，所以人们也称它为乌台。这个称呼很有意思，因为监察御史们的职责就是"挑刺儿"，奏谁谁倒霉，那功效简直和乌鸦嘴一模一样。

这一回，他们把目光瞄准了苏轼。

元丰二年（1079 年）四月，苏东坡四十四岁，调任湖州知州。

苏轼在调任江苏湖州知州时，例行公事写了份谢恩的奏章（《湖州谢上表》），在文中他随口发了几句牢骚："伏念臣性资顽鄙，名迹堙微。议论阔疏，文学浅陋……知其愚不适时，难以追陪新进；察其老不生事，或能收养小民。"

被皇帝认为有宰相之才的苏轼说自己资质低下、没啥名气、文学才能浅陋，愚笨得难以配合如今新提拔上来的"人才"……谁信啊？这摆明了是正话反说，用反语来讥讽那些新进的人没有能力，朝廷用人不当。大家都是熟读经史考上来的，谁还看不出这个啊？

于是，监察御史舒亶、御史中丞李定开始发动攻击。

时年六月，他们先指使一个御史上奏神宗皇帝，说苏轼的谢表中

这四句话是在诽谤朝政。这叫投石问路，先看看皇帝的反应。

皇帝有些生气？太好了！火力全开！

舒、李二人即刻化身名侦探，他们仔细收集苏轼诗文中的只言片语，然后断章取义，牵强附会，深文罗织，混淆黑白，上纲上线，强加因果，最后推断出结论：苏轼目无皇帝，诽谤朝廷，理应问斩！

这其实就是一场文字狱。

但苏轼还是因此而被捕，入狱，候审，生死难料。

他在狱中写下了两首绝命诗，以为自己必死。

在乌台诗案过去以后，他绝少在公开场合谈论其中的经过。

一定很痛苦，所以才不愿回首。

最后，因为很多人的帮助、劝谏，历时 130 天，他得以出狱，被贬谪到黄州做团练副使，惩罚并不算太重，但他人生的浮沉，其实才刚刚开始。

花非花·幻灭

初到黄州的苏轼，心境低落而沉重。两年后，他写下了这样一首后人视为他的豪放代表作，但其实骨子里是颇为伤感的《念奴娇·赤壁怀古》。

大江东去，浪淘尽，千古风流人物。故垒西边，人道是，三国周郎赤壁。乱石崩云，惊涛裂岸，卷起千堆雪。江山如画，一时多少豪杰。

遥想公瑾当年，小乔初嫁了，雄姿英发。羽扇纶巾，谈笑间，樯橹灰飞烟灭。故国神游，多情应笑我，早生华发。人间如梦，一尊还酹江月。

他听闻黄州城外的赤壁风景优美，是文人们常去的清赏之地，于是在某一日，他和朋友一起，小舟载酒，游览黄州赤壁。

他说他的朋友善于吹笛子，酒喝到尽兴时，朋友吹笛数曲，风起水涌，水中有大鱼跃出，山上栖息的飞鸟，也被惊起。

他看到大江滚滚东流，波浪汹涌，数千年过去了，江水依旧，但那些数千年历史上的英雄人物和他们的丰功伟绩，都已成为陈迹，不复存在。

一个人眼中能看到怎样的景色，和他此刻心中充盈着怎样的情感是密切相关的，这便是所谓的借景抒情。

豪放吗？时间（千古）、空间（大江）、英雄（风流人物），三者都包含在了一句之中，的确大气磅礴。可苏轼的底色是伤感的，他说那口耳相传的丰功伟绩、英雄事迹，最后都被时间淘尽成空。

这里是赤壁，于是他很自然地想到了三国，想到赤壁之战。

那段风起云涌，英雄如群星般璀璨的时代似乎让眼前的景色幻化得更加壮阔：看那惊涛骇浪拍碎在岩石上，迸发出无数堆雪白的浪花。在壮丽的自然风物面前，人是如此的渺小，个人的沉浮、荣辱，变得好像都不那么重要了。

江山如画，淡化了他心中的悲伤。

他想起了那个男人——周瑜。

周瑜有两副面孔。

在《三国演义》中，他气度狭小，嫉贤妒能，几次三番设计陷害想要除掉孔明先生。最后不仅没有成功，还被先生反杀，气得吐血而死，真是罪有应得。

但在《三国志》（官方正史）中，他可是天选之子。

苏轼想起的，就是正史中的周瑜。

他写他风华正茂，写他美人初嫁，写他大破曹军。

这是周瑜吗？是的，是他，但也不是他，也是苏轼自己。

他在周瑜身上看到了自己理想中的模样，自己渴望的另一种人生。

苏轼也曾惊才绝艳，也曾是风华正茂的少年，也曾拥有建功立业的一切才能。他的未来，难道不该和周瑜一样建立起惊天动地、让后人追慕不已的功业吗？可如今，他说自己神游古战场，除了感慨叹息一番以外，什么都没有了。

他自嘲地笑着说自己多情，明明一事无成还多愁善感。

他发觉自己过早地生出了许多白发。

想起那些自己无力左右的宦海沉浮，人生中的起起落落，和不定的聚散，他明白了——人生的底色只是无常。

算了，人生如梦啊，还是向江中洒一杯酒，祭奠一下这万古长存的大江明月吧！

游览完赤壁，回去休息的他，也许晚上会做一个长长的梦，梦中，他仍是那个神采飞扬的少年……

之后的日子里，他在黄州淡然地劳作、生活，打磨自己的心灵，参悟无常这一最难的人生命题。

满庭芳·涅槃

在黄州的第三个春天来临时，苏轼遇到了一场大雨，然后他写出了一首《定风波》。

三月七日，沙湖道中遇雨，雨具先去，同行皆狼狈，余独不觉。已而遂晴，故作此。

莫听穿林打叶声，何妨吟啸且徐行。竹杖芒鞋轻胜马，谁怕？一蓑烟雨任平生。

料峭春风吹酒醒，微冷，山头斜照却相迎。回首向来萧瑟处，归去，也无风雨也无晴。

这一年春季中的某一天，苏轼遭遇了一场雨。

这场雨很不浪漫，既不是"沾衣欲湿杏花雨"的小雨，也不是"无边丝雨细如愁"的丝雨，而是一场说大不大、说小也不小的急雨。

他和朋友春日出游，却忽然间风雨骤至。

这是他因为乌台诗案而被贬到黄州的第三个春天，本来就刚刚才经历了人生中的寒冬，如今春天来临，总算可以带来一点慰藉了吧？但我们的东坡先生又遭遇了"倒春寒"。

他们身边没有雨具，同行的朋友们都很狼狈，估计都成了落汤鸡。东坡先生此刻的感受也一定是我很冷、很孤独、很寂寞……

非也，苏东坡先生怎会如此？

他不在乎。

他手拿竹杖，脚穿芒鞋，时而长啸，轻快地在雨中行走。

管他一生会有多少的风雨，他有这一袭蓑衣就够了。等等，在前面的序言中他不是说自己和朋友们都没有雨具，怎么这会又突然出现了一件蓑衣？

其实，这里的蓑衣不一定是实实在在的物件，更可能是一个意象。

蓑衣虽重但不碍行动，雨伞虽美却只能缓行，所以唐诗中的雨天都是与蓑与笠联系在一起的，而雨伞倒几乎不见。是唐代人都不打伞吗？也未必，诗中没有伞，是因为伞没有蓑衣所具有的意象美。

蓑衣可以代指渔夫，而渔夫在我们的文化中是隐士的化身，不仅

象征着对名利的淡泊与放弃，还代表着一种通达、超然的心境——以随遇而安的心态来看待生活中的一切顺逆、得失、荣辱。

作为农耕时代的传统风物，蓑衣这个意象上主要寄托着如下情怀：终老林泉的隐逸之志和不羡名利、超然物外的人生态度。

词中的"任"字用得可真好，任就是任凭，我愿称这个字为最强。它有最酷的名字：任我行。它有最深情的表白：任凭弱水三千，我只取一瓢饮。它有最洒脱的失恋：从此无心爱良夜，任他明月下西楼。它有最坚定的意志：千磨万击还坚劲，任尔东西南北风。它还有最洒脱的情怀，便是此刻：一蓑烟雨任平生。

苏轼被略带薄寒的春风吹醒，忽然感到了山风所带来的凉意。可他并没有在寒凉中徘徊不前，因为，他突然间发现山头有一轮温暖的夕阳正在迎接着他。

即使是在困境中，苏东坡也总能发现积极的一面，他总能找到希望。就像此刻，他用一个"却"字，转折出了一个"柳暗花明又一村"的温馨境界。

这时候风雨已经停了，他伫立在山间，回头看那刚刚经历过的风雨、走过的路时，他觉得其实既没有风雨，也没有晴天。可明明才刚刚经历过穿林打叶、一蓑烟雨，怎么会没有风雨？明明已看见山间夕阳，风雨已过，雨霁天晴，为什么却说没有晴天？

因为如果把眼光放得长远一点看的话，无论多大的风雨也终会过去，所以说也无风雨。雨霁之后就是晴天，可天气并不会一直晴朗，此刻的天晴，亦会过去，下一刻，也许是多云多雾，也许是风雨骤至，谁又能预料呢？所以终是无晴。

人生的底色就是无常。

既然如此，那又何必患得患失？

在经历着风雨、低谷、困境之时，不要消沉，不必沮丧；而在生活一片光明、艳阳高照之时，也不可得意忘形。

不以物喜，不以己悲，用一份超然、达观的态度去面对人生起落。

苏轼用两个"无"字，写出了经由风雨而悟道的心境。

他终于看到了那"也无风雨也无晴"的人生风景。

于是一切都变得不一样了。他在黄州，本来衣食住用都成问题，可没关系，苏轼自己务农。他在山坡上开辟了十余亩的土地，山顶处建了房子，山脚下又盖了一间草堂，草堂四壁画有雪景，自名为雪堂。

他关注粮价肉价的变动，发现可以用蒸锅和漏锅做成美味的菜汤蒸饭。发现猪肉价贱，"富者不肯吃，贫者不解煮"，唉，我苏东坡来晚了啊，来来来，跟我一起学做红烧肉。大火沸水煮开，转文火慢炖，记得要放酱油。记得杨绛女士在《我们仨》中回忆与钱锺书留学法国时，两个人都不善做菜，偶然间发现了沸水煮肉然后小火慢炖的方法后欣喜莫名，从此各种食材一律此法伺候。岂不知苏东坡早已知晓此间乐趣。不禁堪笑他们读书无数，为何不直接师法苏子？

江中多鱼，捕捞来后，他这样吃：选好一条大鲤鱼，冷水洗净，上盐入味，鱼腹内塞上白菜心。放在煎锅里小火慢煎，半熟时，放几片生姜，起锅前浇上一点儿咸萝卜汁和一点儿酒，端盘之前再放上几片橘子皮。你看，入味去腥一应俱全，不亚于现在我们吃鱼前挤一些柠檬汁来调味去腥。

偶尔来了闲情逸致给人家的吃食命个名，不知道名字的酥油饼就叫"为甚酥"，放多了水的酒就叫"错煮水"。

朋友来了就开开他的玩笑："龙丘居士亦可怜，谈空说有夜不眠。忽闻河东狮子吼，拄杖落手心茫然。"从此河东狮吼一词成典故，陈季常怕老婆的事迹天下传诵，不知他恨不恨苏东坡。

写作当然也是必不可少的，他分别创作了《黄泥坂词》《赤壁赋》《后赤壁赋》及《记承天寺夜游》。

太过无聊时，就要求来访的客人谈鬼，客人说不知道，先生说没关系，随便说就是（胡说八道刚好就是鬼话）。于是大家乱谈一番，最后宾主都很尽兴，对于这样的结果，还真是让人无语。

虽然他并不知道，黄州只是他后半生贬谪生活的一个起点而已，几年后，他又会经受一次巨大的人生起落。然而他也无需知道了，此时的他，无论走到哪里，都会是那个天上地下举世无双的苏东坡。

海月谣·知命

元丰八年（1085 年），宋神宗病逝，哲宗即位。哲宗年幼，高太皇太后执政，太后反对变法，重用旧臣，史称元祐更化。

苏轼亦复职，任登州知州。

敏锐如他，不会感觉不出这只是正式启用前的一个小小前奏，他的未来似乎又峰回路转。然而他并没有因之狂喜，他在黄州已然彻悟，早已看透人生的底色是无常。他以出世之心，行入世之事。顺也好，逆也好，荣也好，辱也好，他只活在当下，做自己该做的事。

登州任期果然很短，只有五天，但他在这五天里了解民情，然后上书建议加强海防，允许民间贩盐，官府收盐税即可。

春风化雨，滋润万物，五日足矣。

他还在这里看到了向往已久的"海市蜃楼"，不知那隐现不定、如梦如幻的景色是否也让他越发觉得人生如梦。

他一直看到"斜阳万里孤鸟没"，仍不愿离去，良久良久。

奉旨还朝后的他先为起居舍人，再是翰林学士、知制诰。这是对身为旧党的他的信任与恩宠。但他反对尽废新法，因为有些新法效果很好，真的于民有利。

他太不会为官了。

结果，既不见容于旧党，又为新党所攻击，他只好请求离开京师，去地方上做一些实在的事。他如愿了，来到杭州，疏浚西湖，修建苏堤，治理湖泊泛滥。

元祐六年（1091 年），他又被召回京师，任吏部尚书，然后同年八月，出，任颍州知州。

在这里，他设法兴修水利，赈济灾情，整治西湖，西湖的波光云影尚未澄清，他又被任命去扬州。

他什么也没说，赴任扬州。扬州盛产芍药，艳绝天下，每年都会举办万花会，一次需要极品芍药十余万枝。官商借此牟利，百姓多有不堪，苏东坡到任后，停掉了万花会。

不久，他被再次召回京师，任兵部尚书兼侍读。后又改任礼部尚书、端明殿学士、翰林侍读学士。

他曾为之侍读五年的哲宗亲政了，他喜欢变法，要恢复先朝新法。可反复的变动，会动摇刚刚才稳定下来的局势，于是苏东坡"冒死进言"，恳求皇帝不要那么着急。苏轼这么做，无他，这是一个忠正臣子应做的事而已。

他真的，太不会做官了。

于是，他又一次被调离京师，只是这一次，他再也没有回来。

数年之间，三进三出。宦途真的似海，潮起潮落只在朝夕之间。

若是从前的他，也许会写几首小诗，和友人发发牢骚，抱怨几句，但如今他不会了，平静地收拾好行装就出发了。在定州他整顿军务，劝农种稻，还编撰插秧小调，以舒缓劳动时的疲劳。

他在想"几时归去，作个闲人。对一张琴，一壶酒，一溪云"。

他觉得累了，当一个人感觉累时，就说明他真的老了。

那些曾经的朋友都一一远去；那些陪伴在他身边不离不弃的亲人

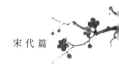

也都逐渐凋零。

他走啊走，离故乡越来越远。

他在追寻什么呢？

也许他在想，应该结束了。

一杯酒，一溪云，匆匆浮生一点尘。

可是他的旅程还不能结束，他自定州被贬为英州知州，还未到任，就又被贬为宁远军节度副使，安置在广东惠州。

他只是笑笑。

下面这段话最能表达他的心情。

天劳我以形，吾逸吾心以补之；天厄我以遇，吾亨吾道以通之。天且奈我何哉！

意思是说，假如上天用劳苦来劳损我的身体，那我就放逸我的心情来弥补它；假如上天阻遏我的际遇，那我就通过修养道德来打通它。如此，上天又能奈何我什么呢！

苏东坡到了广东惠州怎么样呢？他发现了"水果之王"荔枝的美好：

罗浮山下四时春，卢橘杨梅次第新。

日啖荔枝三百颗，不辞长作岭南人。

——《食荔枝二首》（其二）

吃得好，睡得也不错。

白头萧散满霜风，小阁藤床寄病容。

报道先生春睡美，道人轻打五更钟。

——《纵笔》

据说，这首诗流传出来，被当政的权臣看到，不禁发问："苏轼还是这么快活吗？"喜欢惠州是吧？那就让你去儋州。

绍圣四年（1097年），再贬琼州别驾，昌华军（古称儋州）安置。

儋州也就是今天的海南岛，古时交通不便，此地远离中原，为人迹罕至的蛮荒之地，古代帝王往往将这里作为流放"逆臣"的地方。至今这里还有一个景点叫作天涯海角。

这里很苦，可苦不住他的心、他的道。

苏轼这一生，无论遭遇如何困境，总是能因地制宜地活出生命的最佳状态。这里物质虽然短缺，但水还是很充足的，他每晚会以热水浸足，以祛寒湿；日用品奇缺，但木梳总是有的，海风总是取之不尽的，仍可迎风梳头，以促进头部血液循环。

渐渐地，他在海南又过得意趣横生起来。

他说："天地在积水之中，九州在大瀛海中，中国在少海之中，有生孰不在岛者？"（《试笔自书》）

有一次他吃了当地渔民送给他的海鲜，觉得味道异常鲜美，就告诫小儿子苏过，千万不要对别人讲，"恐北方君子闻之，争欲为东坡所为，求谪海南，分我此美也"（《食蚝》）。

诗人用了三年的时光适应下来，然后就遇朝廷大赦，即日北返。

在归途中，苏轼用一句诗总结了此次天涯之行："九死南荒吾不恨，兹游奇绝冠平生。"（《六月二十日夜渡海》）

苏轼在黄州涅槃重生，从此乐天知命，心中仿佛有一个大海云天，能容纳命运对他的一切不公。他的一生都在不停地跋涉，刚刚熟悉一个地方，马上就要转身离开。上天在作弄他，轻薄他、劳他、扼他，可他能不负众望地做到随遇而安，宠辱不惊，无论身处何种困境，都能让生命变得圆满丰润起来。

　　建中靖国元年（1101年），宋徽宗大赦天下，苏轼自海南归来。六月，到达常州。傍晚时分，河中一叶扁舟，苏轼王者归来。常州城内万人空巷，争睹先生风采。众人高呼："苏学士！苏学士！"历尽劫波的苏轼也激动不已，泪光潜然。

　　同年七月，六十五岁的苏轼留下遗言："吾生不恶，死必不坠。"不久病逝。他的旅途就此停留在了山海之间。

　　苏轼的这颗心，

　　在最飞扬闪耀的时刻，

　　以最猝不及防的姿态，

　　去奔赴一场命运的挑战。

　　荆棘缠绕着毒箭，

　　幻灭携手着虚无。

　　一寸一寸绞杀着他的心田。

　　要令他万劫不复，又或是给予他重生的机缘。

　　他用寒、热，用诗，用惊涛骇浪，用飞扬的灵魂；

　　用范滂的忠义、孔子的道和庄子的梦，

　　铸成一把能斩长鲸为万段的百炼刀，

　　与自己打了一场宏大的战役。

　　他赢了，所以他成了苏东坡。

丹心辛弃疾——文韬武略俱佳，
大宋豪放词第二人

　　浮生偷得半日闲的午后，最舒服的事，莫过于坐在办公室中，任午后阳光漫过窗台，翻看自己喜欢的书了。这次，手中的书是一本《辛弃疾词传》。

　　东风夜放花千树，更吹落、星如雨。宝马雕车香满路。凤箫声动，玉壶光转，一夜鱼龙舞。

　　蛾儿雪柳黄金缕，笑语盈盈暗香去。众里寻他千百度，蓦然回首，那人却在，灯火阑珊处。

——《青玉案·元夕》

　　写这首词的时候，辛弃疾在临安担任司农寺主簿。三十多岁，正是年富力强之时，但兜兜转转，一直没有得到重用。此刻虽然离皇帝近了，但距离自己北伐抗金的理想似乎越来越远了。

　　临安乃天子脚下，举目皆是权贵，辛弃疾很低调，偶尔写词咏咏

闲愁，似乎并没有什么深意，又或是将深意都藏在了不经意处。

临安是繁华的，临安城中的元宵佳节更是繁华得无与伦比。

天街茶肆，渐已罗列灯毬等求售，谓之"灯市"。自此以后，每夕皆然。

——《武林旧事》

入冬之后，正月十五之前，大街上的茶馆里就已开始摆设灯球出售，叫做"灯市"，每天晚上都是如此。

乘肩小女，鼓吹舞绾者数十队……每夕楼灯初上，则箫鼓已纷然自献于下。

——《武林旧事》

每晚酒楼中华灯初上的时候，许多乘坐着小轿的歌女，在音乐的伴奏下，已经在楼下开场表演。

等到了正月十五这一天，城里要举行盛大的灯会和游艺活动。

元宵节的晚上，也是情人幽会的好时刻，所谓：

去年元夜时，花市灯如昼。月上柳梢头，人约黄昏后。
今年元夜时，月与灯依旧。不见去年人，泪湿春衫袖。

——欧阳修《生查子》

辛弃疾在临安待得时间并不长，却恰好赶上了一个元宵节。于是元宵佳节的晚上，他站在临安的酒楼中，一边饮酒，一边观赏，并在《青玉案·元夕》中记下了自己所看到的情形。

东风吹开了元宵夜的火树银花，灯火璀璨宛如千树花开。从天而降的礼花犹如星雨，*丝丝缕缕*。豪华的马车在飘香的街道上行过，凤箫声悠扬，玉壶般的明月渐渐转向西边，舞动着的鱼灯、龙灯彻夜不歇。

然而所有的灯火、宝马、香车，所有的繁华，其实都只是铺垫，是陪衬，因为美人即将出场。

元宵夜的临安城中，美人如云。

贵公子们携带的佳人如何，关乎着他们的品位与财力；佳人们头上的金银发饰如何，则关乎着首饰匠的技艺高低；而她们肌肤上飘散的香气如何，则又关乎着制香人手艺的好坏。

宝马雕鞍，蛾儿雪柳，女孩们头上争妍斗巧的种种饰物宛如星光斑斑点点，映衬着各自主人娇美的容颜。然而辛弃疾要寻找的人不是她们。辛弃疾寻找着，找过火树银花，找过华灯飞盖，然后，就在转头间——看到了伫立在灯火阑珊处的那个美人。

她远离热闹与喧嚣，与这繁华的世界格格不入。

我不知道《青玉案·元夕》是不是他最好的词，但肯定是一首让你我无法逃离的词。

辛弃疾似乎把之前所有的豪放都藏在了临安城的这一晚。

美人就只是美人吗？

在屈原之前，美人的确就只是美人；可屈原之后，美人就不只是美人了。

思美人兮，擥涕而伫眙。（《九章》）
惟草木之零落兮，恐美人之迟暮。（《离骚》）
满堂兮美人，忽独与余兮目成。（《九歌》）

  伟大的屈原用美人做象征，开创了一个香草美人的文学传统，美人可以用来比喻君王，也可以用来自喻。

  所以，在这首词中，辛弃疾别有寄托：当时强敌窥伺，临安却歌舞升平。他虽有文韬武略，但不受重用，心中怅然，于是只能在一旁孤芳自赏，就如同那个灯火阑珊处的美人。寥寥数句，就含而不露地写出了虽受冷落，但也绝不苟合取容的高士之风。

  他的一生，到底在寻找什么呢？

  他有怎样的一颗心？这颗心又都经受了哪些淬炼？

  错的不是他，是这世界，那他是否动摇过？彷徨过？后悔过？

  想到此处，我不禁叹了口气，闭眼靠在椅子上，怅然若失。

  待我睁开眼，回过神时，发觉眼前坐着一个老者，须发皆白，身材枯槁，但一双眼睛却矍铄有神。

  "你是谁？"

  "辛弃疾。"

  "这是哪一年？"

  "开禧三年。"

  "哦。"

  我傻傻地看着虚空处眨了眨眼睛，对面老头一副波澜不惊的样子好整以暇地喝着茶，场面一度很尴尬，我决心打破这种尴尬：

  "那，我是谁？"

  "我哪知道，我一觉醒来，你就坐我面前了。"老头儿依旧云淡风轻。

  哦，懂了，我一定在做梦了。

  和文韬武略都俱佳、却不得已勉强成为大宋豪放词第二人（第一是苏轼）的辛弃疾聊聊天，也是一桩美事。

　　"我命不久矣。"辛弃疾突然开口道。

　　"怎么可能……"等等，如果这是开禧三年（1207 年）的话，历史上的辛弃疾正是在这一年的十月去世的，六十八岁。可眼前这老人，精神头看起来比总是睡不够的我都好，怎么会……

　　"大概是回光返照吧！从前的事突然无比清晰，历历在目。"辛弃疾仿佛看穿了我的心思。

　　"不可能，您想多了，您可是青兕（青色的大犀牛）转世，哪会轻易死去？"我想安慰一下他。

　　辛弃疾一听这话乐了："几十年前也有一个人这么说过我，说我是青兕转世，然后他就被我杀了。"

　　呃，我一时间感觉好像有冷风吹过。

　　"哈哈，我开个玩笑，不过那个人的确是我杀的。"

　　对了，二十二岁的辛弃疾在耿京的义军中担任掌书记，他举荐过一个叫义端的僧人，结果这个义端偷了耿京的大印逃跑，准备投金。耿京大怒，要斩辛弃疾，辛弃疾说给他三天期限，抓不回义端再杀他不迟。然后就飞马急追，竟然真的截住了义端。

　　义端是僧人，大约有些特殊的本领，比如会看相啥的，他说："我识君真相，乃青兕也，力能杀人，幸勿杀我。"

　　他说辛弃疾乃青犀转世，请求他饶自己一命。

　　但结果是："弃疾斩其首归报，京益壮之。"

　　这大约是辛弃疾第一次杀人，杀得干净利落，果断狠决。

心之所向——论志

"您一生中最难忘的事是哪一件？"

杀义端、擒张安国、南归、献《美芹十论》、平茶寇、建飞虎军、杀贪官、娶范如玉……我在脑中想象着他这一生的传奇，不知道他会说哪一件。

"最难忘？"他原本神采奕奕的眼睛渐渐黯淡，甚至冰冷起来，"我生平经历过许多事，但最难忘的是一件我并未经历过的事。"

"没有经历过的事竟会最难忘？"我不解，"那是什么事？"

"靖——康——耻！"他一字一顿，目色阴沉，声有千钧。

因为失去了燕云十六州，北方无险可守；因为太祖定下的国策重文抑武；因为文人不通实务；因为反反复复的党争；因为频繁的变法；因为兵冗将骄；因为奸臣当权；因为缺少良将；因为……

原因已不必罗列，因为该发生的，终究会发生。事后分析，并不能改变些什么。总之，这一切最终导致了靖康之耻。它到底有多耻辱？以至于要直接用"耻"这个字命名？

我的耳边突然响起一声如霹雳弦惊："我恨！恨皇帝胆怯！朝廷无能！"

宣和七年（1125 年），金太宗发兵攻宋。兵分两路，一路攻太原，一路攻燕京，两军计划最后在东京会师。与此同时派出使臣胁迫宋朝割地求和，在进行军事行动的同时又搞外交，无非障眼法罢了。不久，宋将郭药师投降，为金军引路，兵锋直指北宋都城——东京开封府。

边报骤至，举朝震惊，身为大宋皇帝的宋徽宗第一反应是匆忙传位——这事儿我可应对不了，你们看着办吧。于是太子赵恒即位，是为宋钦宗。

靖康元年（1126 年）正月，金军渡河，迫近东京，徽宗的第二反应是自己带着两万左右的亲兵迅速逃跑，前往亳州避难去了，至于百姓，各安天命吧。

而宋钦宗"子承父业"，第一反应也是跑，赶快跑。

这次危机，幸好有大臣李纲率领居民死守开封，军民同仇敌忾，力战不屈，最后金军终于撤退，第一次南下侵宋，告一段落。

东京终究还是保住了，李纲功莫大焉。

金兵暂退，按照常理来说，君臣一起经历了生死存亡，所谓疾风知劲草，板荡显忠臣，应该可以彻底看清谁忠谁奸了，也可以明白金人不会死心，必会卷土重来。此刻正应上下一心，团结一致，整军备战。

然而，史书上是这么写的：时北兵已去，太上还宫，上下恬然，置边事于不问。

我觉得史书这么写都还算是给面子了，真正的情况是让后世读史者忍不住想把书扔了的。金兵走后，大宋召开了会议，与会人员积极发言，热烈地讨论了关于要求学者学习《春秋》，是否废止王安石配享神宗，如何改革科举考试中的徇私舞弊现象，是否应册立太子等一系列关乎到国计民生的重要提案。会议由始至终洋溢着和谐、真诚的气氛。与会人员纷纷表示，这样的会议，以后要多开，要常开。

此次会议精神传达到民间后，也同样产生了热烈的反响。人们创作了一首名为"十不管"的歌谣，来抒发心中奔腾呼啸而过的数万头某种动物所激起的情感。

不管太原，却管太学；不管防秋，却管《春秋》；不管炮石，却管安石；不管肃王，却管舒王；不管燕山，却管聂山；不管东京，却

管蔡京；不管河北地界，却管举人免解；不管河东，却管陈东；不管二太子，却管立太子。

疯了吗？忘记了几个月前的兵临城下吗？为什么又要开始内斗？争权夺利也要看看时候啊！难道他们不知道金军只是暂时的退却吗？

"我恨！恨投降派宵小当道！奸臣横行！"

守卫汴京时，金军初战不利，便遣使求和，求和不过是缓兵之计，但宋钦宗居然很高兴。这期间，各地的勤王军队陆续赶到，兵力对比发生变化，金军后撤。宋将姚平仲趁机偷营，想要劫杀金军统帅。然而攻之不克，害怕受到处罚，竟然自己跑了。

这下糟了，会不会影响到和谈？当面对金国使者的诘问时，宰相李邦彦只是轻描淡写地说了一句："用兵乃李纲、姚平仲，非朝廷意。"

于是就真的罢免了李纲，以蔡懋代之。

你在为大宋百姓而战，你在为大宋皇帝而战，可皇帝罢免了你，理由是因为你正在为他而战！多么荒谬！

辛弃疾知道这些，所以他恨，换作我，一样会恨。可我还是有一点不明白："难道他们就不担心大宋被金人灭掉？老百姓都能看出来的事情，他们真的看不明白？"

"呵呵……"辛弃疾冷笑几声，"你太天真了。能够进入朝堂，进入权力中枢的人，必然读书万卷，历经乡试、会试、殿试重重考验，宦海几度沉浮，阅遍人情世故，才有今时今日的地位。他们这些人心中的城府，岂是普通人能比的？"

"那为什么……"

"金人很清楚，不可能仅凭武力就治理好庞大的宋帝国。在各种具体烦琐的事务面前，他们需要熟悉这一切的人来帮忙，需要代理人，而那些投降派很清楚这一点。做宋的臣子他们有荣华富贵，做金的臣子他们一样有荣华富贵，不过是换了个主子而已。所以他们不在乎求和投降，他们只忠于自己的私利，在乎自己的荣华。所以我恨！"

我不知道该说些什么，只是觉得冷。

"我恨！恨百姓惨遭屠戮，恨子女……"辛弃疾说到这里，仿佛再也说不下去，顿了良久，才咬着牙低沉续道，"惨被践踏！"

《南征录汇》中这样记载：

原定犒军费金一百万锭、银五百万，须于十日内轮解无阙。如不数数，以帝姬、王妃一人准金一千锭，宗姬一人准金五百锭，族姬一人准金二百锭，宗妇一人准银五百锭，族妇一人准银二百锭，贵戚女一人准银一百锭，任听帅府选择。

这是金军开出的撤兵条件，他们不仅要占有宋王朝的土地和财物，还要占有宋王朝的女人，唯有这样，才能满足他们的欲望。

生，亦我所欲也；义，亦我所欲也。二者不可得兼，舍生而取义者也。

大宋的男人们不是都笃信儒学吗？不都是儒家门生吗？孟子的话说得多么好，如果一个国家的男人，都无法保护自己的女人，那还讲什么义？敌人强大又如何？死战到底，玉石俱焚，舍生取义！谁能容忍这样屈辱的条件！

然而宋钦宗签字了，很快地在合约上画押同意了，于是历史上从来没有过的、不可思议的事情发生了：开封府用超高的效率将她们一一抓了出来，送到金军大营。

她们是女人，大宋的女人，她们也是妻子、女儿、母亲。

《开封府状》保存了这份耻辱的见证——一份详细的账单，账单

上各类女子的价码与金人开列的完全相同。在给金军的赔偿中，除了五十一位后妃公主，还有一万一千五百零六名妇女被皇帝卖给了金人，一共换回来金六十万七千七百锭，银两百五十八万三千一百锭。

汴京城，不是老天救下的，是那些女人将它带出了深渊。

那么她们之后的命运呢？不堪想。

宋钦宗当死，大宋百官当死！

"我恨！恨我彼时未生！"

"所以从那时起……"

"不错，从我知道这些的那一刻开始，我的心中就只有一个念头——国仇家恨不报，此生枉为男儿！"

"从未变过？"

"男儿到死心如铁！"

想起辛弃疾在《美芹十论》中说：

臣子思酬国耻，普天率土，此心未尝一日忘。

每退食，辄引臣辈登高望远，指画山河，思投衅而起，以纾君父所不共戴天之愤。

伟哉！

心之果敢——论勇

辛弃疾闭目不言，我觉得气氛有些沉重，想换个话题。那是他的成名之战，也是令后人无限追慕的感慨之战。

　　壮声英概，懦士为之兴起！圣天子一见三叹息。

　　　　　　　　　　　　　　　　　——洪迈《稼轩记》

　　那件事，可以使懦夫奋起，令天子改容。

　　那一年，是绍兴三十二年（1162 年），那时的辛弃疾二十三岁，在耿京的义军中做事。

　　那一年，金国内部发生政变，金主完颜亮被部下杀害，金兵北撤。南侵虽然是暂时停止了，可北方各路起义军的形势日益艰难。辛弃疾从长远考虑，建议耿京必须联络大宋。

　　耿京明白其中利害，采纳了辛弃疾的建议，让副手贾瑞带领十多人去南宋朝廷接洽。贾瑞很有自知之明，搞这种大场面的对接工作，自己一介武夫哪里能够，他说担心自己无法应对朝廷文官的问询，希望带一位文人同往。

　　瑞曰，如到朝廷，宰相以下有所诘问，恐不能对，请一文人同往。京然之，乃遣进士辛弃疾行，凡一十人。

　　　　　　　　　　　　　　　　——徐梦莘《三朝北盟会编》

　　他们对辛弃疾的定位是文人，然而他们不知道的是，他可是古往今来文人中最能打的一个，他们即将在辛弃疾的带领下开始一段值得终身回忆的传奇。

　　宋高宗见到他们后很开心，耿京手下有二十余万人，虽说不是正规军，可他们的归化，足以证明北方沦陷区的子民还心系大宋，他这里才是天子正统，政治象征意义显然更大。于是——封赏：耿京封天平节度使，贾瑞封敦武郎阁门祗候，辛弃疾封右承务郎（部委下属司

局的辅官），其余大小头目两百多人皆有官位。

宋江梦寐以求的事情，在辛弃疾这里轻松实现。

高高兴兴地接受了朝廷任命后，辛弃疾一行人准备回去复命，将这个好消息带给耿京。

然后就是命运这位导演开始为观众上演最惊心动魄的戏码了，他们还没走到山东，前方就传来不亚于霹雳的消息：主帅耿京已死，被叛徒张安国杀害，张安国已领兵降金。

现在摆在他们面前的选择有两个：南归，投靠南宋朝廷，但是说好的二十万大军现在只有十个人，拿了朝廷的封号，却没了军队和将领，虽说事出有因，但仍可算欺君，皇帝理不理解看心情；散伙，青山不改，绿水长流，找个山头，落草为寇。在坏与最坏之间比较，第二条路可行。

"辛哥，当你知道张安国叛变后，心里怎么想的？"

"我心里一下子蹭蹭蹭涌现出许多英雄人物，白登之围的刘邦、背水一战的韩信，垓下之战的项羽，三十六骑出西域的班超……"

"后世都知道您特擅长用典，不过咱不开玩笑。"

"英雄之所以是英雄，是他们从不走命运安排好的路。"辛弃疾淡然道。

辛弃疾决定带领众人回去报仇，抓回张安国。

最终，一共有五十余骑人马愿意追随辛弃疾执行这次斩首行动。

这五十余骑，有贾瑞和辛弃疾一行十人，有统制王世隆护送他们的十余骑，有前来通知辛弃疾耿京被害的"忠义人"马全福带来的二十余骑。

这些人彼此可能认识，但更可能是第一次相见。

他们都是默默无闻的小人物，如果不是这次行动，他们不会在史书中留下任何痕迹。也许昨天他们还在为哪家的米面更便宜而犹豫不决，为了能给孩子买一件心爱的玩具而默默忍受着赋税的沉重。可今天，他们都毅然选择了跟随辛弃疾。明天，也许能回来，也许就回不来了。

张安国人在金军大营中，据说金军有两万人左右。不过毕竟是据说，实际情况可能不是这样，会有转机的。

他们星夜行军，火速前行。

到达山东后，他们打听到了具体的情报，果然，之前的据说有误，金军并不是两万人，他们有五万人。

辛弃疾倒并没有太在意，因为五十骑对两万和五十骑对五万，其实没啥本质区别。

他制定的策略是：出其不意，攻其不备，兵行险着，一击制敌！

经过更加详细的侦察，他们了解到某一天张安国会参加金兵的宴会，于是当天晚上，辛弃疾、王世隆带领五十骑兵，径直来到金军的驻军营寨，硬闯不行，那就骗，自古兵不厌诈。他们让守门军士向张安国通报说：辛弃疾求见。

张安国一听就笑了，以为辛弃疾此时来求见他是因为走投无路前去投降的。他要看看一向孤傲的辛弃疾是如何卑躬屈膝求他的。

之后的事情，惜墨如金的《宋史》是这样描述的：

径趋金营，安国方与金将酣饮，即众中缚之以归，金将追之不及。

在帐内金军将领茫然的注目礼之下，在帐外无数金兵完全懵圈的情况之下，绑了张安国，提上快马，扬长而去！

回过神来的金军愤怒了，倒不是张安国有啥重要的，重要的是敢

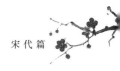

在我数万人的地盘上抢人，这是有多么藐视我大金？给我追！

兵贵神速，比快，辛弃疾就没输过！

赤手领五十骑，缚取于五万众中，如挟兔，束马衔枚，间关西奏淮，至通昼夜不粒食。

——洪迈《稼轩记》

马衔枚，人不眠，愣是从数万人的眼皮底下将叛徒带回了建安，宋高宗下令将其斩首，示众三日，以儆效尤。

孤军深入，兵行险招，斩首行动，完美收官！

心之淬炼——论行

命运喜欢的剧本是：你擅长做什么，就偏偏不让你做什么，看你能坚持多久自己的初心。此之谓淬炼，现在叫虐。

"您一共做过多少种官？"我好奇地问道。

"让我数数啊，至带湖隐居之前——江阴军签判、广德军签判、建康通判、司农寺主簿、知滁州、江东安抚使参议官、仓部郎官、江西刑狱、京西南路转运判官、知江陵府兼荆湖北路安抚使、知隆兴府兼江南西路安抚使、大理寺少卿、荆湖北路转运副使、荆湖南路转运副使、知潭州兼湖南安抚使、知隆兴府兼江西安抚使。大约一十六个，也算过足了官瘾。"辛弃疾苦笑。

我合上快要惊掉的下巴，就算一个官职平均任期一年，也快二十年过去了。终于有点明白宦海浮沉这句话背后的辛酸与无奈了。

"这么多官职，你发现其中的共同之处没有？"辛弃疾心情转换得倒是很快。

这些官职有的大，有的小，有的手握实权，有的虚职挂名，有些是平级调动，有些则逐渐升迁，还有些是降职外放，但若说共通，那还真找不到什么共同之处。

"它们都是……辛弃疾做过的官？"

"哈哈哈哈！"辛老大笑，笑过之后是黯然，"它们都与北伐无关，与抗金无关。"

"那您，如何为官？"

"在其位，谋其政，既然受职，就当敬事！"

脑海中浮现起我读过的关于他做官时的种种举措，不禁激动道："在滁州，兴百废！"

"不错，滁州多次被金兵攻陷，民生凋敝。于是我效仿汉初年间的休生养息之策，恢复生产。滁州积欠赋税五千八百贯，我就上《谢免上供钱启》，请求朝廷免税。滁州百姓逃亡，土地无人耕种，我就先租土地钱粮给他们，分农具牲畜种子给他们，用屯田的方式组织他们。儒家重农轻商，然管仲以商战，兵不血刃而屈敌国，商业岂可轻哉？我减免商税，修建商铺驿站，集中商户，建繁雄馆。"

我由衷佩服道："越明年，弓刀陌上，车马如流，滁州大治。"

辛弃疾淡然一笑，仿佛这也不是什么了不起的事情。

"在江西，平茶寇。"我继续道。

"其实说他们是寇，并不公允。原本茶叶由民间商户贩卖，朝廷抽取茶税，虽然抽得较多，但茶农茶商也还有利可图。可是那个蔡京当了宰相后，将茶业经营改为朝廷许可、商户专营的方式，直接由朝廷控制茶业的经营与价格，变相盘剥高额茶税。"

"那会有多高？"

"蔡京当政期间，每年光茶税就能收四百多万两。虽然茶叶价格

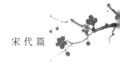

虚高，但茶农茶商都无利可图，于是就有人开始贩运私茶。官府当然要打击，茶贩当然也要对抗，成群结伙，置备刀剑，自然就成了茶寇。我那时就是受命去剿灭一个叫赖文政的茶寇，他们有八百多人，从湖北打到湖南，最后落脚在江西。"

"既然你同情他们，为何还要去剿灭他们？"

"他们贩卖私茶，对抗官府，于情可恕，于法当斩，有什么好说的。"

"前两次平寇行动都失败了，他们很难打吧？"

"集中优势兵力，扼守要冲，稳扎稳打，然后他们就投降了。"他说得轻描淡写，我听得目瞪口呆，人与人之间的差距怎么就那么大呢？

"那个头领赖文政呢？"

"赖文政……也被我杀了。"说到最后，辛弃疾有一丝犹豫，大约有些后悔吧。毕竟是自己出尔反尔，先接受了投降，却又杀了对方。

"在湖南，建飞虎军。"我转换了话题。

"步军二千，马军五百，战马铁甲皆备。"辛弃疾面有得意之色，"这可算是我引以为傲的一件事，也是和北伐最近的一回吧。不过，这些好儿郎最后虽去了北伐前线，但统帅无能，未能建功，惜哉！"

他只惋惜飞虎军未能在北伐中建功，却只字未提建军过程中的惊心动魄。

经度费巨万计，弃疾善斡旋，事皆立办。（《宋史·辛弃疾传》）

经费巨万，如何筹措？然而他善于周旋经营，所有事情都可以立刻办好。一个"立"字背后，藏了多少运筹帷幄、纵横捭阖？

议者以聚敛闻，降御前金字牌，俾日下住罢，弃疾受而藏之。
（《宋史·辛弃疾传》）

朝中有人弹劾他，说他借建飞虎军的机会聚敛钱财，枢密院直接
下了"御前金字牌"让他停建飞虎军。就是从前连下十多道召回岳飞、
导致岳帅饮恨的那种金牌。可辛弃疾见了金牌怎么做的？"受而藏
之。"接受了，藏起来，于是事情就变成了金牌我没接到，军营你们
继续建！好胆色！

等飞虎军建成后，辛弃疾把收入开支、账目明细全都呈送给朝廷，
皇帝于是释然了。

军成，雄镇一方，为江上诸军之冠。（《宋史·辛弃疾传》）

现在如果谁和我说辛弃疾是文人我跟谁急，这妥妥的将才啊！

"在隆兴，治粮荒。"我继续说。

"每次一闹粮荒，总有人想借机发财。这些人，你和他讲仁义，
他和你讲道理，你和他讲道理，他和你讲法律，你和他讲法律，他又
回来和你讲仁义了。这些人唯恐粮荒不能持续，唯恐不能因之而敛财，
不先办了他们，粮荒难平！"

"这些人大多有钱有势，如何办得了？"

"我只用八个字就办了，闭粜者配，强籴者斩！"

囤粮不售的流配，强买粮食的杀头，一面制止粮商囤积居奇，一
面防止饥民哄抢生乱。多么简洁干脆。就这八个字，就初步稳定了市
场，为进一步治理粮荒铺平了道路。

"然后呢？"我虽然不懂，也知道不可能仅凭这八个字就搞定大局，
那其他官员抄作业也能做好啊，哪里还轮得到辛弃疾？

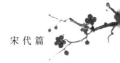

"然后把官府的钱全都拿出来，交给那些正直又有才干的人，让他们去丰收的地方收购粮食，回到隆兴府来抛售，粮食一多，粮价自然下降。而且还钱时我也不收利息，赚的差价都归他们自己所有，奖励积极性嘛。"

顺应人性，顺应市场，辅以行政干预，有形的手与无形的手相结合，宏观调控加市场经济，这一套操作……

后人说辛弃疾是词中之龙，词中之龙算什么？这是人中之龙啊！

"惜乎斯人之不用于乱世也。"有将帅之才的辛弃疾如果能得到朝廷的重用，南宋的历史会不会因之而改写？

"您辗转地方，政绩卓越，虽说与北伐抗金无关，可一颗丹心，却因此而淬炼得更加成熟、自信，这也是一种得吧？"

辛弃疾目光看着虚空处，毫无波澜地道："有得必有失。"

"那您失去了什么？"

"可惜流年，忧愁风雨，树犹如此，人何以堪！"

十年蹉跎，北伐无望，在这任职如走马的游宦生涯中，在这"聚散匆匆不偶然，二年历遍楚山川"的不停奔波中，他失去的是最宝贵的年华。

"我以为治荒粮荒之后，重新回到京师，或许会有抗金的机会，然而等着我的，是一份弹劾奏折。奏折是王蔺写的，这个人大家都说他性格正直，皇帝也称赞他'磊磊落落，惟卿一人'，我相信他不是有意针对我，大概是对事不对人吧。"

"弹劾您的罪名是？"

"其他记不清了，只记得最重的几句话，说我是奸贪凶暴，杀人如草芥，用钱如泥沙。"

"这……"

我不禁想起鲁迅先生的话："死于敌手的锋刃，不足悲苦；死于不知何来的暗器,却是悲苦。但最悲苦的是死于慈母或爱人误进的毒药……"

这却不是误进,而是有意。

死在敌人的手里,心上不会如何痛苦,毕竟是敌人。可死在自己人的手里,该有多么悲愤? 更悲愤的是,这并不是辛弃疾一人一时的遭遇。

"我突然明白了,其实宋金大局已定,每个人都只想着苟安,只要在自己有生之年没有战争就够了,何必去管身后的事呢? 我的主张,注定让人生厌。如果继续留在官场,我将在无数的周旋中、无数的酒宴应酬和琐屑的政务里,耗掉所有心力,我不愿这样。我感到疲倦,感到心灰意懒,只想暂时放下理想,放下功业,沉浮兴亡,与我何干?"

辛弃疾似乎想起自己曾说过"男儿到死心如铁",有些不好意思,说:"我是不是让你失望了?"

我摇了摇头:"世上只有一种英雄主义,就是看清生活的真相之后,依然热爱生活。"

辛弃疾愣了愣,良久才道:"世间英雄唯一种,阅尽沧海不改容。说得好! 真想去你们那个时代看看啊,一定也有许多值得认识的人。"

我很想告诉他,在我们那个时代里,您是名人,都被写进语文课本了。

纵使寂寞身后事,依旧千秋万岁名。希望这对您,是一个安慰吧。

心之疲惫——论隐

本来宋孝宗一直是力挺辛弃疾的,要不然,湖南建飞虎军那次就够他喝一壶的了。但面对这次弹劾,他没有再保护辛弃疾。因为这时的宋孝宗已逐渐失去了进取的锐气,在用人方面,喜欢"姑取软熟易

制之人以充其位"(《宋史·朱熹传》)。

而辛弃疾不仅不软,还很硬,又高又硬;不仅不易制,反而还"难以驾御"。所以这一次宋孝宗"从善如流"地免了辛弃疾的官。

落职后的辛弃疾闲居带湖,这一居,就居成了一首歌——《十年》。

这十年是辛弃疾最悠闲的十年,他似乎忘了一直耿耿于怀的北伐、收复故土的宏大叙事,只想抒写一些风月日常。

他在带湖造了一栋两层别墅,先取名叫集山楼,后来又改名叫雪楼。他将临湖的一排平房取名叫"稼轩",自己号"稼轩居士"。

风月不是稼轩,稼轩却可以浪漫成风月,他真的要做隐士了,不问兴亡,不问初心。

其实这一年,他才四十二岁。

乡村风景,田间农事,都带给他与之前生活全然不同的感受,他提笔写下《鹧鸪天》。

陌上柔桑破嫩芽,东邻蚕种已生些。平冈细草鸣黄犊,斜日寒林点暮鸦。

山远近,路横斜,青旗沽酒有人家。城中桃李愁风雨,春在溪头荠菜花。

从前,他的眼睛只看到国仇家恨,只看到风起云涌,目光从没有在生活中平凡的事物上停留一下。如今闲来无事,他看到田间小路上有一颗桑树,桑树有着柔软的新枝,新枝上有着刚刚绽放出嫩芽。这一句,所写景物一层比一层细致,一个"破"字,写出了嫩芽的生机。

东面有位邻居,他家里养有一些蚕种,有的蚕已经孵出了小蚕。远处有一处平坦的山岗,山岗上长满了细细的草叶,草叶中有一头小黄牛，它还在哞哞地叫。更远处，落日斜照着春寒时节的树林，树林间栖息着一只只乌鸦。

他眼中的景物，都是那样的有层次，从整体看到细节，从前忙碌的辛弃疾是看不到这些的。

青山远远近近，小路纵横交错，飘扬着青布酒旗的那边有一户卖酒的人家。描述完这些景致风物，他写下了很特别的一句："城中桃李愁风雨，春在溪头荠菜花。"

城里的桃花李花最是害怕风雨的摧残，最明媚的春色，正在那溪边盛开的荠菜花中。

他似乎是在写景，其实是融写景与议论为一体。议论因为景色而变得具体可感，鲜明动人；景色因为议论的加持而变得富有象征意味。

他似乎想说的是，自己在汴京官场中屡遭弹劾，这不就是风雨摧残吗？而今隐居在带湖，无事一身轻，这不就是春在溪头吗？

每一个因为世界的恶意而不得不离开的寂寞的人，都可以口诵"城中桃李愁风雨，春在溪头荠菜花"这句诗，从而感到会心一笑。

他依旧爱酒，常常因为酒兴，赶很远的路去寻找某个酒家，有时干脆就借宿在酒家。然而饮酒太多，终究伤身，所以他的夫人范如玉想劝丈夫戒酒，蕙质兰心的她，手段也自有一番温柔浪漫——她在辛弃疾书房的窗户上写满了促他戒酒的诗句文字。

饮酒归来的辛弃疾看到这些文字，心中又是惭愧，又是温暖，马上写了一首《定风波》认错兼哄妻。

大醉归自葛园，家人有痛饮之戒，故书于壁。

昨夜山公倒载归，儿童应笑醉如泥。试与扶头浑未醒，休问，梦魂犹在葛家溪。

欲觅醉乡今古路，知处：温柔东畔白云西。起向绿窗高处看，题遍，刘伶元自有贤妻。

这段劝夫戒酒的情节可以媲美李清照与赵明诚的赌书泼茶，而其接地气之处，甚至犹有过之。

后来范如玉有疾，辛弃疾请来大夫诊治，他担心大夫不尽心，便许诺说如果能将妻子的病治好，他就将自己的侍妾整整送给大夫。后来范如玉的病痊愈，辛弃疾是否真的守诺，整整的命运又如何，因为没有详细记载，所以众说纷纭。

宋代的文人士大夫都喜欢养家伎，家伎和家奴差不多，属于主人的私人财产，所以即使被送人也并不算什么讶异之事。容貌美、善歌舞的家伎很可能会被主人纳为妾，所以古时的家伎、侍妾、侍女之间的界限并不很明确。

除了整整，辛弃疾还有香香、卿卿、田田、钱钱、飞卿等在他词作中留有名字的侍妾。

人生得意，美人为之歌。人生失意，美人把其酒。人生落寞，美人解其语。人生蹉跎，美人揾其泪。在一个人失意、身处低谷的时候，没有任何的安慰能及得上一位美丽女子的温柔。

如此看来，辛弃疾的隐居生活倒也不会太寂寞（笑）。

更何况，还常有三五好友来看望他。这一时期，韩元吉、汤邦彦、陈德明、徐安国、晁楚老等人都是雪楼常客。之所以改名雪楼，也正是他们常在这里煮酒观雪、诗文唱和。

有风物、有美人、有醇酒、有好友；无妒争、无利害、无构陷、无风波。

隐居的辛弃疾是否已经忘了初心？是否心志已被闲适消磨？

并没有。他只是学会了掩饰，学会了不说而已。

少年不识愁滋味，爱上层楼。爱上层楼，为赋新词强说愁。

而今识尽愁滋味，欲说还休。欲说还休，却道"天凉好个秋"！

——《丑奴儿·书博山道中壁》

这一天，在去博山的路上，看到满目秋色，他写出了这样一首十分特别的词。

一般的词上片写景，下片抒情或议论。然而这首词里一句景物描写都没有。没有写景，也就没有关于写景的手法或技巧。这首词里面什么常考常见、喜闻乐见的比喻拟人、借景抒情、虚实结合、反衬烘托等全没有。就只有一种表达方式——议论，直抒胸臆。

没了技巧的帮助，那就很容易写得单调无味，除非你的议论够新颖、够惊奇。辛弃疾这首词纯以议论构成，议论也说不上有多么石破天惊，但就是能吸引人。

少年时的自己现在回头看来，明明初生牛犊不怕虎，明明少年心事当拿云，明明就是王小波的那段话：

那一天我二十一岁，在我一生的黄金时代。我有好多奢望。我想爱，想吃，还想在一瞬间变成天上半明半暗的云……我觉得自己会永远生猛下去，什么也锤不了我。

可是，偏偏喜欢故作忧愁，写些伤春悲秋、45度角仰望天空、谁不是一边受着伤一边学坚强之类的文字。古人其实也差不多，有登高必赋的文学传统，但赋出的诗文，大多是愁。

城上高楼接大荒，海天愁思正茫茫。（柳宗元《登柳州城楼寄漳

汀封连四州》）

万里悲秋常作客，百年多病独登台。（杜甫《登高》）

前不见古人，后不见来者。念天地之悠悠，独怆然而涕下。（陈子昂《登幽州台歌》）

一上高城万里愁，蒹葭杨柳似汀洲。（许浑《咸阳城东楼》）

伤高怀远几时穷？无物似情浓。离愁正引千丝乱，更东陌、飞絮蒙蒙。（张先《一丛花令》）

…………

别问我为什么，反正就是愁。

可是当历尽劫波，深深地领会了人生诸般愁苦滋味之后，不想再言说愁了，为什么呢？辛弃疾没有说，这正是词的留白处，留给读者去想象，其实大约也不外乎两种原因。

一是无法形容。体会到了真正愁的滋味之后，忽然发觉了语言的苍白，无论用什么样的比喻都不能真正形容出这种滋味，现有的一切词汇都无法准确描摹这种感觉，既然不能准确传达给他人，既然语言无力，那又何必言说呢？

二是说了也无用。真正的愁是无法排解的，或者说只有自己才能宽慰自己，别人是无能为力的，解铃环需系铃人，如果自己都无法消愁，那说给别人听又有什么用呢？

辛弃疾如今久历宦海，什么样的痛苦、烦恼、忧愁也都经受过了，不是与他有一般经历，有相同志向的人，是不会理解他的感受的，既然如此，还说什么呢？不如就无关紧要的说一句寒暄之语：你看，天凉好个秋啊。

所以他，其实一直没有忘记。

抗金北伐，少年时的理想，初心永在。

心之希望——论战

"那一年，是我最接近理想，最接近北伐的一次。"

嘉泰三年（1203年），一纸诏书将六十四岁的辛弃疾召到临安，目的就是商讨北伐一事。当时的宋、金形势已经发生了变化，金国内忧外患，外有蒙古崛起，内有反金起义。而宋方韩侂胄当政，他准备北伐，尽管动机可能不纯，但毕竟有了动作。

"可是，当时究竟是否真的适合北伐，听说争议很大？"我小心地问道。

辛弃疾闭上眼睛，神色复杂又痛苦，过了好一会儿才说道："不错，主战派元老叶适对皇帝说'息心既往，图报方来可也'，他认为北伐是将来的事情，现在并不适合。朱熹的高徒黄榦也写信劝我，他说'今之所以主明公者，何如哉？黑白杂糅，贤不肖混淆，佞谀满前，横恩四出，国且自伐，何以伐人？'。

"他提醒我，他们用我的目的是什么。我知道韩托胄也许只是利用我的声望，朝廷内部并不团结，可如果你是我，你会怎么选？

"我从少年时就立志收复故土，抗金北伐，时至今日，有过疲惫，有过消沉，忧患多于安乐，打击多过帮助，可此心从未变过！本以为已经无望，却在暮年等来了这样一个机会，这是我期盼了一辈子的事，这是我的最后一次机会。"

我不忍心再说任何反对的话了。

六十四岁的他，真正的大敌只有一个：时间。这个敌人很特别也很冷酷，就只是那样慢慢地逼近你，不疾不徐，但绝不停下。在慢慢的逼近过程中，享受着你惊恐慌张的表情与无力挣扎的姿态。一旦与

它短兵相接，你的任何战术、任何武器都没有任何作用，你只有服输，只有失败，只有死。

但在这之前，你可以跑，在奔跑中完成你所有的愿望与抱负，让它没有任何的战利品可拿，让它暴跳如雷，这是你战胜它的唯一方式。

"我本以为挂帅出征，前线杀敌，我是不二人选，但韩侂胄命我镇守镇江。不过也罢，虽然被调离京师中枢，但镇江终究也是军师要冲，必争之地，我没有什么好抱怨的，积极筹备北伐，厉兵秣马。"

辛弃疾以为自己可以好好经营镇江，筹备北伐，但他错了。韩侂胄重用他，只是想利用他的声望，为北伐增加筹码，当他达到目的之后，辛弃疾就没有了利用的价值。辛弃疾与韩侂胄的政敌交好，本人也是威望高俊，难以驾驭，韩侂胄怎么会真的重用这样的人？于是不久后就找了个借口，将他由朝议大夫降为朝散大夫，免去镇江知府，迁任隆兴知府。

"我一生所盼，就这样尽散于翻手为云、覆手为雨的权谋之中。"辛弃疾的眼神空洞茫然，仿佛一下子又苍老了十几岁。

所谓悲剧，就是将美好的东西撕碎给人看。

如果我没有见过光，我本可以一直忍受黑暗。

哀莫大于心死，若要打击一个人的心，最好的方法莫过于先给他希望，然后再将这希望摧毁。

辛弃疾再一次来到京口北固亭，他追忆着自己的一生，想着即将进行的、没有自己参加的北伐，他写下了此生中极为著名的一首词《永遇乐·京口北固亭怀古》。

千古江山，英雄无觅，孙仲谋处。舞榭歌台，风流总被，雨打风吹去。斜阳草树，寻常巷陌，人道寄奴曾住。想当年，金戈铁马，气吞万里如虎。

元嘉草草，封狼居胥，赢得仓皇北顾。四十三年，望中犹记，烽火扬州路。可堪回首，佛狸祠下，一片神鸦社鼓。凭谁问：廉颇老矣，尚能饭否？

直抒胸臆的方式不堪抒发此刻他心中复杂深沉的情感，他本就善于用典，这一次，他更是把典故运用到了极致。

先是用典孙权，孙权继承父兄基业，西拒黄祖，北抗曹操，战功赫赫，先建都京口，后迁都建康，称霸江东。如今的时代，找不到这样的英雄了，是惆怅吗？是落寞吗？是自伤吗？我想都有吧。

江山如画、千年如故，但是找不到那东吴英雄孙权在此的定都处了。

接着用典刘裕。斜阳照着草和树，普通的街巷和小路，人们说，武帝刘裕曾在这个地方住。

"气吞万里如虎"，究竟是怎样的一个人，要有怎样的作为，才能配得上这样的形容？有关他的传奇，只一个就够了，三十六岁那年，他以一敌千，一战成名。

《资治通鉴》记载：刘敬宣怪裕久不返，引兵寻之，见裕独驱数千人，咸共叹息。因进击贼，大破之，斩获千余人。

一个人追着上千人跑，这是"霸王"再世啊！

气吞万里如虎的感慨，辛弃疾大约便是据此而发吧。

刘裕的抱负是什么呢？

他收复长安后，大会将士于未央宫，这一壮举就如同一篇大块文章中的一处激动人心的伏笔，想想后文要出现的照应，让人期待不已。

未央宫建于汉高祖时，由萧何监造，位于汉长安城地势最高的西南角龙首原上，是西汉时代的正朝大殿。汉武大帝在这里运筹谋画，

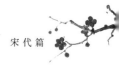

集权中央，北逐匈奴，一举解决边患，为万世开太平。

而这个时代，衣冠南渡，偏居江南一隅，北方一任胡尘肆虐，生灵涂炭，民不聊生。

但凡心中有血性，有家国的人，谁不想挥师北伐，统一河山？

刘裕要做什么，已经不言自明，那便是收复山河，一统天下！

他几乎做到了，然而最后却因种种因缘，不得不匆匆南归，关中得而复失，再也没有一统中华的机缘了，惜哉！

辛弃疾连用孙权、刘裕两个典故，又辅以风流总被雨打风吹去的怅然之情，到底要表达怎样的情绪呢？

一是岁月不居、世事无常的无限怅惘。时间抹去了英雄的丰功伟绩，卷走了风流人物的风采，所剩的，不过斜阳草树而已，物是人非，谁也不能改变。

二是时无英雄的愤慨。国家偏安一隅，皇帝懦弱无能，曾经江山如画的国土沦落敌手，人民沦为异国之奴，却看不到收复故国的希望，如何不愤慨！

三是怀才不遇、壮志难酬的困顿。他对英雄们的追慕与缅怀，其实是羡慕他们能够大展才华、建功立业的人生，而自己却屡遭坎坷，有才不能用，有志不能行。如何不起悲凉之感、怅惘之情？

元嘉二十七年（450年），宋文帝北伐拓拔氏，由于准备不足，又贪功冒进，结果大败而归，被太武帝拓拔焘乘胜追至长江边，扬言渡江。宋文帝登楼北望，深悔不已。

显然，此处用典的目的在于借古讽今，提醒韩侂胄不要草率出兵，北伐不是儿戏，务必要万无一失后才可动兵。他的担心并非多余。

开禧二年（1206年），南宋兵分三路，进行北伐。

此次北伐声势浩大，原本金朝也比较恐慌，以为南宋有备而来，肯定是场恶战，结果发现似乎不对劲，宋军根本就没打进来多远，西路更是连秦岭都没过去，于是赶紧派人南下组织战略反攻。先让仆散揆总兵，后来仆散揆病死了，改让完颜宗浩总兵，结果不到半年，完颜宗浩也病死了，于是让完颜匡领兵继续打。

后来横扫天下的蒙古人看到金国记载的这段表现时大发感慨：金章宗伐宋，一场仗居然换了三次主将，这是兵家大忌啊，要吃败仗的！不过当他们看到宋朝的表现后被惊到了。

宋朝先是把进攻战打成了防守战，然而守也守不住了，眼看就要再次被金军攻入长江以南，最后没办法，只好把韩侂胄、苏师旦的脑袋砍了，送去金朝议和。

于是蒙古人仰天长啸：你们到底会不会打仗！

"四十三年，望中犹记，烽火扬州路。"这次典故的主角是他自己，辛弃疾于绍兴三十二年（1162年）奉表南渡，至开禧元年（1205年）京口上任，正是四十三年。

当年自己于万军中擒张安国，率领数十骑风驰电掣南归，一路几多烟尘烽火，是何等的英雄豪迈，怎么能忘记呢？但如今英雄老去，机会不再，心中自有一腔无从说起的悲愤。

"佛狸祠下，一片神鸦社鼓。"佛狸祠仍是用典。佛狸是北魏皇帝拓跋焘的小名，但他距离南宋已有七八百年之久，百姓在佛狸祠前神鸦社鼓已经没什么特殊意义了。所以这里的佛狸，以古喻今，其实是代指金主完颜亮。四十三年前，完颜亮发兵南侵，曾以扬州作为渡江基地，而且也曾驻扎在佛狸祠所在的瓜步山上，严督金兵抢渡长江。当年沦陷区的百姓与金人势不两立，但如今早已风平浪静，在佛狸祠，这本该是耻辱的地方迎神聚会，载歌载舞。人心竟至于此，如何能堪呢？

在经历了这么多，在生命的末尾处，还有什么好怕的呢？所以他敢直接说害怕朝廷北伐再次失败。若在平时，大军未动就先担忧失败，

这是动摇军心，谁敢说这样的话？既然什么也不怕了，在表达了这么多的惆怅、忧愤、苦闷、壮志难酬、慷慨悲凉之后，该如何结束呢？最后一句话，该说些什么？我想，就算是最直白的宣泄，甚至直接骂出来，也都可以被理解，毕竟他这一生，太过压抑委屈了。

可是有谁能想到，他最后用的典，竟然是廉颇老矣。所以我们永远也不能成为辛弃疾。

无论你怎么对我，我永远不会改变对你的初心。

就像屈原写《离骚》，那么长的诗，写了那么多迷离变幻的想象，抒发了那么多曲折纠结的议论，铺排了那样宏大的上天入地的远游，字句又是那样的古奥，我觉得自己快读不下去了，可突然间，他结尾了，他说忽然间看见了他思念的故乡。于是"仆夫悲余马怀兮，蜷局顾而不行"。他不想走了，他的马也退缩回头不肯再走了。

他受了那么多的委屈，写了那么多的怨，可最后他说他不想离开，他不想走了。

就因为这一句，我记住了屈原，记住了《离骚》。

辛弃疾和他那么像，若有人来问辛弃疾他老了吗？辛弃疾就会立刻回答他没有，他随时可以为国效命，他的初心永远没变。

"辛老，辛老？"我轻轻呼唤着他。

他仿佛在睡梦中，好像在自言自语："杀敌！杀敌……杀……敌……"

然后他睡了，这一睡，意味着永远。

泪眼婆娑中，眼前景色变幻，依旧是熟悉的办公桌，桌上静静躺着一本《辛弃疾词传》。看窗外，晚霞瑰丽无方。

这一梦好长。

玲珑心李清照——第三种绝色

月色与雪色之间，你是第三种绝色。

——余光中

我引用他的诗，那么我就拥有在这里的解释权，我所谓的你，指且仅指——李清照。

那颗心烂漫

可能是因为我有女儿，总觉得女孩子比男孩子更惹人喜爱。现在小家伙快三岁了，每天都欢天喜地、活蹦乱跳，见到她，无论有什么疲惫，都会一扫而空。

我想，李格非看着李清照呀呀学语，慢慢长大的心情，一定也是这般的，因为我们都是父亲。

据说，李格非为女儿取名为清照，是因为家的附近有一眼百脉泉，泉水倒映天光云影，清澈可以照天。

真是个好名字啊，名姓搭配得当，又平仄相间。

李格非也是个极好的名字，格去心中之非，正是儒家吾日三省吾身的境界。

李清照十分幸运，她的少女时代天真烂漫，无忧无虑。

要知道，在古代可并不是每个女孩子都有如此的幸运。

本朝厚养士人三百年。（南宋杨太后语）

看到没？厚养的是士人，吃喝玩乐不愁生计的那是人家，谁来养他们？当然是天下百姓。宋朝的税很重，徭役也很多，若你是普通百姓，就没机会体验什么大宋风情了。

所以我说李清照非常幸运，瞧瞧她的家庭背景。

父亲李格非，小时候就特别聪慧，是远近闻名的神童。学问精湛，博学深思，为《礼记》写了几十万字的注解，然后考中进士。初入官场，在山东郓城当教育干部，俸禄不高，家境贫寒，领导让他兼任别的官职以便增加收入，被他谢绝了。可见李格非不贪钱财，居官清廉，不仅有才，而且有德。

后来，从郓城调进京城，去国立最高学府太学当教授，因为文学成就高，受到了苏东坡的赏识，成为苏门后四学士之一。

李格非的妻子王氏，是北宋名臣王拱辰的孙女。王拱辰何许人也？十九岁中状元的天才。不过李清照并非王拱辰的孙女所生，她是李格非第一任妻子所生的。这第一任妻子，也就是李清照的亲妈，同样出身名门，是宰相王珪的大女儿。

大约也唯有这样的家庭，才能将她的天资才情好好发挥出来，不会浪费掉。

李清照少女时代的情形，因为史料太少，我们只有从她的一首成名作《如梦令》中略窥一二。

　　常记溪亭日暮，沉醉不知归路。兴尽晚回舟，误入藕花深处。争渡，争渡，惊起一滩鸥鹭。

　　这是一首追忆之作，李清照在回想自己故乡的水色天光，回想那悠闲自在的少女时光。

　　沉醉不知归路。这一定是一次特别的出游，她和玩伴们玩得太晚了，晚霞在天边堆起，她们沉醉其中竟然忘记了回去的路。

　　沉醉是说沉醉于美景之中吗？未必。这里的醉更有可能是真的喝得微醺了，因为这首词在南宋人黄升的《花庵词选》中题为"酒兴"。

　　十四五岁正值青春期，喝酒，有一种叛逆成功的小小快意。更况且那时候，若征得父母同意，子女是可以饮酒的。

　　花开一半，饮酒微醺，正是意味最好的时候。

　　不知归路这句只写了结果，完全省去了之前的游玩过程。那么她们到底玩了什么呢？这便成了留给读者的留白，引动我们去想象、去补充，总之，就是非常精彩，不然也不会忘了回去的路。

　　迷了路的少女们犯了一个美丽的错误，她们将小船无意间驶入了藕花深处，那里是鸥鹭的领地。于是她们又收获了游玩途中的最后一个惊喜——

　　洁白如雪、纷纷飞起的鸥鹭仿若少女们渴望自由的心灵，为这次难忘的游玩，画上了一个浪漫的句号。

　　惊起鸥鹭后的少女们的神情，李清照依旧没有写，这就又形成了一个留白，留给读者去想象、回味。但想必应该是可爱的，因为女孩子呀，各有各的漂亮法。

　　你说是不是？

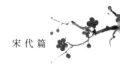

短短一首小令，如同一个微电影，已经展现出了李清照写词的卓越才能，文字如清水芙蓉，画面动静相间，又恰当留白。多亏了这首词，让我们得以了解到她少女时代那烂漫无忧的一段时光。

那颗心 甜蜜

李清照一生中的甜蜜时光大约有两段，是岁月馈赠给她的礼物。然而，她那时还不知道后半生的疾苦。此时有多甜蜜，后面就有多虐心。

话说嫁人这件事儿，始终是个千古难题。

从古至今，无论是父母帮你定终身还是自由恋爱成婚姻，其实都是一场赌博。因为人心不如水，平地起波澜，人最善变，最会伪装。

李清照善赌，关于婚姻这场大赌，结果还算不错。她与丈夫赵明诚的结合一向被后人视为文化史的一对佳偶。

关于二人是如何相识、如何订婚，最后又如何共结连理的，因为《宋史》中没有李清照传，而关于李格非与赵明诚的史料中又很少提及李清照，所以我们无从得知。但流传较广的一则故事是这样说的：

赵明诚年幼之时，其父准备为其订婚（古人订婚一般都比较早）。一天，赵明诚在白天睡觉时做了一个奇怪的梦，梦中他读了一本书。醒来后，他只记得书中的一句话："言与司合，安上已脱，芝芙草拔。"年幼的他觉的很奇怪，对这句话百思不得其解，便告诉了自己的父亲。父亲思索了一会儿，便对他说："'言与司合'，合起来就是一个'词'字，'安上已脱'是'女'字，'芝芙草拔'就是把'芝''芙'去掉草字头，便是'之夫'二字，全部合起来就是'词女之夫'，看来你未来的妻子将是一位擅长作词的才女。"

故事来自《琅嬛记》，展现了文人构思的精巧。这是一本笔记小说，既是小说，那就难辨真假，因为小说本就是在虚构与真实之间游走。

不过，他们的确很幸运。因为李清照的父亲李格非是苏门后四学士之一，老师是苏东坡，苏东坡反对新法属于旧党，那李格非自然也被划为旧党阵营。而赵明诚的父亲赵挺之与章惇同为一派，属于新党阵营。

在这样的背景下，二人还能顺利结合成婚，只能推测李格非与赵挺之都比较开明，而李清照与赵明诚也的确是两情相悦。那么婚后的甜蜜也就很自然了，颇有一点苦尽甘来的味道。

> 蹴罢秋千，起来慵整纤纤手。露浓花瘦，薄汗轻衣透。
> 见客入来，袜刬金钗溜。和羞走，倚门回首，却把青梅嗅。
>
> ——《点绛唇》

有人说这首词是李清照甜蜜心境的最好表达。

少女正在家中荡着秋千玩耍，忽然有人来访，她很害羞，因为那个人是她想见又怕见到的人。她恼怒，因为那个人不请自来，害得自己没有时间梳妆打扮，无法在他面前展现自己最美的样子。但她也甜蜜，于是假装回头嗅青梅，实际上是偷偷地看他一眼。

词人抓住了这个最能表现少女心事的动作细节，用白描的手法写入了词中。写出了少女的慵懒娇憨，写出了心上人出现时的慌张，那手足无措、欲走还留的小小纠结多么真切动人。女儿家的心事是如此的甜蜜。

不过要我说，李清照的甜蜜，实不在此。

> 卖花担上。买得一枝春欲放。泪染轻匀。犹带彤霞晓露痕。
> 怕郎猜道。奴面不如花面好。云鬓斜簪。徒要教郎比并看。
>
> ——《减字木兰花》

　　这是她与赵明诚新婚燕尔，心中充满着爱情的甜蜜时所作。李清照居然在撒娇，问丈夫自己和花哪一个更好看。

　　这首词，"公元 1101 年，（李清照）18 岁，适赵明诚。赵李两家均居汴京。《减字木兰花》《庆清朝》诸阕当作于是年前后"。（陈祖美《李清照简明年表》）

　　她的甜蜜，亦不在此。

　　晚来一阵风兼雨，洗尽炎光。理罢笙簧，却对菱花淡淡妆。
　　绛绡缕薄冰肌莹，雪腻酥香。笑语檀郎：今夜纱厨枕簟凉。

　　　　　　　　　　　　　　　　　　　　　——《丑奴儿》

　　如果说上一首词浅陋，那么这一首词已经可以叫香艳了。

　　不信你看这用词：缕薄冰肌莹，衣物薄则贴身，贴身则能勾勒出身体的曲线，冰则肌肤清凉（据说赵明诚很怕热）。尤其是"雪腻酥香"这一句，它告诉我们肌肤不止清凉而且白皙，不只白皙而且滑腻，不只滑腻而且酥软，不只酥软而且还有香味。充分发挥感官的优势，将视觉、触觉、嗅觉调动到了极致，将一个活色生香的美人呈现在了赵明诚的眼前。

　　此刻的画面太美，眼前的美人，雪腻酥香，这叫比玉生香；笑语盈盈，这叫比花解语。

　　她说了句什么呢？她微微一笑，轻启朱唇："郎君，今天晚上的竹席可真凉爽。"

　　她的潜台词是，你不是怕热吗，还在那里愣着干什么？还不过来早点一起休息！

　　这大概是夫妻间你侬我侬，感情甜蜜的铁证。不过我仍旧说，她的甜蜜，也不在于此。

她在《金石录后序》中写道：

侯年二十一，在太学作学生。赵、李族寒，素贫俭。每朔望谒告，出，质衣，取半千钱，步入相国寺，市碑文、果实。归，相对展玩咀嚼，自谓葛天氏之民也。

后二年，出仕宦，便有饭蔬衣练，穷遐方绝域，尽天下古文奇字之志。日就月将，渐益堆积。丞相居政府，亲旧或在馆阁，多有亡诗逸史、鲁壁、汲冢所未见之书，遂尽力传写，浸觉有味，不能自已。后或见古今名人书画，三仪奇器，亦复脱衣市易。

尝记崇宁间，有人持徐熙《牡丹图》，求钱二十万。当时虽贵家子弟，求二十万钱岂易得耶？留信宿，计无所出而还之。夫妇相向惋怅者数日。

大相国寺是东京城中最繁华的寺院，既是文人雅士们的聚集之所，也是皇帝祝寿、祈福、接见使臣的场所之一。因为靠近码头，又是热闹的交易场所。每逢初一、十五都有庙会，各种商品琳琅满目，服饰、药物、特产，还有专门的书画古玩交易市场，类似北京的潘家园。在这里，高雅的艺术和世俗的烟火彼此交织，营造出独特的气息。像苏轼、黄庭坚等大家名流都喜欢来这里淘宝。

赵明诚和李清照也如此，两个人都喜爱金石文玩、书画碑帖，常常到相国寺去寻觅，买回来之后就彼此相对欣赏、把玩，分享彼此的心得感受，探讨与之相关的诗文。这种精神上的富足，让她觉得自己仿佛是上古时候的百姓，怡然自足。

她的甜蜜，在于夫妻二人兴趣相投，有共同的爱好，可以分享彼此精神上的愉悦。

这一点，非常难得。

专注于某一事、某一物，从中获得独特的体验与乐趣，平凡琐细的生活也因之而变得生动。

人无癖不可与交，以其无深情也。人无疵不可与交，以其无真气也。（《陶庵梦忆》）

然而能遇到理解这一点的人，已然少之又少。可是李清照与赵明诚，他们都喜爱金石碑文书画，他们彼此理解，互相欣赏，互为知己。都说人生得一知己足矣，而他们在知己之上还做了夫妻，这是多么难得的缘分与福气！

第二段甜蜜时光，则是一起隐于青州之时。

大观元年（1107年），李清照二十三岁，正值花信年华。这一年的正月，蔡京恢复相位，而赵挺之被罢免了右仆射的官职，积郁成疾，五日后死去，时年六十七岁。他死后，在京城居住的赵家人都被冠以各种莫须有的罪名加以迫害，后来因为"皆无实事"而免于刑狱，但皆被罢官。

于是，李清照与赵明诚移居青州。青州远离京师的扰攘与喧嚣，清雅安静，很适合幽居。在这里，李清照将自己的书斋命名为归来堂，将自己居住的屋子命名为易安室，自己则号易安居士。不用问，这一切都来自于粉丝对偶像的爱。

在这里，她为我们留下了赌书泼茶的甜蜜典故。

余性偶强记，每饭罢，坐归来堂烹茶，指堆积书史，言某事在某书某卷第几页第几行，以中否角胜负，为饮茶先后。中即举杯大笑，

至茶倾覆怀中，反不得饮而起。甘心老是乡矣，故虽处忧患困穷而志
不屈。

——《金石录后序》

博学多识的二人闲来玩背书的游戏，谁记得最准确谁就先喝茶，
而获胜者往往乐到茶水倾覆怀中，茶一口没喝，反倒赶紧站起来收拾
衣服。这样轻松欢快的夫妻生活放在何时大概都是让人艳羡的。所以
她说，甘心就在这里老去，就这样过完一生吧。

岁月静好，现世安稳。
彼时张爱玲所期盼的，恰是此刻李清照所拥有的。
宋徽宗政和四年（1114 年），他们居住在青州的第七个年头，此时
李清照三十岁，留下了一幅记录着此时容貌的画像（画师是谁没有记
载）。赵明诚在画上题词："清丽其词，端庄其品，归去来兮，真堪偕隐。"
词写得清丽，人品又非常的端庄，真是值得和你一起隐居在此处啊。算
是不那么热烈的表白吧。一个说"甘心老是乡矣"，一个说"真堪偕隐"，
真是君心似我心，定不负相思意，此刻的温馨与甜蜜，不必怀疑。
本以为在赵明诚的眼中，自己的妻子李清照一定是秀外慧中，才
貌双全。但你仔细看一看他的题词，就不对了。清丽说的是写词的才
能，端庄说的是性格，却没有提及她的容貌如何。所以说赵明诚也许
是爱上了李清照那有趣的灵魂。
李清照是才女无疑，是古今第一才女估计也不会有什么大的疑问，
但她是不是个美人呢？在我们的想象中，她应该是个美人。可是画像
中的李清照人很消瘦，瓜子脸，五官端正，但额头较大，发际线颇高，
算不上美人。
但这幅画像很难作为凭证，因为古人画人像都是白描，人像效果

一言难尽，没有透视，没有对面部肌肉骨骼的分析，画出的人像千篇一律。你将王羲之和王安石的脸互换一下，也会毫无违和感。

画像中的她已然很瘦了，而且她还被称为"三瘦"词人。

莫道不消魂，帘卷西风，人比黄花瘦。

——《醉花阴·薄雾浓云愁永昼》

生怕离怀别苦，多少事、欲说还休。新来瘦，非干病酒，不是悲秋。

——《凤凰台上忆吹箫·香冷金猊》

知否，知否，应是绿肥红瘦。

——《如梦令·昨夜雨疏风骤》

除了最后一句，前两句都含有对自己的描写，从中可以得知，李清照应该是偏瘦体质，比较符合现代人的审美。

再看颜值，李清照的长相并没有直接的文字记载，但是李清照的父亲李格非是北宋著名的文学家，先后担任太学录、太学博士、太学正等职位，《宋史》中描述他"俊警异甚"，官方认为李格非不是一般的英俊，是非常英俊。

才子配佳人，李格非妻子的颜值自然也不会差到哪里去，所以从基因遗传的角度来讲，李清照的长相应该不会差，而且女多类父，如果女子长得很英俊，那真的是又美又飒。

她写过一首《浣溪沙·闺情》：

绣面芙蓉一笑开，斜飞宝鸭衬香腮。眼波才动被人猜。

贴花如绣的脸庞莞尔一笑，就像盛开的荷花。头上斜插的鸭形发饰就像真的要飞一样，衬托的脸颊更加美丽、更加生动。眼波流转，一下就让人猜到应是在思念着谁。

你看，李清照对自己的容貌很是自信。

最后是气质。

腹有诗书气自华，李清照的诗书气质毋庸置疑。此外，她身上应该还有一种贵气。

翠贴莲蓬小，金销藕叶希。旧时天气旧时衣，只有情怀不似、旧家时。

——《南歌子》

她有一件荷花和荷叶图案的罗衣，罗衣就是丝织品做成的衣服，此件衣服上有贴翠和销金的两种工艺，以翠羽贴成莲蓬样，以金线嵌绣莲叶纹。这种衣服一般老百姓根本穿不起。成长于这样的家境中，必然会拥有一种淡然从容的贵气。

综上所述，李清照应该是一个玲珑苗条，容貌姣好，一身书卷气息加贵气的大小姐。

不然何以打动赵明诚？毕竟赵明诚是当时宰相的儿子，眼光可不是一般的高。

婚后两年，青州十二年，是她人生中最甜蜜的两段光阴。

那颗心 离愁

李清照的一生，大约有三段别离最为难忘。

薄雾浓云愁永昼，瑞脑销金兽。佳节又重阳，玉枕纱厨，半夜凉初透。

东篱把酒黄昏后，有暗香盈袖。莫道不消魂，帘卷西风，人比黄花瘦。

——《醉花阴》

这首词是她早期怀人之作，据说，李清照新婚不久，丈夫便出门远游，于是两地分居，相思难解，就写了这首词。不过稍加推想就知道不对，此时的赵明成正在太学里做太学生，太学就在汴京，他往哪里远游呢？显然不可能。但在太学读书只有每月的初一和十五有假，平时是不能回家的，这对于新婚燕尔中的人来说也不啻是一种爱别离，写词寄情，再自然不过。

要了解这首词的佳处，先要知道一个传统。

自古诗言志，词缘情，也就是说，诗是文学正统，端庄严肃，适合写一些家国情怀。而词，它的属性本来就是配合音乐歌唱的，本来就属于私人抒情的范围，所以，词可以写得很暧昧、很私人。于是词中有许许多多写女子的闺怨、情爱、相思、约会等内容，写得旖旎婉转，读来蛮动人的。但你一看作者，会画一个大大的问号，温庭筠、韦庄、冯延巳、李煜……这不都是男人嘛！

也就是说，这些内容基本上都是用男人的视角来写女子的情感，而且写得还自我感觉良好。嗯，我懂女人心。

女人心，海底针，你懂？纵然你有生花妙笔，纵然你写得曲折动人、名句迭出，那感觉终究是隔了一层。女人自己的情感，还得女人来抒写。

所以，在北宋与南宋之交出现的几个女词人，如李清照，如朱淑真，如魏夫人，她们笔下词意义重大。有了她们，词从情感上突破了性别的限制，真正出现了由女人来写自我心理、情感的词了。

无疑，李清照是其中最出色的一个，她的词一出，让男人们再也不好意思用女人的口吻去表情达意了。因为读者只要一对比，就会发现他们写得不自然，而一看李清照的词，才发现原来女人的心事是如此的微妙、细腻、婉转动人。

关于这首醉花阴有这样一段记载。

　　易安以重阳《醉花阴》词函致明诚。明诚叹赏，自愧弗逮，务欲胜之。一切谢客，忌食忘寝者三日夜，得五十阕，杂易安作，以示友人陆德夫。德夫玩之再三，答曰："只三句绝佳。"明诚诘之，曰："莫道不销魂，帘卷西风，人似黄花瘦。"正易安作也。

——伊世珍《瑯嬛记》

　　赵明诚看了这首醉花阴后，为妻子的才华赞叹不已，但又有点不甘心，想试试自己在词作方面的水平。于是接下来闭门谢客三天，专心作成词五十首，又在这五十首词中把李清照的《醉花阴》夹了进去，然后叫友人陆德夫品鉴。陆德夫品鉴后的结果是："只三句绝佳。"

　　赵明诚问是哪三句，陆德夫说："莫道不销魂，帘卷西风，人比黄花瘦。"赵明诚心服口服（心理阴影无限大）。

　　为什么一下子就挑出了这三句？因为这是真正的女子情怀，与其他的词句语感上不同。

　　销魂，黯然神伤的意思，这是伤心、哀愁。

　　不销魂，就是不伤心，可真的是不伤心么？

　　道不销魂，说不伤心，女人口是心非，说不伤心，其实就是伤心，伤心而说不伤心，强自安慰自己而已。

　　莫道不消魂，不要说自己不伤心，不要自己欺骗自己、说什么不伤心的话了，我其实就是伤心幽怨啊。

　　你看，这就叫层层心事，一句之中，曲折蕴藉，你要慢慢玩味，

才能品出。

帘卷西风，西风无形无相，帘子如何能卷起？其实是西风卷帘，西风也就是秋风，秋风好像如人一样，却是个不解风情的人，你不知道帘内的人正在伤心吗？她只想一个人独自静静，不想见人。可你偏偏卷起了珠帘，让她因为思念而憔悴的样子出现在了读者面前——人比黄花瘦。

这里的黄花有两种解释，一说是菊花，重阳节嘛。一说是金针花，秋天的金针花纤细娇艳。若是后者，那李清照真是消瘦得不轻。

第二次离别，在崇宁三年（1104 年）。

崇宁二年（1103 年）时，朝廷下诏，宗室不得与元祐奸党子孙成婚。已经订婚的，统统退婚，哪怕你是莫欺少年穷的天选之子也没用，诏书面前，人人平等。此时李清照刚刚成婚两年，皇帝倒也还算人性，至少没让结了婚的马上离婚。不过她的处境显然十分尴尬，她的父亲李格非便属于元祐旧党，而公公赵挺之是新党。

到了崇宁三年（1104 年）的四月，朝廷再发诏书，元祐党人子弟不得在京居住做官。面对这样的一纸诏书，李清照别无选择，回到了故乡明水，而赵明成则留在京师做官，二人再度分别。

归乡后的她黯然神伤，不觉间，一叶落而天下秋矣。草木枯凋，风雨萧飒，触目所见，无不引动心中的离愁与思念，作词《一剪梅》。

红藕香残玉簟秋。轻解罗裳，独上兰舟。云中谁寄锦书来，雁字回时，月满西楼。

花自飘零水自流。一种相思，两处闲愁。此情无计可消除，才下眉头，却上心头。

荷花凋谢、竹席浸凉，又是萧疏的秋天时节。

青春易逝，红颜易老，人去席冷啊。

轻轻解开绫罗裙，换上便装，独自划着小船去游玩。正因为动作"轻"，所以出行才"独"，没有惊动任何人，也不想惊动任何人，就自己一个人就好。泛舟不为赏玩，只为消愁，那又何必多一个人呢？

低头，是水；抬头，是天；水天之间，是自己；水天之际，可有鸿雁锦书？独上兰舟，本拟消愁去恨，怅望云天，偏起怀远之思。

花自飘零水自流，花和水都无情，自顾自地飘零、流去。难道流去的，仅仅是这花瓣与水流吗？人生、年华、爱情、离别，无一不无可奈何花落去，水流无限似侬愁啊！

一种相思，两处闲愁。由己及人，互相思念，她想到丈夫一定也同样因离别而苦恼着、思念着自己。那么这种相思却又不能相见的无奈思绪可有办法消除？不，没有，它才下眉头，却上心头。

上面这两次离别，李清照的心中虽有愁怨，但毕竟甜蜜多于哀愁，思念多于难过，底色仍是温馨的。而建炎三年（1129 年）的池阳之别（此时李清照大约四十六岁），彻骨寒凉。

池阳即今天的安徽池州，在这里，赵明诚接到圣旨命他前往湖州任职。按惯例，他在湖州上任之前应先去建康觐见皇帝，受命献恩。于是他将那些收藏的贵重文物和妻子李清照都托付给了池阳的故人照顾，自己即刻启程。

两个人从南门乘船，穿济州桥，过桃花渡，走完了这短短的一程水路。

你是不是以为他应该恋恋不舍？眉宇间忧愁不展？毕竟，他们被后人视为难得的神仙眷侣——门当户对，兴趣相投，才貌双全，一生恩爱。此刻离别，难道不应该是"执手相看泪眼，竟无语凝噎"吗？

然而，李清照在《金石录后序》中这样描述：

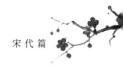

　　六月十三日，始负担，舍舟坐岸上，葛衣岸巾，精神如虎，目光烂烂射人，望舟中告别。

　　李清照用词极为精准。此刻在她眼中的赵明诚是精神如虎，眼中有光，还不是普通的微光，而是灿灿生辉、摄人心魄的闪光。

　　这哪里是和爱人告别，分明是金榜题名啊！可以重回仕途官场，赵明诚一定非常激动兴奋，可是他考虑过李清照此时的感受吗？

　　"我在你心里还有没有一点位置？你心中有没有一点不舍与留恋？离开我，你就那么高兴吗？仕途和我，究竟哪一个才更重要？"

　　这绝非我对李清照心理活动的揣测之语，因为紧接着她就写道：

　　余意甚恶，呼曰："如传闻城中缓急，奈何？"

　　鉴于此处的赵明成太渣，作为语文老师我要详解这段话。

　　那些坚信两个人感情美好的李赵拥护者说"恶"不过是情绪不好的意思，并不能说明什么。"恶"的本义是过也，人有过曰"恶"，有过而人憎之亦曰"恶"。有错才叫作恶，有了过错，别人怨憎，这种怨憎之情也叫作恶。李清照的才学恐怖如斯，她会不知道这个解释吗？恶字用于此处不最恰如其分吗？

　　你弃我于不顾，这是你的错，我因此而恨你，也顺理成章。完美符合"恶"的解释。

　　至于下面赵明诚对她的安排，可以令任何一个身为妻子的女子寒凉入骨，碎掉所有的梦幻。

　　戟手遥应曰："从众。必不得已，先弃辎重，次衣被，次书册卷轴，次古器，独所谓宗器者，可自负抱，与身俱存亡，勿忘之。"遂驰马去。

他做出这样的手势，拇指竖起，食指向前，恰如戟的小枝与矛头，只是这只戟戳的不是敌人，而是李清照的心。宗庙礼器，你要亲自带着它们，并且和它们共存亡。翻译一下就是，它们要是丢了，你也就去死吧。

赵明诚，你以为李清照此时此刻有此一问，真的是问如何处置那些文物器具吗？

不。

事实上，从青州逃出来时，是李清照自己把金石书画一路运到江宁的。在家中收拾藏品时，她已清楚地列出选择的顺序："乃先去书之重大印本者，又去画之多幅者，又去古器之无款识者，后又去书之监本者，画之平常者，器之重大者。"（《金石录后序》）

每一件藏品都是她和他的共同心血，她会不知道每件东西的价值吗？她与赵明诚共处几十载，会不了解他的喜好吗？她真的需要在赵明诚临走的那一刻问他该先丢什么再丢弃什么吗？当然不是。

李清照其实想问的，是在赵明诚心中，哪一个最重要。

而她最期待的答案也无非——"你"。

患难见真情，一个女人在这等情形下对丈夫提出这样的问题再正常不过了。一个男人，起码聪明的男人，应当明白，当回答"你"的时候，女人决不会在关键时刻真听了他的话，把他的心爱之物全部丢弃，相反，她只会拼了命也要保住他的所爱。

所以这其实不是问题，而是对感情的考验。而赵明诚明码标价似的告诉了李清照，即使在性命攸关的时刻，也要记清所有藏品的价值以便保住更贵重的东西，并再三强调，那些最重要的宗器，李清照得

和它们"与身俱存亡"。

此次别后，再见即为永诀。

这一年的八月，赵明诚在建康（今南京）死去，时年四十九岁。换句话说，池阳分别的这一番话，就是他对两个人数十年夫妻情分的一个总结。

也许，李清照再婚的伏笔在此处就已埋下。

"我在你的心中，终究是不敌那些书画文物的，你对无情之物有情，却对有情之我无情，数十年夫妻情分不过薄纸一张，那我又何必为你守节呢？"

李清照与赵明诚，他们之前当然爱过、甜蜜过，那些早期的诗词不会说谎，《金石录后续》中对那些婚后日常那么富有情致的描写也不会说谎。

但在男尊女卑的文化传统下，在有地位的官员眼中，妻子的位置终究不过尔尔。开篇是才子佳人的美丽童话，结局却是渐行渐远的雪冷霜寒。

那颗心 勇敢

如果在当今的演艺圈中选一个艺人来演李清照，该选什么样的人？演李清照的话，那肯定第一得有古典气质，第二得有文艺气质吧？

等等，古典？文艺？你确定这不是在找林黛玉的演员吗？

真实的李清照，完整的李清照，绝不是这两个词就能概括的。

我被李清照圈粉的时刻，就在这一章，因为她有一颗勇敢的心。

勇敢这种品质，有些人天生有之，只是隐藏在其他品德之下，不易为人所注意。而有些人则是在经历了某种变故之后，突然间变得勇敢起来。大部分喜欢李清照的人都认为她的生命被"靖康事变"划分为了两半，半世桃花，半世烟雨，半生甜蜜，半生凄凉。所以你说她勇敢，那定然是后一种了，因为经历了国破家亡，所以才变得勇敢起来。

对此我只能说你不懂她。

婉约那是她在词中留给人的印象，事实上李清照的性格中一直就有着刚烈的种子，亦有豪气，亦有胆色。

她在自己写的词论中给词下过定义，"词别是一家"，是与诗完全不同的一种文学体裁。诗言志，那词就用于书写志向之外的东西，诗能写鲲鹏鸿鹄，词就用来写斥鷃小鸟。诗忧家忧国忧天下，那么词就忧花忧月忧美人。

所以她的豪情与壮怀，要到她的诗中来寻找。

宋哲宗元符二年（1099年）左右，苏门四学士之一的张耒写了一首名为《读中兴颂碑》的七言古诗。

诗简述了平定"安史之乱"的史实，既展示了中兴碑雄奇的特色，又赞颂了中兴功臣们护国安民的崇高精神。既凭吊古人，发百年兴废之感慨；且自抒胸襟，表达了对元结、颜真卿的景仰之情。写得很好，所以流传开来之后，一众名人纷纷和诗。李清照作诗《浯溪中兴颂诗和张文潜二首》，其一为：

五十年功如电扫，华清花柳咸阳草。

五坊供奉斗鸡儿，酒肉堆中不知老。

胡兵忽自天上来，逆胡亦是奸雄才。

勤政楼前走胡马，珠翠踏尽香尘埃。

何为出战辄披靡，传置荔枝马多死。

尧功舜德本如天，安用区区纪文字。

著碑铭德真陋哉，乃令神鬼磨山崖。

子仪光弼不自猜，天心悔祸人心开。

夏为殷鉴当深戒，简策汗青今具在。

君不见，当时张说最多机，虽生已被姚崇卖。

起手就是一句五十年的功业如风驰电掣，早已不见了踪迹，剩下的是华清池的杨柳和咸阳道上的野草，以草木无情依旧在，来反衬人事无常真可哀。一笔写出世事无常，大气磅礴。

之后直接开批，唐玄宗爱好斗鸡，玩物丧志，宠爱美人，耽溺于声色犬马之中。用骏马为美人传送荔枝，累死了无数匹骏马，如此出战，怎么能不败？潜台词就是你就是个昏君！哪里值得立碑明德？

皇帝昏聩，大臣之间也是尔虞我诈。

正是因为朝堂上君臣如此，把心力都用到了彼此的钩心斗角上，才会酿成后来的"安史之乱"，岂可不引以为戒？原诗的作者张耒只敢咏史，李清照却敢讽今——如今的大宋王朝一样是党争不断，皇帝懦弱无能、敷衍塞责，难道要重蹈李唐王室的覆辙吗？

全诗气势纵横，笔力雄健，何尝有半分婉约之态？史识更是尖锐深刻。所以本诗一出，成功出圈，隐隐有超过原作之势。

唯美酒不可辜负

李清照的豪气还不仅于此，她喜欢酒。据不完全统计，《漱玉词》中，醉字出现了 11 次，酒字出现了 19 次，一共 45 首词写酒的有 23 首，比例之高，委实惊人。

宋代那时还没有白酒，所以大家喝的主要是黄酒、米酒，或者果酒，度数不高，还有甜味，喝多了也不容易醉。

于是赏花的时候喝几杯：

不如随分尊前醉，莫负东篱菊蕊黄。

看雪的时候喝几杯：

年年雪里，常插梅花醉。挼尽梅花无好意，赢得满衣清泪。

看歌舞的时候当然也要喝几杯：

长记海棠开后，正是伤春时节。酒阑歌罢玉尊空，青缸暗明灭。

夜里要喝几杯：

夜来沉醉卸妆迟，梅萼插残枝。

思乡时要喝几杯：

故乡何处是，忘了除非醉。沉水卧时烧，香消酒未消。

思念丈夫时喝几杯：

东篱把酒黄昏后，有暗香盈袖。

难过时喝几杯：

三杯两盏淡酒，怎敌他、晓来风急？

离别时喝几杯：

惜别伤离方寸乱，忘了临行，酒盏深和浅。

不知道该用什么理由时，再喝几杯：

酒意诗情谁与共？泪融残粉花钿重。

所以说李清照是个酒鬼，没委屈她吧？

胡说八道！

无数的诗词歌赋都表明，古人都爱喝酒，古代的文化人更是爱喝酒，以斗酒诗百篇闻名的李白给出了最佳理由：

天若不爱酒，酒星不在天。
地若不爱酒，地应无酒泉。
天地既爱酒，爱酒不愧天。

说得多好，天地都喜欢酒，你一个区区地球人，凭什么阻止我喝酒？

据说魏武帝曹操是曾颁布过禁酒令的，因为酿酒的粮食是珍贵的粮草军需，怎么可以用来浪费酿酒？但手下人也很拼，为了安全地喝酒发展出一种暗语：称清酒为圣人，浊酒为贤人。

可以想象这样的对话：

"嘿，兄弟，你今天见圣人了吗？"

"何止见了，我还与圣人深入地交流了下，圣人的话火辣辣的，听过之后肚子里暖暖的。你呢？"

"我只是与贤人谈了会儿，贤人的话太难懂，我现在头还晕乎乎的。"

这说明大家都喜欢酒，而要禁止一项大家喜欢的事物是很不容易的。

但重点来了（敲黑板），我们的传统文化推崇酒，可你何曾见过史书为醉鬼立传？酒之所以成为文化，并不在于你多能喝，而是你是否领会了它的意义——酒所代表的一种傲岸情怀。

曹操禁酒，可他在《短歌行》中写道：

对酒当歌，人生几何！

譬如朝露，去日苦多。

慨当以慷，忧思难忘。

何以解忧？唯有杜康。

人生如寄，是当时时代的一种感慨，因为魏晋时期算是一个比较混乱的时期，战乱频繁，朝不保夕，所以人生无常、及时行乐的思想在社会上很流行。曹操也不能不受影响，他也写"人生几何"的忧虑，那怎么解忧呢？

唯有杜康！

正所谓，"天下风云出我辈，一入江湖岁月催。皇图霸业谈笑中，不胜人生一场醉"。

醉，代表了一种态度，这种态度绝非醉生梦死，而是在醇酒芳香中、在朦胧醉意中，看淡了人世间的一切是是非非纷纷扰扰。这一刻，除酒以外再无他事，藐视一切功名利禄，笑傲一切权贵礼法。这才叫知味。所以我们读"古来圣贤皆寂寞，惟有饮者留其名"时才觉得痛快之至，而不必去分辨什么合不合理。

黄庭坚写自己醉后"风前横笛斜吹雨，醉里簪花倒著冠"，我横起笛子在风雨中吹，我倒戴着帽子还插着花，这都是不合时宜的狂放行为，只有在酒后醉中才能这样放肆无忌。

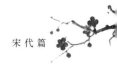

李清照喝酒，喝的就是这样的酒。

我不禁想要赞美她一句：姑娘，你真是一条汉子！

不平则鸣，不喜则怼

李清照嫁给赵明诚，赵明诚的父亲赵挺之就成了她的公公。在男尊女卑、讲究长幼有序的古代，李清照是不可以非议赵挺之的，更何况赵挺之当时升任尚书右丞，位高权重。

可是赵挺之面对李清照的父亲、自己的亲家李格非因为党争而被贬时，面对李清照的请求时，表现得无动于衷——相比亲家的安危，终究还是自己的仕途更为重要。于是李清照直接写了一首诗，其中有一句流传了下来：炙手可热心可寒。

管你什么位高权重，你的做法让人心寒，我就要怼。

公公都怼过了，那老公又算个啥？

赵明诚卸任江宁知府后，有一次江宁城半夜发生兵变，赵明诚吓得连夜缒城而逃。这种行为当然要被罢免官职。于是他带着妻子离开江宁，乘舟沿长江西行，打算在赣江流域择地而居。行经安徽和县时，造访了乌江边的项王祠，李清照就挥笔写下你我耳熟能详的《夏日绝句》。

生当作人杰，死亦为鬼雄。

至今思项羽，不肯过江东。

可是老公你倒好，江东也过了，还缒城逃走了，羞不羞愧？还是不是男人？

赵明诚非常羞愧，后来郁郁而终。

亲人我都怼了，那非亲非故的就更不用说了，且看名场面——北宋诗词大会毒舌评委李清照的高光时刻。她在《词论》中提到：

> 独江南李氏君臣尚文雅，故有"小楼吹彻玉笙寒""吹皱一池春水"之词。语虽甚奇，所谓"亡国之音哀以思"也。

南唐李璟、冯延巳的句子虽然很奇特、很优美，但是要灭亡的国家所唱出来的歌声也带着很深的哀伤，就不能算词中的上品了。

> 又涵养百馀年，始有柳屯田永者，变旧声作新声，出《乐章集》，大得声称于世；虽协音律，而词语尘下。

柳永的词虽然非常适合于音律，但词句俗不可耐。

> 又有张子野、宋子京兄弟，沈唐、元绛、晁次膺辈继出，虽时时有妙语，而破碎何足名家！

张先、宋祁宋庠兄弟，以及沈唐、元绛、晁次等人辈出，虽然时时有妙语传世，但整篇破碎，不能称为名家。

> 至晏元献、欧阳永叔、苏子瞻，学际天人，作为小歌词，直如酌蠡水于大海，然皆句读不葺之诗尔，又往往不协音律者。

晏殊、欧阳修、苏轼，他们学究天人，填这些小歌词，应该就像拿着葫芦做的瓢去大海里取水一样容易，但是全部是不可再会雕饰的诗罢了，作为词又往往不协音律。

王介甫、曾子固文章似西汉，若作一小歌词，则人必绝倒，不可读也。

王安石、曾巩，他们的文章有西汉时风格，但如果他们作词，只怕会让人笑倒。人不错，但词根本不能看！

后晏叔原、贺方回、秦少游、黄鲁直出，始能知之。又晏苦无铺叙。贺苦少典重。秦即专主情致，而少故实。譬如贫家美女，虽极妍丽丰逸而终乏富贵态。黄即尚故实而多疵病，譬如良玉有瑕，价自减半矣。

晏几道缺少铺叙，贺铸不会用典。秦观的词却致力于婉约、情深一片，词中却少了实际的东西，黄庭坚的词内容倒是充实，却有些小毛病影响阅读体验。

一言以蔽之，写词，我不是针对谁，但在座的诸位都是垃圾（笑）。

真是好才学！

难道李清照的勇气就只限于此吗？当然不。南渡之后，面对朝廷的苟安怯懦，不思进取，李清照一样毫不客气。

绍兴四年（1134 年）九月，李清照避难金华，投奔当时在婺州任太守的赵明诚之妹婿李擢。在金华期间，她写下《题八咏楼》一诗，悲宋室之不振，慨江山之难守。

千古风流八咏楼，江山留与后人愁。

水通南国三千里，气压江城十四州。

好一句"江山留与后人愁"，虽然江山已经失去了一半，北方的百姓沦为金人铁蹄下的牺牲品，大金对南方虎视眈眈，可是他们不愁，皇帝不愁，大臣不愁，所有人都不愁！他们只想逃命，只想苟活，只想拖延到自己寿终正寝。身后事，管他呢！于是他们依旧听着歌、赏着舞。

所以，这千里如画的河山，只有让后人来愁了，愁山河不再，愁赵宋无能！

真可谓千古名句。

后两句其实也颇有深意。

"水通"二句，可以对应贯休《献钱尚父》诗中的两句："满堂花醉三千客，一剑霜寒十四州。"婺州兰溪人贯休是晚唐时的诗僧，在钱镠称吴越王时，他投诗相贺。钱意欲称帝，要贯休改"十四州"为"四十州"才肯接见他。贯休却回答"州亦难添，诗亦难改"，裹衣钵拂袖而去。贯休宁可背井离乡远走蜀川，也不肯轻易把"十四州"改为"四十州"。

李清照用这个典故，是在讥讽不惜土地的大宋皇帝百官，难道你们还不如一个僧人贯休吗？

你们男人不敢写的，我李清照来写，你们男人不敢骂的，我李清照来骂。

好胆色，好气魄！

血勇之人、怒而面赤，脉勇之人、怒而面青，骨勇之人、怒而面白，神勇之人、怒而色不变。但李清照的勇，不在上述之列，而是心勇。能破除心中对过去的执念，从痛苦中超脱出来，亦是大勇。

建炎三年（1129年）及之后的两三年间，金军渡过长江四处追击高宗，李清照基本上是追随高宗逃跑的路线辗转于东南沿海一带。从建康出发，经临安、越州至明州，赴台州、剡县、黄岩、温州，复经越州奔衢州，再至越州，最后于绍兴二年（1132年）春高宗至临安定

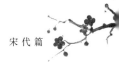

都后，才随至定居。

逃亡途中，赵明诚留下的藏品成了最大的累赘，李清照不得已将它们分批寄存在路途中。然而，金兵攻陷洪州时，她托人送去的赵明诚遗物尽皆毁于兵火；接着，她寄存在剡县的书籍尽被官军收去；最后，她随身所携文物在越州被土民盗窃。至于当初留在青州的十余间藏品，也早就在战火中化为灰烬。

当惊惶的逃亡终于结束，战事终于平定下来时，她与赵明诚前半生的所有心血，仅剩十之一二。她看着劫后余生的几件"平平书帖"，忍不住"爱惜如护头目"，却又忍不住发出感慨：

我为什么这么愚蠢呢！我为什么不能抛下这些无用的东西？为什么不能放下？

因为那是她的前半生。

可无论经过了怎样的痛苦与挣扎，最后她还是能够在《金石录后序》中写下这样的话：

昔萧绎江陵陷没，不惜国亡而毁裂书画；杨广江都倾覆，不悲身死而复取图书。岂人性之所著，死生不能忘之欤？或者天意以余菲薄，不足以享此尤物耶？抑亦死者有知，犹斤斤爱惜，不肯留在人间耶？何得之艰而失之易也……三十四年之间，忧患得失，何其多也！然有有必有无，有聚必有散，乃理之常。人亡弓，人得之，又胡足道！

她说金石之聚散乃天意使然，似乎是在暗示自身所遭遇的重重苦难实为命中注定的劫数，应该顺其自然。其间也夹杂着解脱、自嘲的意味。你可以说这是她的故作潇洒之语，也可以说这是强行自我解忧的话，但这更是她给自己的一个说法，她要给自己一个交代，要为自己的人生找一个解释，她要破掉对过去的执念，才能够继续走下去。

此不为勇，孰将谓勇？

绍兴二年（1132年）的夏天，四十八岁的李清照再嫁于张汝舟。

虽然不知道当时人如何议论这件事的，但仅看后人的评价，说她晚节荡然无归，就可以推想，当时必然也是满城风雨。因为她是才名远播的李清照，她是大学士李格非的女儿，名士赵明诚的妻子，丞相赵挺之的儿媳，这样的人，必然应该守节终身。再嫁，将是一个多么大的道德污点？

再者，后世无数要将她与赵明诚二人塑造为神仙眷侣的读者更是不能接受——深爱一个人怎么会不从一而终呢？曾经沧海难为水啊！李清照这样做，不是打碎了我对这神仙爱情的向往吗？不能够，绝对不行！

李清照的人生，凭什么由你我来指点？她想嫁就嫁，池阳之别，赵明诚说出那样的话来，李清照还有必要为他守节吗？

嫁给张汝舟后仅仅三个月左右，她就发现张汝舟其实另有所图，为的是她收藏的金石文物。不仅如此，在发现文物已所剩不多，李清照又拒不肯给之后，恼羞成怒，家暴李清照。

再嫁遇上渣男，若是寻常女子，只好认此生命苦了，但李清照的做法就很惊世骇俗了——起诉离婚。

孀居后寻人再嫁，旋即又起诉丈夫，这到底是怎样的一个女人啊？

因为张汝舟曾虚报参加科举考试的次数，并因此得以步入仕途，这就是欺君之罪，辩无可辩。于是李清照以"妄增举数"之罪而讼之。

赢了官司的李清照，虽然获得了自由之身，却依据《刑统》的规定，也当入狱两年。她早就知道这一点，但还是选择了上诉，以两年的牢狱生活换取余生的自由之身，值了。

好胆色。

　　这世上有太多的人，终其一生都活在别人的目光期许中，只在乎别人眼中的自己是不是光鲜亮丽，却忘记了自己的心中是否开心快乐。而李清照则是那勇于为自己而活的勇敢之人。

　　她坦然走进牢房，但幸运的是，一众亲友尤其是大学士綦崇礼（宋高宗的亲信，赵明诚的亲戚）为其奔走斡旋，多方营救。她仅仅待了九天就被释放了。

　　她被释放后写了一封书信——《投翰林学士綦崇礼启》，以表感谢之情，在信中她说了自己再嫁的原因：信彼如簧之说，惑兹似锦之言。

　　孤苦凄凉的她被男人的甜言蜜语打动，于是再嫁。可是为什么？为什么经历了那么多的人事变故之后，本就聪慧无双的李清照会识不破张汝舟的甜言蜜语？

　　大约，还是期待着爱与被爱吧。

　　一代才女，终究也还是红尘女子。

　　还有一件事值得提一下，晚年的李清照虽然生活不易，却从不联系她的表妹。如果她想，差不多可以立致荣华，因为她表妹的老公是秦桧，权势滔天。但李清照就是理都不理。

　　好骨气！

　　在李清照之前百余年有李煜——南唐后主，亦是词中高手，王国维说他"词至李后主而眼界始大，感慨遂深"。郭沫若先生在游览李清照的故乡时，曾留下这样一副对联评价她。

　　"大明湖畔，趵突泉边，故居在垂杨深处；
　　漱玉集中，金石录里，文采有后主遗风"

　　其实，李煜与"人杰""鬼雄"那实在是不沾边，而咱李姑娘，

221

在七十多年跌宕起伏的生命中，永远敢于活出最真实的自己，如此才情卓绝，又如此率性坦荡，李煜怎么比？

何须浅碧深红色，自是花中第一流。

这，就是李清照。

那颗心 苍凉

院子里梧桐树的叶子正变得金黄。

其中一株正好长在窗前，叶子随风发出絮语。午后的阳光穿过，在墙上投下斑驳的影子，影子摇摇晃晃，似在留恋徘徊。

李清照走出院子，走到街上，看着人来人往。

她已经老了。

我真希望这个时候，有个男人走过来，对她说：

我认识你，我永远记得你。那时候，你还很年轻，人人都说你美，现在，我是特为来告诉你，对我来说，我觉得现在的你比年轻的时候更美。那时你是年轻女人，与你那时的容貌相比，我更爱你现在备受摧残的面容。

可是没有，即使是幻觉，她也不能再看见赵明诚了。

回想此生，波澜起伏，甜蜜过、深爱过、伤心过、愤怒过……活过，大约可以无憾了吧？若说有，大概是自己一生无子，没有享受过教子的乐趣，没有陪着一个小孩子慢慢长大的那种喜悦。

她看到了一位孙姓友人家的女儿，才十岁，却十分的聪慧伶俐，像极了从前的自己，她很喜欢。这一次，她想把自己的平生所学都教给她，那样就真的没什么遗憾了。于是她就问："你愿意和我学作词吗？"

小女孩摇摇头。

她觉得也许对方还不知道自己是谁，便又说道："我是李清照，你愿意和我学写词吗？"

小女孩还是摇了摇，说："才藻非女子事也。"

李清照愣住了。

在那样一个十岁小姑娘都知道"才藻非女子事"的时代里，如此才华卓绝、行事坦荡的李清照，要承受多少流言、非议，乃至訾詈，实在难以想象。

如果这个小女孩说的是对的，那自己的一生又算什么呢？

难道自己真的错了？难道从一开始，自己就不应该选择这样的人生？

寻寻觅觅，冷冷清清，凄凄惨惨戚戚。乍暖还寒时候，最难将息。三杯两盏淡酒，怎敌他、晚来风急！雁过也，正伤心，却是旧时相识。

满地黄花堆积，憔悴损，如今有谁堪摘？守着窗儿，独自怎生得黑！梧桐更兼细雨，到黄昏，点点滴滴。这次第，怎一个愁字了得！

——《声声慢》

第一句就精彩绝伦，已经成为李清照的个人名片，像这样使用叠字的，不但在填词方面，即使是诗、赋、曲中也绝无仅有。她将汉字之美体现得淋漓尽致。

"寻寻觅觅"四个字是全词情感的起点，所有的情感都以这四个字为中心，犹如涟漪一样，层层荡漾开来。

她在寻找什么？是惊起鸥鹭的少女情怀，还是赌书泼茶的甜蜜时光？是盛世清平的无忧岁月，还是展玩金石字画时的沉醉忘我？不管是哪一个，都一定是前半生中最难忘、美好的回忆。然而她找到的是"冷冷清清，凄凄惨惨戚戚"。

一切都回不去了。

寻找是回忆，冷冷清清是现实，在回忆与现实，美好与孤独的强烈对比中，她不再去寻找了。她从旧日的美梦中走出，去面对此刻真实存在的凄苦。

这一句就仿佛一个由彩色渐入成黑白的镜头语言。

乍暖还寒，难道就仅仅是写天气的寒凉吗？人生的寒凉难道不也是乍暖还寒？她与丈夫岁月静好的时候，怎么能想到自己的父亲会突然卷入新旧党争的权利斗争中去？朝夕之间，家散了。怎么会想到突然之间金兵南下，靖康之耻，北宋灭亡，国破了。

人生的浮沉，命运的无情，竟都是如此这般的乍暖还寒，不给你任何铺垫与喘息。

她想到了可以暂时让她忘却痛苦的酒，然而刚喝了几杯，就不禁苦笑起来，几杯酒带来的几缕暖意，如何能对抗急风带来的寒凉？

她似乎只是在写饮酒并不能帮自己摆脱孤独凄苦的心境。但若说这是在书写一种人生体悟，一种哲理，又有何不可呢？

手中简陋的盾牌，怎么躲得过命运的毒箭？又怎么对抗得了生命中的无常？那些自以为万无一失的准备，在命运的意外面前，不过是天地蜉蝣而已。

李清照或许没有这一层意思，又或许有，在似与不似之间，有与没有之间，文字获得了永恒的魅力。

接下来渐次出现的景物，将她的孤寂之情又罩染了一层又一层，直至她不能自已。

先是鸿雁，再是黄花，之后是长夜，最后是梧桐细雨。

"云中谁寄锦书来？雁字回时，月满西楼。"很久以前，寄给赵明诚书信时，她就用雁来代表相思。

此时在这天暗云低，冷风正劲的时节，她突然听到孤雁的一声悲

鸣，那哀怨的声音划破天际。雁儿，你叫得这样凄凉幽怨，难道你也像我一样，余生要独自一人面对万里层云，千山暮雪了吗？

恍惚之中，蓦然觉得那只孤雁正是以前为自己传递书信的那一只，真的是旧时相识么？

雁还在，书信也可以时时书写，人却不在了，再也没有可以寄给书信的人了。

物虽是，而人已非，最断人肠。

大雁勾起了她对往事的回忆，可从前有多甜，现在就有多虐，回忆只会让自己愈发伤感空虚，于是她强迫自己断念，索性来到庭院中。

然后她就看到了庭院中那凋落满地的黄花。

曾经的李清照是爱花的。她爱梅花，曾写过"年年雪里，常插梅花醉"；她爱桂花，曾说过"何须浅碧深红色，自是花中第一流"；她也喜欢菊花，"微风起，清芬酝藉，不减酴醾"；喜欢梨花，"酴醾落尽，犹赖有梨花"。但此刻，面对满地凋零的落花，她无法再爱得起来。因为会忍不住触景生情，对花自怜，她怅然问道："憔悴损，如今有谁堪摘？"

不必回答，无需回答，没人会来摘了，因为心已死，试灯无意思，踏雪没心情。

花虽好，已凋零，红颜老，最伤情。

回到屋里吧，可是"守着窗儿，独自怎生得黑"？这是她最真实的体验，我们也都有过这样的体验。独自一人时，便感觉时间也开始变得漫长起来，而这漫长将使孤独变得更加孤独。可是挨到天黑就好了么？不，会更糟糕，长夜寒凉，如何入眠？就算睡去，孤独亦是挥之不去的梦魇。

已经够了，将自己和读者折磨至此，不要再继续了，但李清照却又再染一重冷色。

"梧桐更兼细雨，到黄昏、点点滴滴。"梧桐这个意象本就是凄清悲伤的象征，现在却又加上了雨，好不容易等到了黄昏，却又下起雨来。

点点滴滴，淅淅沥沥，此刻的雨声是不能听的，因为——

人老了，历尽离乱，心力憔悴，一生的悲欢离合谁也说不清，那窗外的雨声，不过是在提醒自己的寂寞凄凉而已。所以人老不能听雨，而李清照也老了啊。

点点滴滴，以声衬情，打在梧桐叶上的雨点，也打在她的心上。一滴滴，一声声，这雨滴的节奏是那么的凄清。然而她什么也不能做，就任由雨水滴到天明吧。

先是鸿雁，再是黄花，之后是黑夜，最后是梧桐细雨。这一天之中，所见到的一切，都使她的哀怨在层层加深，直至无以复加，无法形容。于是她再也不用什么对比，什么渲染，什么以景结情了，索性直抒胸臆，直截了当地说："这次第，怎一个愁字了得？"

简单直白，戛然而止，言有尽而意无穷。春天还会再来，菊花还会再开，大雁还会返回，只是我，依然孤独，无论春夏秋冬，余生的日复一日，都是孤独。

如果她知道今天的我们是那么的喜欢她，喜欢她的词，喜欢她的性格，喜欢她一生的传奇，也许就不会那么孤独了。

她是那个时代少有的思想独立，灵魂自由的女子。

她既有菡萏的清丽芬芳，亦有鸥鹭的长空振翅。

月色与雪色之间，你是第三种绝色——李清照。

苦心柳永——你是心中的白月光

少年："人生的底色是什么？"

老者："是苦。人生有七苦——生、老、病、死、爱别离、怨憎会、求不得。"

少年："生为何也是一苦？"

老者："若不出生，便不会有后来的痛苦，所以生居七苦之首。"

少年："这逻辑……那难道人生就没有欢乐的时刻？"

老者："当然也有，但很少，岂不闻'浮生若梦，为欢几何'？"

少年："您说柳永的心路历程与苦有什么关系呢？"

老者："他的心，大约就是一个'苦'字。"

少年："怎么可能？！"

老者："哦？为何不能？"

少年："他一生风流潇洒，浪迹秦楼楚馆，死时众名妓相送，千红同悲。冯梦龙曾描写道：'只见一片缟素，满城妓家，无一人不到，哀声震地。那送葬的官僚，自觉惭愧，掩面而返。'这样的人，怎么会苦呢？"

老者："那如果能重来，你想做柳永吗？"

少年："这……不好吧，那您会选？"

老者："如果能重来，我要选李白，至少我还能写写诗来澎湃，逗逗女孩。"

少年："这都什么乱七八糟的！您还是少听点流行歌曲吧。"

老者："遇酒且呵呵，人生能几何。你还年少，眼中只看得到管弦歌舞、美人花娇，其实一生风流，处处留情，就真的快乐吗？你怎知他没有其他追求？柳永的故事和他的词，我们就从爱别离说起。"

爱别离

一个人可以深情的同时又多情吗？

金庸先生告诉我们，至少在小说中是可以的：

段正淳纵身跃起，拔下了梁上长剑，这剑锋上沾染着阮星竹、秦红棉、甘宝宝、王夫人四个女子的鲜血，每一个都曾和他有过白头之约，肌肤之亲。段正淳虽然秉性风流，用情不专，但当和每一个女子热恋之际，却也确是一片至诚，恨不得将自己的心掏出来、将肉割下来给了对方。

——《天龙八部》

读了这段文字，很难对"花心"的段正淳恨得起来。如果说现实中也有这样的人的话，那柳永必居其一。

寒蝉凄切，对长亭晚，骤雨初歇。都门帐饮无绪，留恋处、兰舟催发。执手相看泪眼，竟无语凝噎。念去去、千里烟波，暮霭沉沉楚

天阔。

多情自古伤离别，更那堪，冷落清秋节！今宵酒醒何处？杨柳岸，晓风残月。此去经年，应是良辰、好景虚设。便纵有、千种风情，更与何人说。

这首《雨霖铃》是送别词中的千古名作，其中一句"杨柳岸，晓风残月"，如石子投入心湖，荡起层层涟漪，萦绕了后人千年。

词都是可以唱的，虽然那年那时的曲谱，如今已然失传不见，但我们有理由相信，今天为之谱上的曲子，应该更为好听，不止有宫商角徵羽的简单叹咏，更有现代音乐的细腻婉转。所以，若你还不能体味词中的美好，去看一下唐诗逸的舞蹈版的《雨霖铃》，定能沉醉，定会默然。

这样深情的一首词，是为谁而写的呢？

著名学者薛瑞生先生在《乐章集校注》中提到，该词作于柳永十七岁左右，那时他随调任京城的父亲来到汴京，并在这里娶妻，婚后两年左右，便出发去南方漫游，为之后的科举做准备。离开汴京时，亲人都来送他，妻子当然也在，于是他为妻子写下了这首词。

柳永很爱自己的第一任妻子，有词为证。

飞琼伴侣，偶别珠宫，未返神仙行缀。取次梳妆，寻常言语，有得几多姝丽。拟把名花比。恐旁人笑我，谈何容易。细思算、奇葩艳卉，惟是深红浅白而已。争如这多情，占得人间，千娇百媚。

须信画堂绣阁，皓月清风，忍把光阴轻弃。自古及今，佳人才子，少得当年双美。且恁相偎倚。未消得、怜我多才多艺。愿奶奶、兰心蕙性，枕前言下，表余心意。为盟誓。今生断不孤鸳被。

——《玉女摇仙佩·佳人》

　　柳永笔下的锦词丽句何止千万，然而看到她后，心仿佛被烟火击中，炸成满天星河，不知身在何处。觉得无论怎样遣词造句也都不过是因循旧语，形容不出眼前人的美丽。

　　当比喻穷途末路，唯议论能柳暗花明，索性直抒胸臆，破空一笔："飞琼伴侣，偶别珠宫，未返神仙行缀。"

　　你是天上的神仙姐姐，偶然间下凡却没有再回去。

　　随随便便梳洗装扮，随随意意言谈笑语，就已然格外的姝丽。

　　他的生花妙笔此时好像灵感之花已经枯竭，除了俗气的鲜花，竟然想不起其他的比喻。好在柳永也很有自知之明，明白花虽繁艳，但颜色也不过就是深红浅白两类而已，怎么比得了眼前佳人的千娇百媚呢？

　　上片已然词穷，下片就更不考虑什么手法了，一律直抒胸臆，表白到底。

　　自古就是红颜多薄命，不信你看：

　　你看那绿珠坠楼，二乔守寡，花蕊夫人被强占，息夫人一生伤心、不说话。勾践灭吴，美人西施沉入江中喂了鱼虾。昭君塞外远嫁，年年岁岁，陪伴她的只有大漠里的风和沙。杨贵妃万千宠爱在一身，可马嵬坡自尽又有谁怜她？浮生六记中的沈复芸娘人人羡，可情深不寿说的又是谁啊……

　　文风不对，我们回来。而才子大多怀才不遇，所以说才子佳人两全其美的少之又少。可我柳永能和你相偎相依，这是多么难得！气氛都烘托到这了，那不发个誓就很难收场了：为盟誓。今生断不孤鸳被。柳永发誓，今生绝不让妻子孤枕难眠，绝不离开妻子。

　　两个人爱得也纯粹果敢，以为只要许下了真心的誓言，就可以永永远远。哪里知道这一切都逃不过一句"人生若只如初见"。

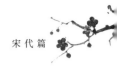

新婚不过三年左右，柳永便要离开汴京，去南方漫游。家人长亭送别，妻子尤为不舍，于是有了开篇的那首《雨霖铃》。

离别，是柳永人生中这第一段情的结局，以后他还要经历无数次这样的离别。

寻常词作，大多是上片写景，下片抒情，这首《雨霖铃》却是情景交融，难分难舍。只因彼时的柳永太过伤情，以至于眼中所见的一切都点染上了他的伤心。他听到的蝉鸣声是凄切的，其实秋蝉哪有什么情感？他感觉到一阵突如其来的雨刚刚停下，其实雨何时来、何时去，皆是自然，又怎会突如其来？不过是他的心已被聚散无常的伤感填满，所以那眼、耳、鼻、舌、身、口、意所受的也都是伤感罢了。

几年前新婚燕尔时，他不会想到人生要有别，正如许下诺言之时，他绝不会想到未来会辜负。

酒已经无心喝了，只想多留片刻，可偏偏启程的船催促着他快点走吧。

你越想留，就偏偏要走；你越想得到，就偏偏会失去。人生不如意事，常十居八九。

事与愿违，祸不单行，生活中，世间事，大抵如此。

接下来，柳永开始想象，而且是极有层次、层层转深的想象：

我这一走，前方等待我的将是沉重的暮色和一望无际的孤独。这是第一层。

离别自古以来就是凄凉哀伤的事，可为什么我又偏偏在寒凉的秋季这个时间离别？让原本就凄凉的心境倍加凄凉。这是第二层。

此刻船已走，今晚借酒浇愁，醉了一切都可忘记，可终究会醒。醒来时你不在我身边，没有熟悉的床榻，没有温暖的灯火，没有你细心的呵护与温存。只有，只有残破的月色和清冷的晨风。此为第三层。

一年又一年，也许我还会遇上其他美丽的风景，也许我还会再产生许多缠绵的情思。但那又如何呢？再也没有可以倾诉的人了。此为第四层。

人类最大的敌人果然是自己，什么样的一颗心能够经受得住这样的想（自）象（虐）呢？

真的是哀极怨极，写尽了古往今来，我辈的离别之情。

在旅途中抑或是在漫游期间，柳永还写过《驻马听》和《八六子》两首词追忆、思考二人之间的感情起伏和裂痕，但更多的还是思念。我们最熟悉的名句："衣带渐宽终不悔，为伊消得人憔悴。"也有学者认为其实是写给柳夫人的。

柳永在外漫游了两年多才回来，回到汴京和妻子团聚后不出两年，妻子就因病去世，一首《秋蕊香引》，写尽了柳永的思念与伤怀：

留不得。光阴催促，奈芳兰歇，好花谢，惟顷刻。彩云易散琉璃脆，验前事端的。

风月夜，几处前踪旧迹。忍思忆。这回望断，永作终天隔。向仙岛，归冥路，两无消息。

柳永的词中从未出现过她的名字，其他资料也无所记载，所以我们至今都不知道柳夫人的姓名。但她是柳永的第一段真情，第一个让柳永感受到爱别离之苦的女子。

写完没留下名字的正妻，我们继续来写在他词中留下过名字的一

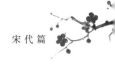

众女子。

其实我总觉得返回汴京后的柳永一直浪迹在秦楼楚馆之中放纵自己，除了科举屡试不中的打击，妻子的逝去也不无关系。《雨霖铃》中的深情骗不了人，当年的柳七哥也是个用情至深的人。

第一个当然是虫娘，柳永的《乐章集》中，至少有三首词都写给了她：

虫娘举措皆温润。每到婆娑偏恃俊。香檀敲缓玉纤迟，画鼓声催莲步紧。

贪为顾盼夸风韵。往往曲终情未尽。坐中年少暗消魂，争问青鸾家远近。

——《木兰花》

小楼深巷狂游遍，罗绮成丛。就中堪人属意，最是虫虫。有画难描雅态，无花可比芳容。几回饮散良宵永，鸳衾暖、凤枕香浓。算得人间天上，惟有两心同。

近来云雨忽西东，诮恼损情悰。纵然偷期暗会，长是匆匆。争似和鸣偕老，免教敛翠啼红。眼前时、暂疏欢宴，盟言在、更莫忡忡。待作真个宅院，方信有初终。

——《集贤宾》

雅欢幽会，良辰可惜虚抛掷。每追念、狂踪旧迹。长只恁、愁闷朝夕。凭谁去、花衢觅。细说此中端的。道向我、转觉厌厌，役梦劳魂苦相忆。

须知最有，风前月下，心事始终难得。但愿我、虫虫心下，把人

看待，长似初相识。况渐逢春色。便是有，举场消息。待这回、好好
怜伊，更不轻离拆。

——《征部乐》

把这三首词连起来看，二人之间的关系变化大致可以推知。

《木兰花》中称呼她为虫娘，这当然是歌妓的艺名，对她的描绘
是温润，重点在气质，并没有具体的容貌描写。然而就是这样一个温
柔谦和的女子，在起舞时却变得很骄傲。一静一动，两种风情，如何
不动人呢？

在《集贤宾》中，小楼深巷里美人如云，但柳永最喜欢的人是虫
虫，称呼已然变成了情人间的亲昵昵称。下片中说总是这样偷偷约会
让虫虫很生气。于是柳永对她说："你想一想当初我对你说过的誓言，
不要总忧心忡忡，等我真的娶你回家时，你会相信我是有始有终的。"

在《征部乐》中二人似乎是闹了一次不愉快，而柳永则在此展示
了一次哄女孩子的经典三步曲：

先认错告诉她自己这样做虽然不对，但是有苦衷。再追忆最初相
遇时的种种美好回忆，最后赌咒发誓，这次回去一定好好爱她，绝不
会轻易分开了。

然后呢？就没有然后了。虫虫再也没有在柳永的其他词作中出现
过。风乍起，吹皱一池春水，然后了无痕迹。

离别，大概是唯一的结局，柳永再一次经历爱别离。

英英妙舞腰肢软。章台柳、昭阳燕。锦衣冠盖，绮堂筵会，是处
千金争选。顾香砌、丝管初调，倚轻风、佩环微颤。

——《柳腰轻》（节选）

秀香家住桃花径。算神仙、才堪并。层波细翦明眸，腻玉圆搓素颈。爱把歌喉当筵逞。遏天边，乱云愁凝。言语似娇莺，一声声堪听。

——《昼夜乐》节选

英英和秀香也在柳永的词中如惊鸿照影般留下了芳名。而没有留下芳名，却被柳七哥称为自己意中人的歌妓，亦有数人，就不一一列举了。

虽然佳人如云，但柳永死的时候无人陪伴在他身边，他也没有什么余钱。

他与每一个女子的情缘都以离别为最终的结局，如果比作一首词的话，那么无论开头如何惊艳，个中如何缠绵，曲调如何婉转，平仄如何动人，结局却总是一句曲终人散。

柳永自己也曾半开玩笑半认真地思考过为什么会这样，他在《鹧鸪天》中写道：

吹破残烟入夜风。一轩明月上帘栊。因惊路远人还远，纵得心同寝未同。

情脉脉，意忡忡。碧云归去认无踪。只应曾向前生里，爱把鸳鸯两处笼。

因为上辈子经常喜欢把鸳鸯放在两个笼子里装着，所以今生要来还债。

柳永写歌妓，写尽她们的喜乐悲欢。

自中唐以来，文人士大夫阶层流行歌妓歌舞和文人填词的宴乐之风。到了宋代，都市繁华，此风尤盛。尽管作为歌妓的她们能歌善舞，琴棋书画皆通，与才子们互相唱和，但地位依旧卑微，她们的悲欢在诸位大人们眼中并不如何紧要，她们的年华在桃花扇底、琥珀杯中渐渐老去。她们就像精致的茶盏，置于高官显宦们的案头，或有怜惜，或有欣赏，但更多的，只是把玩。

但在柳永眼中，没有女子生来就有歌妓的烙印，也没有女子愿意欣然接受权贵的玩弄。她们也有相夫教子的纯真美梦，她们的喜乐悲欢一样值得尊重。

他深情地凝视着她们，真心真意地赞美着她们，他把她们比作清水芙蓉、秀丽的海棠和孤傲的梅花。

柳永将她们视为人间的美来书写，身在勾栏，而情在云端。

为了将这些身世坎坷的烟花女子的内心世界一步步铺展开来，柳永甚至抛弃了主流社会认可的小令，转而写慢词，创长调。

千百年来，对歌妓描写得如此全面而中肯的，大约唯柳永一人。

所以我相信，他与她们的每一场邂逅，都是一曲《相见欢》；每一次离别，都是一首《雨霖铃》。

情愈真，分别时便愈苦。

怨憎会

子曰：众恶之，必察焉；众好之，必察焉。

——《论语·卫灵公第十五》

夫子真是太通达人情世故了，深知大众都有"乌合之众"的属性；更是鲁迅先生的跨时空知己，知道大众都有"捧杀"或"棒杀"的习

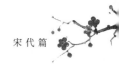

惯，所以告诉世人，如果出现了众恶之或众好之的情况，必字下得极为有力，一定要仔细审视，切不可盲目地人云亦云。

这句名言用来描述柳永也十分合适，一方面，柳永的词是众好之，平民百姓喜欢到了"凡有井水处，即能歌柳词"的地步：

另一方面却又是"众恶之"，被历代文士和词评家所"群嘲"，我们就来领略一下后人的"伐柳"盛况。

苏轼和柳永同时代，他曾这样评价柳永："人皆言柳耆卿俗，然如'渐霜风凄紧，关河冷落，残照当楼'，唐人高处，不过如此。"

大家都说柳永的词三俗，但苏轼写的这几句，气象宏大，说柳永的词能与第一流的唐诗相媲美。

然而东坡先生还说过相反的话。

宋代黄昇的《唐宋诸贤绝妙词选 花庵词选》中记载：

后秦少游自会稽入京，见东坡，坡云："久别当作文甚胜，都下盛唱公'山抹微云'之词。"秦逊谢，坡遽云："不意别后，公却学柳七作词。"秦答曰："某虽无识，亦不至是，先生之言无乃过乎？"坡云："'销魂当此际'，非柳词句法乎？"秦惭服，然已流传，不复可改矣。

秦观是苏门四学士之一，深得苏轼喜爱。秦观有个绰号"山抹微云秦学士"，来自他的名作《满庭芳·山抹微云》。但是苏轼看到这首词后，却说想不到啊，你怎么也开始学习柳永作词了呢（怎么堕落了呢）？

秦观未必有此意，但是读者未必无此意。而且这首词已经流传很广，秦观虽然惭愧，却也不能更改了。

晏殊也评价过柳永。

柳三变既以词忤仁宗，吏部不敢改官，三变不能堪，诣政府。晏公曰："贤俊作曲子么？"三变曰："只如相公亦作曲子。"公曰："殊虽作曲子，不曾道：'针线慵拈伴伊坐。'"柳遂退。

——张舜民《画墁录》

柳永曾经给宋仁宗进献过一首词，结果不小心有几处用词触了逆鳞，导致吏部不敢给他升官。他不能接受这样的命运，决定改变命运，于是找到当朝宰相晏殊，希望同样喜欢写词的晏殊能给自己说点好话。

晏殊劈头就问："你做词么？"别看今天唐诗宋词并称，在当时词是不入流的，被称为诗余，调剂而已，所以这话有责备之意。柳永到底是气盛，说："和您一样，我也做曲子。"有反唇相讥的意味。结果晏殊说："我是写词，但不写你那些手拿着针线慵懒地与他相倚相挨一类的词。"言外之意，你俗我雅，你比不了我。

再看李清照：

又涵养百余年，始有柳屯田永者，变旧声作新声，出《乐章集》，大得声称于世；虽协音律而词语尘下。

——《词论》（节选）

李清照对填词是否符合音律很看重，所以她连苏东坡都批评，写词不符合音律，外行。而称赞柳永能协音律，已经很不容易了，但是，话锋一转，文字太俗，看看你笔下的那些什么香肌、凤衾、鸳帐、娇态、云雨、解罗裳、翻红浪……你把词当什么了？

再看陈振孙：

其词格固不高，而音律谐婉，语意妥贴，承平气象，形容曲尽。

你的词好处不少，但是，格调不好，换句话说：俗。

再看俞文豹：

东坡在玉堂日，有幕士善歌，因问："我词何如柳七？"对曰："柳郎中词只合十七八女郎，执红牙板，歌"杨柳岸、晓风残月"；学士词须关西大汉、铜琵琶、铁绰板，唱"大江东去"。

看我用委婉的方式说你俗，只合十七八女郎唱，一个只字，潜台词是说你没有能力写出其他风格的词，所以也就没有其他表演形式，就只能如此。而唱词是有规矩的：

男不唱艳词，女不唱雄曲。

——《唱论》

你柳永写不出雄曲，只能写艳词滴，所以，还是俗，而且是艳俗。

再看宋真宗：

读非圣之书，及属辞浮糜者，皆严谴之。

——《宋史·真宗本纪》

"浮糜"是宋真宗着重强调过的科举考试禁忌，虽然皇帝犯不着和一个柳永计较，但在后人眼中这分明就是对柳永的精准打击，也注定了柳永的落榜不会只有一次。

不唯词人如此评价，各大词话中，柳永也难逃低俗之名。
《能改斋漫录》记载：

初，进士柳三变好为淫冶讴歌之曲，传播四方。

柳永喜欢写一些过分妖冶的曲子，这些曲子流传四方。虽然后面的话没说，但画外音就是有毒害性。再通俗一点说，柳永喜欢写些带颜色的段子，好打擦边球，还四处传播。这评语若是被人一传，三人成虎，妥妥地给柳永定个传播不健康物品罪。
《花间集跋》记载：

近来填词家，辄效颦柳屯田，作闺帏裒媟之语，无论笔墨劝淫，应堕犁舌地狱，于纸窗、竹屋间，令人掩鼻而过，不惭惶无地邪！

如今的填词人，你们堕落了，竟然去学习柳永，柳永写的是什么？都是些闺房间的淫荡猥亵之事，你们都应该坠入犁舌地狱受罚！这已经不是批评，该算诅咒了，大家都是文化人，过了过了。

《人间词话》记载：

余谓屯田轻薄子，但能道"奶奶兰心蕙性"耳。

王国维说柳永是个轻薄浪子，只能写一写奶奶兰心蕙性的句子罢了。

等等，难道就没有人推崇过他吗？

陈廷焯《词坛丛话》中发出不同的声音：

秦写山川之景，柳写羁旅之情，俱臻绝顶，有不可以言语形容者。

还是有的，只不过对比"伐柳"大军而言，几个孤勇者罢了。

对于这些后辈、后世的评论，若是柳永有知，我想他大约会说："我就喜欢你们看不惯我又干不掉我的样子，哈哈！"

求不得

写完他的风流和后人对他的评价后，我们再看看他的仕途。

他并非不想做官，更不是网络上流行的苦情人设——长发散落，眉眼低垂，笑傲功名，浪荡不羁。他爱美人是真，想进入仕途、好好走下去也是真。若是能在公退之暇，红袖添香，一边爱着江山，一边爱着美人地做官，那大约也是真的。

向罗绮丛中，认得依稀旧日，雅态轻盈。娇波艳冶，巧笑依然，有意相迎。墙头马上，漫迟留、难写深诚。又岂知、名宦拘检，年来减尽风情。

——《长相思》（京妓·林钟商）

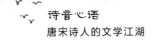

他分得清轻重，拎得清主次，做了官，便不能再流连于旧日的情事了。所以即使依稀认得从前的红颜，即使她开心地有意相迎，也不能够为其驻足了。

他的这个官，委实来之不易。

少年时的柳永被称为神童，一篇《劝学文》，和异代大儒荀子同题作文，文采自然不能相提并论，内容却简洁而励志。

父母养其子而不教，是不爱其子也。虽教而不严，是亦不爱其子也。父母教而不学，是子不爱其身也。虽学而不勤，是亦不爱其身也。是故养子必教，教则必严；严则必勤，勤则必成。学，则庶人之子为公卿；不学，则公卿之子为庶人。

知识改变命运，读书照亮人生，这道理咱们的少年柳永早就理解得透彻。他又出身官宦家庭，想走仕途，其实再自然不过。

于是大约在咸平五年（1002年），柳永离开故乡，准备前往京师汴梁参加科举考试。他没有想到的是，此次离乡即成永诀，以后再也没有回到过故乡，他将汴梁当做了自己的故乡。

入汴京途经"上有天堂，下有苏杭"的杭州，就是在《武林旧事》中描述为"画辑轻舫，旁午如织""千舫骈集，歌管喧奏，粉黛罗列，最为繁盛"的杭州。彼时的杭州，车马穿梭如织，两旁楼铺林立，船舫歌妓花枝招展，弦乐笙箫縻惑人心。

于是他不走了，科举考试？那是什么？等等再说。

神采飞扬的少年，繁华热闹的都市，妖媚多情的少女，三者就这样相遇了。

何事春工用意。绣画出、万红千翠。艳杏夭桃，垂杨芳草，各斗

雨膏烟腻。如斯佳致。早晚是、读书天气。

渐渐园林明媚。便好安排欢计。论槛买花，盈车载酒，百琲千金邀妓。何妨沈醉。有人伴、日高春睡。

——《剔银灯》

好个论槛买花，盈车载酒，千金邀妓，他过得是如此纵情而惬意。

其中最被广传为佳话的是他写的一首描写杭州城景色的词——《望海潮》，翻遍宋人词作，也找不出这样美妙的城市名片了。

东南形胜，三吴都会，钱塘自古繁华。烟柳画桥，风帘翠幕，参差十万人家。云树绕堤沙，怒涛卷霜雪，天堑无涯。市列珠玑，户盈罗绮，竞豪奢。

重湖叠巘清嘉，有三秋桂子，十里荷花。羌管弄晴，菱歌泛夜，嬉嬉钓叟莲娃。千骑拥高牙，乘醉听箫鼓，吟赏烟霞。异日图将好景，归去凤池夸。

其实另有一种考证说，这首词应该是他后来任余杭县令、五十多岁时所做。但词中那跳动着的少年意气让我更愿意相信就是他作于此时此刻。

柳永若在现代，一定是位绝佳的摄影师，整首《望海潮》简直就是一篇电影运镜教科书。

东南形胜，三吴都会，钱塘自古繁华。这是高空航拍，大广角俯瞰之下的镜头；

"烟柳画桥，风帘翠幕，参差十万人家。"这是由近及远，远近结合的运镜。

"云树绕堤沙，怒涛卷霜雪，天堑无涯。"这是由市内到市郊，内外结合的运镜。

"市列珠玑，户盈罗绮。"镜头又从市郊拉到市内，并且给珠宝、服饰来个特写镜头。

"重湖叠巘，三秋桂子，十里荷花。"镜头取其镜头中的画面之静。

"羌管弄晴，菱歌泛夜，嬉嬉钓叟莲娃。"这是取其镜头中的画面之动。动静结合，生动活泼。

"千骑拥高牙，乘醉听箫鼓，吟赏烟霞。"这是叙事性镜头，画龙点睛。

这段时光为他赢得了声名，但他与妻子的感情缝隙大约也在此时出现，毕竟没有任何一个女子会允许丈夫这样日日花间买笑，恣情欢场的。

在这时的柳永看来，考科举不过是如探囊取物一般："对天颜咫尺，定然魁甲登高第。"

宋真宗大中祥符二年（1009年），他参加了这一年的春闱。

这一年，宋真宗下诏："读非圣之书，及属辞浮靡者，皆严谴之。"

于是这一年的柳永落榜了。看看之前的豪言壮语与此刻无言的结局，心理落差太大，不能不将心中的郁结愤懑一吐为快。于是柳永挥笔写下宋词史上"最强高考吐槽"《鹤冲天》。

黄金榜上。偶失龙头望。明代暂遗贤，如何向。未遂风云便，争不恣狂荡。何须论得丧。才子词人，自是白衣卿相。

烟花巷陌，依约丹青屏障。幸有意中人，堪寻访。且恁偎红倚翠，风流事、平生畅。青春都一饷。忍把浮名，换了浅斟低唱。

唐诗史上"最强高考感言"：

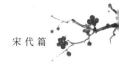

昔日龌龊不足夸，今朝放荡思无涯。

春风得意马蹄疾，一日看尽长安花。

——孟郊《登科后》

一诗一词，堪称双璧。

其实这一年柳永才二十岁左右（柳永生卒年不详，有争议），不过是年轻气盛，骤逢失意的吐槽罢了。因为不久他写的另一首《如鱼水》里，已是："富贵岂由人，时会高志须酬。莫闲愁。"自己才高艺足又有佳人相伴，总有时来运转、壮志可酬的时候。

不过"忍把浮名，换了浅斟低唱"一句在落第举子中共鸣太强，广为流传，从而成为世人评价他"薄于操行"的口实之一。

这首词还诞生了柳永个人最知名别号——白衣卿相。

大约还是不能够彻底释怀落榜的忧郁，也可能是想通过干谒的方式为仕途助力，柳永与亲人作别，第二次离开京师去南方漫游，数年后归来，再战"高考"。

大中祥符八年（1015 年），27 岁或 30 岁，二次参加礼部考试，不中。

天禧二年（1018 年），30 岁或 33 岁，第三次参考，不中，不过他的长兄柳三复进士及第。

天圣二年（1024 年），36 岁或 39 岁，第四次参考，不中，柳永愤而离开京师。

求不得啊，求不得，人生最苦莫过于有求却不能得。

不说他散漫大约也没错，看这几次考试的时间间隔就明白了，宋代科举最初几乎是每年一考的，直到英宗年间才开始定为三年一考。

关于他第四次落榜的原因，有着广为流传的一个说法：在一次柳永中举后，宋仁宗看到他的名字，想起他的那首《鹤冲天》一词，不禁龙颜不悦，斥责柳永"何要浮名"，不如"且去填词"，将他名字划掉。柳永从此索性破罐破摔，自称"奉旨填词柳三变"，一生浪荡蹉跎。

这件事儿在宋人笔记《艺苑雌黄》中有记载，从时间上说，最有可能的就是天圣二年（895年）这一次，但这一年，宋仁宗赵祯才十多岁，尚未亲政，说不出如此老气横秋的话，录取进士，也该是"垂帘决事"的刘太后说了算。

其实柳永不止"不应有恨"于宋仁宗，还应该真心感谢宋仁宗。

大宋景祐元年（1034年），仁宗亲政，不久就宣布开一次恩科，也就是给那些历届科举不得意的人士一个机会，放宽录取尺度，扩招一下。给那些辛辛苦苦考了十多年都没有考上的考生一点来自国家的温暖。所以人家才能获得仁这个谥号。仁者爱人，诚不我欺。

得到消息后，已年过半百的柳永从鄂州一路烟尘赶到京师，并将名字改为永，以期转运。

第五次参加考试，这一次，他考中了。

暮年及第，欣喜若狂，眠花宿柳非吾意，白衣卿相岂自甘？回首前程往事，那些晓风残月，买醉花丛，都不过是年少轻狂罢了。

终于成功上岸的柳永，一改往日风流本色，严肃认真地开启了自己全新的人生。

他被任命为睦州团练推官，前往睦州（浙江建德、桐庐一带）任职，经过苏州时，他特地拜谒了当时任苏州知州的范仲淹。到任后，与睦州知州吕蔚相处融洽，吕知州很欣赏他的才华，向朝廷郑重举荐，但朝廷没有批准，因为柳永到任才刚刚一个多月，还"未有善状"。

　　三年后，柳永调任余杭县令，从辅官变成一县之长。据后来明《嘉庆余杭县志卷二十一》记载："长于词赋，为人风雅不羁，而抚民清净，安于无事，百姓爱之。"也就是到了明代人修的县志里面，仍旧说柳永能做到抚民清净，百姓爱之，这是非常不容易的，县令要负责很多具体的实际事务，这说明柳永的确有行政为官的能力。

　　宝元二年（1039年），五十多岁的柳永被调任为浙江定海晓峰盐监，在这里，他写下了一首七言古诗《煮海歌》，对盐工的辛劳表达了深切的关注和同情。

煮海之民何所营？妇无蚕织夫无耕。
衣食之源何寥落，牢盆煮就汝输征。
年年春夏潮盈浦，潮退刮泥成岛屿。
风干日曝盐味加，始灌潮波增成卤。
卤浓盐淡未得闲，采樵深入无穷山。
豹踪虎迹不敢避，朝阳出去夕阳还。
船载肩擎未遑歇，投入巨灶炎炎热。
晨烧暮烁堆积高，才得波涛变成雪。
自从潴卤至飞霜，无非假贷充糇粮。
秤入官中充微直，一缗往往十缗偿。
周而复始无休息，官租未了私租逼。
驱妻逐子课工程，虽作人形俱菜色。
煮海之民何苦辛，安得母富子不贫！
本朝一物不失所，愿广皇仁到海滨。
甲兵净洗征输辍，君有余财罢盐铁。
太平相业尔惟盐，化作夏商周时节。

对比他之前那些莺莺燕燕的词作，这首诗真有千钧之力。浅斟低唱的偎红倚翠大师也有着积极入世，心系苍生的情怀。仅这一点，就高出无数词人。

庆历三年（1043 年），六十岁的柳永，调任泗州判官。同年八月，范仲淹拜参知政事，施行庆历新政，和范仲淹还算有一点交情的柳永被授予著作佐郎，授西京灵台山令。两年后，终于把这个佐字去掉了，转官著作郎。皇祐元年（1049 年），转官太常博士，也是个闲职，不过从七品上，掌教弟子而已。次年，改任屯田员外郎，从六品上。柳永最后以此官致仕，退休了。

于是，柳永的官职就定格在了屯田员外郎，所以后世也称他为"柳屯田"。

致仕后的柳永定居润州，在皇祐五年（1053 年），又或嘉祐三年（1058 年）逝世，享年 71 岁或 73 岁。

后来到了南宋，柳永被推为"有宋三百年四名宦之一"。这肯定有夸张过誉之嫌，但就其文学成就与个人魅力而言，却也当之无愧。

那么，回看柳永的一生，他到底是求得了，还是求不得呢？

老者："柳永的故事我们就说完了。"

少年："他真的是一个温柔的人。"

老者："我说他的一颗心，底色为苦，你现在是否同意呢？"

少年（沉思良久）："爱别离固然苦，但有爱有欣慰。怨憎会固然苦，但他当时并不知晓，而且那些评论也并不公允，所以也并不以为苦。求不得当然苦，可他最后也释怀了，并不以官小位卑为意，那也就不算苦了。其实柳永一生，凄凉时不乏温暖，光芒处犹有黯然，苦

乐相参，悲欢各半。是很有意义的人生。"

老者："讲得好！那如果能重来，你愿意做李白……啊不，柳永吗？"

少年："如果我到了李白那个时代，我可能会想做个仙士，用诗情去跟李白做食枣约；如果我到了柳永的那个时代，我只想遇见他，擦肩而过，让他怅惘地回头，看我消失在灯火阑珊的尽头……"

老者："说人话。"

少年："愿意。"

痴心晏几道——北宋版贾宝玉、现实版落难贵公子

这是我第一次读到"当时明月在，曾照彩云归"这句诗（当时还不知道是词），觉得意境难以形容，十分难忘。但直觉告诉我，这绝对是引用，然后就知道了晏几道。

晏几道，字叔原，号小山，是太平宰相晏殊的第七子。父子俩都在文学史上留下了词名，合称"二晏"。话说词人柳永叫柳七，秦观叫秦七，晏几道叫晏七，这三个人倒是可以凑一个组合出道，一定大火。

他自幼潜心六艺，旁及百家，尤喜乐府，文才出众，深得其父和同僚的喜爱。

他是婉约派的重要作家，有《小山词》传世，其词语言清丽，感情深挚，尤负盛名，

他的一生很不得意，只做过颍昌府许田镇监、开封府推官等小吏。

苏门四学士之一的黄庭坚是他的挚友，黄庭坚在《小山词序》给了我们一个最好的评价。

余尝论叔原固人英也；其痴亦自绝人。爱叔原者皆愠而问其自，

曰："仕宦连蹇而不能一傍贵人之门，是一痴也；论文自有体，不肯一作新进语，此又一痴也。费资千百万，家人寒饥，而面有孺子之色，此又一痴也。人百负之而不恨，已信人，终不疑其欺己，此又一痴也。"乃共以为然。

晏几道有四种痴：不求人、不媚俗、不吝财、不记仇。

他的痴心，究竟是怎样的呢？

不求人

晏几道在少年时如同《红楼梦》中的贾宝玉，是个不折不扣的贵公子。

父亲晏殊官居相位，比起政治上的建树，更令人称道的是他的文采和词作。晏几道出生时，晏殊已快五十岁，老来得子，尤为喜爱。而晏几道也不令父亲失望，完美继承了他的文学天赋，七岁能写文章，十四岁就参加科举考试，拿了个进士回来。

晏几道自幼在绮罗丛中长大，珠围翠绕，锦衣玉食。每天的生活就是跌宕歌词，纵横诗酒，乐享繁华。他的六位兄长都先后步入仕途，而他依旧是逍遥自在的风流公子。

他的身上有着南朝王、谢家族子弟的气质，这种贵气是自然形成的，很难学得来。的确，钟鸣鼎食的家庭环境，出众的才气，让晏几道的骨子里天生就有种自负与清高。

金鞭美少年，去跃青骢马。牵系玉楼人，绣被春寒夜。

消息未归来，寒食梨花谢。无处说相思，背面秋千下。

——《生查子》

"俊美的年轻人，扬起手里黄金做成的马鞭，跃马轻驰而去。这一去，就牵走了她的心神。到了夜晚，阁楼上年轻的妻子时时刻刻思念着他，只觉得绣被不暖，春夜更寒。天天等他的消息，可寒食节过了，梨花又谢了，依旧没有任何消息。相思之苦向谁去诉说？秋千架下，她默默地背过脸去留下泪来。"

你以为这首词仅仅是在写别离相思吗？你以为那个金鞭美少年只是一个塑造出来的形象吗？不，那是词人为早年的自己所做的自画像。

他风度翩翩，令美人失眠。

可是这样的日子，注定不会长久，富贵岂能无极？

仁宗至和二年（1055年），晏殊去世，晏几道的贵公子体验卡也到此戛然而止。

父亲去世后，他和其他几个兄妹后来由二哥承裕的妻子张氏照顾才得以长大成人，并嫁娶成家。

皇帝怜惜晏殊的后人，都赐予了他们官职。晏几道成为太常寺太祝，但这个官并没有做多久。神宗熙宁七年（1074年），晏几道的朋友郑侠上《流民图》，实名反对王安石变法，结果被交付御史台治罪。

打击对手从来都是牵连定罪，凡是和郑侠交往过密的人一律都要想办法治罪。他们从郑侠的家中搜到晏几道的一首《与郑介夫》（郑侠字介夫），上面写道："小白长红又满枝，筑球场外独支颐。春风自是人间客，主张繁华得几时？"这些人如获至宝，繁华能几时？你这什么意思？是在说新法难以持久吗？曲解之后认为这是在讽刺"新政"、反对变法，于是将晏几道逮捕下狱。

但还好，宋神宗也许是念及晏殊的原因，并没有难为他，不久就释放了他。

当一个人的身份发生巨大变化之后，其他人对他的态度也自然

会变。

夫天下以市道交，君有势，我则从君，君无势则去，此固其理也，有何怨乎？

——《史记·廉颇蔺相如列传》

天下人都是凭借着利害关系来交往的，你得势的时候，人们来追随你；你失势了，人们就离开。这是本来就如此的道理，有什么可抱怨的呢？

嗯，好像很有道理的样子，我竟然无言以对。

正所谓，富贵多士，贫贱寡友，这个道理经历过的人都懂，但此时的晏几道还不懂，所以他去求了一次韩维。

韩维是晏殊的弟子，有这层特殊的关系，再加上对自己才华的自信，晏几道给韩维献上了自己的词作，希望能得到提携。韩维很快就给了回复，"盖才有余，而德不足者"，希望你能"捐有馀之才，补不足之德"，不要辜负我作为一个"门下老吏"的期望。

言辞看似礼貌，却全然没有了昔日晏家门生的温情，而是摆出一副道学面孔、家长作派。

然后晏几道就懂得了人情冷暖，世态炎凉。

然后他就收起了昔日贵公子的高傲，不过他并没有低头！

以后即使再苦再穷，也绝不求任何人。

其实晏殊的门生故吏真的非常多，未必都如韩维之流。像名臣韩琦、欧阳修、范仲淹等，都是他父亲的门生故旧。晏几道的几个哥哥也都在朝为官，二哥晏承裕，尚书屯田员外郎；三哥晏宜礼，赞善大夫；四哥晏崇让，著作佐郎。尤其是两个姐夫，富弼官至宰相，杨察位居礼部尚书。如果他肯开口相求或者有所表示，做个官，还是很容易的。

然而，晏几道对他们冷脸相向，绝不攀附。

对方自然也不大可能主动来自讨无趣，他们的态度用黄庭坚的话说就是："诸公虽然称爱之，而又以小谨望之，遂陆沉于下位。"对于晏几道，大家虽然口头上都说喜欢他，但又都小心谨慎地观望着，不想和他有过多的交集交往。于是晏几道最终只能困顿于底层了。

他不仅不求人，人来求见他也不行！就是这么孤高自负。

当时，苏轼在京师受到帝、后的赏识，迁中书舍人、翰林学士，而苏轼本人的才华更是天下闻名。他通过黄庭坚来转达期望结识之意，在礼节上充分尊重了晏几道。可即使是这样，晏几道的回答是：如今朝堂上的高官大半都曾经是我家中的旧客，他们我都没有时间看一眼，何况是你苏轼。

就是这么狂。

不仅苏轼不行，有权有势的大人物也不行，所以晏几道的孤傲才让人佩服，不是欺软怕硬。

大观某年间的重阳节、冬至日，蔡京先后派亲信赶到晏府，向晏几道"求长短句"。

彼时蔡京位高权重、炙手可热。

晏几道于是写了。

九日悲秋不到心，凤城歌管有新音。凤凋碧柳愁眉淡，露染黄花笑靥深。初见雁，已闻砧。绮罗丛里胜登临。须教月户纤纤玉，细捧霞觞滟滟金。

——《鹧鸪天·九日悲秋不到心》

　　晓日迎长岁岁同，太平箫鼓间歌钟。云高未有前村雪，梅小初开昨夜风。罗幕翠，锦筵红。钗头罗胜写宜冬。从今屈指春期近，莫使金尊对月空。

——《鹧鸪天·晓日迎长岁岁同》

　　但完全没有一笔关于蔡京的，就是这么不给面子。

不媚俗

　　晏几道当然也是有抱负的。

　　元丰初年，好友黄庭坚赴吏部等候改官，晏几道与他相聚。二人一起饮酒唱和，纵论时势，意气纵横，期许不凡。

　　可是想实现抱负就得做官，想做官就得考试，想考试就得写考试文，但对于晏几道来说，虽然他的文章独具体式，却不肯为了做官而改写考进士的人所写的那种风格，这是又一痴。

　　官样文章我就是不写，你爱咋咋地。

　　当时的词坛是慢词的黄金时代，大家都写慢词，唯独他固守小令阵地。坚持写那些柔情似水、佳期如梦，写那些哀怨缠绵、悲欢离合。

　　他的词里没有什么远大理想，就是个人的情感体验。从词的发展角度来说，这其实算是一种退步。

　　可晏几道不在乎，他绝不向世俗、向读者妥协。

　　鲁迅曾说："有至情之人，才能有至情之文。"晏几道的每一首词，差不多都与情爱有关。

　　在一次酒宴上，晏几道意外地和一位失联已久的歌女相遇，真是游园惊梦，恍如隔世。在惊喜交加又无限伤感的情绪驱动下，他写出了这首名篇《鹧鸪天》。

彩袖殷勤捧玉钟，当年拚却醉颜红。舞低杨柳楼心月，歌尽桃花扇底风。

从别后，忆相逢，几回魂梦与君同。今宵剩把银釭照，犹恐相逢是梦中。

你的舞姿曼妙，直舞到挂在杨柳树梢、照到楼心的一轮明月也慢慢低沉下去。你的歌声婉转，直唱到桃花扇底风力消歇。这两句极言歌舞时间之久，真是无比美妙而又柔情的表达。

所以说，写个人情感怎么了？一样可以写成经典。

任人事如何变迁，他只冷眼相看，固执地守着自己的一方天地。

谁解其中味？都云，作者痴！

不吝财

晏几道这样做惯了贵家公子的，自然对钱没什么概念，挥金如土。千百万钱很快就没了，以至于家人都跟着他挨饿受冻。

所以在妻子的眼中，他完全算不上是一个好丈夫。

晏几道家里藏书特别多，每次搬家，妻子就很厌烦，认为那些书是累赘，晏几道却把它们当宝贝。于是妻子不禁发起了牢骚："你搬家就像乞丐搬破碗，算怎么回事啊！"

乞儿搬漆碗这个比喻真是十分有意思，你的那些书就像乞儿手中的漆碗一样，那么你，不就是乞儿了吗？而且妻子也没说错，此时的晏几道衣食不继，有类乞丐。

晏几道本着好男不跟女斗的贵公子风格，口头上不同她争辩（估

计也争不过），但却用笔写了一首《戏作示内》，中有这样的句子：世久轻原宪，人方逐子敖。愿君同此器，珍重到霜毛。

晏几道半开玩笑半认真地告诉她说：这些书就是我的饭碗，我搬书时从来都不觉得累，希望你同我一样，像爱护自己的头发那样爱护它们。

读来既觉得好笑，又不胜凄凉。

家人都已经和他一起挨饿了，他还不想着怎么去为衣食奔波一下，反倒依旧活在精神世界中，这难道不痴（天真）吗？

不记仇

如果有人负你怎么办？

你若是问鲁迅先生，先生定会淡淡一笑，在手中烟明灭不定的火光中淡然道："听闻你竟有这样的疑惑，是我所不曾想到的。以牙还牙，以眼还眼，执着如怨鬼，纠缠如毒蛇，又有什么好说的呢？"

如果问冰心女士，那她大约会告诉你："有了爱就有了一切。"

若问寒山与拾得，还有一种答案。

寒山问曰："世间有人谤我、欺我、辱我、笑我、轻我、贱我、恶我、骗我，该如何处之乎？"

拾得答曰："只需忍他、让他、由他、避他、耐他、敬他、不要理他、再待几年，你且看他。

——《古尊宿语录》

晏几道选择的，既不是报复，也不是去爱对方，更不是等着对方倒霉，而是选择了相信。

即使你辜负了我千百回，我也始终相信你没有欺骗我。

人性从来都是两面的，有仁的光明一面，当然也有恶的黑暗一面，晏几道他不会不知道这点，只不过，他依旧选择了相信人好的一面。

这固然是痴，但这也十分难得。

遗憾的是，因为缺少资料，我们不知道究竟是哪些人、哪些事负了晏几道，而令黄庭坚发出"人皆负之而不恨"这样的感叹。

这世间是无情的，你这么"傻"，如何在这世间行走？

他面对世间的无情，做出了自己的选择：不傍、不意、不顾、不恨。

尽教春思乱如云，莫管世情轻似絮。

管他别人怎么看呢！

知世故而不世故，历圆滑而弥天真，善自嘲而不嘲人，处江湖而远江湖。

这是痴，也是另一种意义上的慧吧。

江湖心姜夔——平生最识江湖味

荷叶披披一浦凉，青芦奕奕夜吟商。平生最识江湖味，听得秋声忆故乡。

——姜夔《湖上寓居杂咏·其一》

"我"一生流浪，最清楚漂泊江湖的滋味，每当听到萧瑟的秋声，就会思念起遥远的故乡。

什么是江湖？

刀光剑影，快意恩仇，那是武侠中的江湖。武侠中的江湖，官府总是可有可无，老者总是傲绝又孤独，少年总是热血难凉，美人总是致命又危险。一杯浊酒，一部秘籍，就是一段传奇。

可人生的江湖，起于青山绿水，终于明月星辰。没有杏花烟雨，没有流星蝴蝶，没有逍遥快意，有的只是浮生若梦与人情冷暖。

小舟从此逝，江海寄余生。

能识得其中滋味，也就不枉此生。

良才不隐世，江湖多贱贫

姜夔的名字笔画很复杂，夔或许会令人联想到上古时期的神兽——夔牛。但其实夔还是尧舜时期统管音乐的乐师。在尧帝时，夔摹拟山谷流水的声音，以陶鼓、石磬等乐器伴奏，创作出了祭祀乐舞《大章》。舜帝即位后，夔又创作了著名乐舞《九韶》。

夔的音乐可以教化众生，让百官臣服，实现政通人和。

姜夔，字尧章，明显取意于尧帝时的乐舞《大章》。

他的名和字，都与音乐紧密相连。音律之学是他的家学，姜夔本人的音乐造诣十分出众，可以自谱新曲。

有才华的人很少会选择隐世，至少第一选择不是。

姜夔少年丧父，寄居在姐姐家中，潜心准备科举考试。宋代科举三年一考，在本籍考试。他熟谙诗文、精通音律，本以为科举不会如何艰难，纵使一次不中，两次三次应可无虞。然而事情却是，姜夔自十七岁第一次回原籍考试，此后三年一回，连考四次，次次落榜。

科举行不通，还可以通过献赋求官，就像司马相如、李白、杜甫曾经做过的那样。但姜夔献的不是赋，而是《大乐议》。南宋朝廷屡次向南迁都，原来的乐典散落，宫廷大乐多失于古制。他担心乐典久废，最后不传，于是上书论雅乐，进《大乐议》一卷、《琴瑟考古图》一卷，论当时的乐器、乐曲、歌诗之失。但他的议论并未被采纳，因为姜夔以一介布衣身份上书朝廷改革乐制，在某些人看来，这是以下犯上，于是做了个局设计他。

相关官员邀请姜夔到太常寺一起讨论。乐官欺负姜夔没有见识过宫廷大乐，抬出了形制豪华的"锦瑟"。姜夔没见过，当然要问：这

是什么乐器？这一问，大家发出一阵轻蔑的议论声：连乐器都不认识还谈什么订正音乐？不仅如此，他请乐师弹瑟，而乐师说只有鼓瑟的说法，哪里听说过什么弹瑟？于是大家便笑着散去。

姜夔被当成了一个笑话，上书自然也没有结果。

也有说法认为他被设计的原因是得罪了不该得罪的人。

先是，丞相谢深甫闻其书，使其子就谒，夔遇之无殊礼，衔之。会乐师出锦瑟，夔不能辨，其议不果用。

——张羽《白石道人传》

丞相谢深甫曾让他的儿子拜访姜夔以学书法，但姜夔没有以特殊的礼节接待，于是谢深甫衔恨报复，乘机阻挠。

不过也有人认为这纯属无稽之谈，根本原因就是那些寺官乐师嫉贤妒能而已。至于不识瑟的故事，杜撰而已。

能写出琴瑟考古图的人，会不认识锦瑟吗？

但不管怎么说，这次上书失败了。

两年后，大约是庆元五年（1199年），他研究宋朝开国历史，选取其中的辉煌事迹，撰写歌词，谱成系列组曲，献上《圣宋铙歌十二章》。这一次，打动了皇帝，下诏免除地方州县考，直接参加礼部考试。如果礼部考试通过，就可参加由皇帝亲自主持的殿试。若再通过殿试，就可直接授予官职了。

这是姜夔离成功最近的一次，但礼部试的结果，还是没通过。

是年姜夔已年过四十，从此完全绝了仕途之念，以布衣终老于江湖之间。

处江湖之远，则忧其君

一个人若是因为郁郁不得志便彻底放浪形骸，心中再无家国，那无论多么有才华，也谈不上如何伟大。

浪迹江湖的姜夔，心中依然怀有一份家国情怀，只是他不会像辛弃疾那样壮怀激烈地去诉说，而是含蓄、克制，深深隐藏在景物之后。他写恋情、伤身世、咏梅花，在清丽典雅的词句背后，却藏有一份黍离之悲。

淳熙丙申至日，予过维扬。夜雪初霁，荠麦弥望。入其城则四顾萧条，寒水自碧，暮色渐起，戍角悲吟。予怀怆然，感慨今昔，因自度此曲。千岩老人以为有《黍离》之悲也。

淮左名都，竹西佳处，解鞍少驻初程。过春风十里，尽荠麦青青。自胡马窥江去后，废池乔木，犹厌言兵。渐黄昏，清角吹寒，都在空城。

杜郎俊赏，算而今、重到须惊。纵豆蔻词工，青楼梦好，难赋深情。二十四桥仍在，波心荡、冷月无声。念桥边红药，年年知为谁生？

写扬州的诗词很多，但这首《扬州慢·淮左名都》出世后，余词尽废。

扬州自古就是著名的都会，这里有风景胜地竹西亭，初到扬州的"我"，解鞍下马，在此驻足停留。

曾经的扬州是多么的繁华富庶啊：绿杨城郭，笙歌盈耳。长街市

井，人声鼎沸。更有人把"腰缠十万贯，骑鹤下扬州"当作自己的人生理想。可如今我看到的是什么景象呢？尽荠麦青青。

对比竟是如此鲜明。

这鲜明的对比引动心底哀愁，不铺陈无以写尽此时心中的悲怨与苍凉，于是姜夔不再借景抒情，而是有些克制不住地议论："自胡马窥江去后，废池乔木，犹厌言兵。"

南渡以来的四十多年，扬州屡遭金兵洗劫，高宗孝宗懦弱胆怯，仓皇不知所措。幸亏这时金廷内讧，金主完颜亮被杀，南宋始得稍安残喘。可是"战"这个字，仿佛梦魇一样，谁也不想再提起。也许就连那"废池乔木"也像人一样厌恶战争。可是厌战，就能够免战吗？当然不能，这个道理谁人不懂？但依旧不愿积极备战，这是自欺欺人，这是苟延残喘，这不是堂堂朝廷该做的事啊！若是未来金兵又起，该如何应对？

万千感慨，都在这一句议论之中。

下片乃想象之语，遥想当年，才子杜牧为扬州所沉醉，挥笔写下："落魄江湖载酒行，楚腰纤细掌中轻。十年一觉扬州梦，赢得青楼薄幸名。""娉娉袅袅十三余，豆蔻梢头二月初。春风十里扬州路，卷上珠帘总不如。"这样缱绻缠绵的深情诗句，是何其的风流俊逸。但如今料想他来到这里也定然会惊讶失色，难以写出那样深情款款的诗句了。其实"难赋深情"的，又岂止是杜牧，难道姜夔自己，就能不伤感，写出深情的诗句吗？这亦是姜夔自喻。

越美好的东西，越容易被摧毁。昔日的扬州有多繁华，如今就有多荒凉，可为什么会变成这样？这不能说出的话，正是心中真正的意难平处。

二十四桥还在，可物虽是而人已非，桥上的美人再也不会有了，那曾经的繁华太平也不会有了。人事巨变，天地无情，一切的景色依旧，波心冷月，依旧无声。

其实明月本就"无声"，亦并无冷暖，这冷、这声，都不过是作者的移情罢了。

最后一句，以景结情，尤为经典。

那桥边的红芍药花，依旧年年在春季绽放，可你在为谁开呢？

桃李春风一杯酒，江湖夜雨十年灯

与朋友相聚，和欣赏自己的人交游，这大约是漂泊中的浪子最温暖的一刻，姜夔曾细细回忆那些桃李春风，杯酒言欢的难忘时刻，他与范成大、杨万里、萧德藻、辛弃疾、朱熹、京镗、谢深甫、叶适等人一起把酒记文，谈论古今。

其中与范成大的交往，堪称佳话。

范成大出生于三代国公的簪缨世家，官至参知政事（副宰相），是南宋名臣、文坛巨擘。当时范成大已辞官隐退，在老家苏州石湖辟地数亩，植梅数百，含饴弄孙。但隐居石湖的范成大，很多时候只能自娱自乐，因为身边缺少能与他进行精神对话的知己。

绍熙二年（1191年）冬，雪花纷飞，雪中寒梅，格外惹眼。

姜夔戴雪诣石湖，二人雪中赏梅。

花不可以无蝶，山不可以无泉，梅花岂可无雪？自古雪与梅花就是绝配。雪似梅花，梅花似雪，君白我红，似与不似都奇绝。美景激发了姜夔的灵感，谱写了咏梅新曲：《暗香》。

旧时月色，算几番照我，梅边吹笛。唤起玉人，不管清寒与攀摘。何逊而今渐老，都忘、却春风词笔。但怪得竹外疏花，香冷入瑶席。

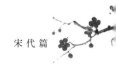

江国。正寂寂。叹寄与路遥，夜雪初积。翠尊易泣，红萼无言耿相忆。长记曾携手处，千树压、西湖寒碧。又片片吹尽也，几时见得？

"那旧时的月光，多少次照耀着"我"在梅边吹笛。笛声唤起了美丽的佳人，跟"我"一道攀折梅花，不管天气清寒。而今"我"像何逊一样渐渐衰老，往日如春风般绚丽的辞采和文笔，都已忘记。竹林外稀疏的梅花，将清冷的幽香散入这华丽的宴席，让"我"又一次想起你。江南水乡，正是一片静寂。想寄梅花与你，可叹路途遥遥，日暮夜雪正慢慢积满了大地。拿起酒杯想到的都是感伤的记忆，对着红梅默默无语地想着你。一直记得曾经和你携手同游，千万株红梅绽放在岸边，西湖春水寒碧。风吹花落，片片落尽，何时才能再见那般美丽？"

这首词将往事写得清婉动人。可惜不知道姜夔为之谱写了怎样的旋律，唱出来又将会是怎样的一种韵味呢？但必然是好听的，因为范成大即刻命家中歌伎小红演唱这两首词，唱罢，范成大异常高兴，将歌伎小红赠给了姜夔。

人家春娘换马，姜夔两首词换小红。

二人就这样煮酒赏梅、挥毫泼墨、填词制曲，不亦快哉。

有欢聚就有离别，之后姜夔带着小红乘船返回湖州。一路上白雪纷飞，桨声欸乃，又有美人相伴，不禁文思飞扬，连写了十几首诗，其中一首《过垂虹》，使他声名更盛，也羡煞了天下士子。

自作新词韵最娇，小红低唱我吹箫。

曲终过尽松陵路，回首烟波十四桥。

"我自创的新调，音韵是如此美妙。小红轻轻地吟唱，我为她伴奏，低低吹起了玉箫。一曲终了，不知不觉间，小舟已过了吴江县城，回望来时的水路，只见烟波浩渺中那一座座美丽的江南石桥。"

才子佳人，物我两忘，一曲终了，仿佛已经和你过了一生一世。

江湖秋枕当游仙，有情皓月怜孤影

姜夔曾爱恋过一位姿色美丽且能弹奏弦乐的少女，二人情投意合，互为知音，后来却因故分离，未能结合。作为一个对感情极为执着的人，姜夔终生难以忘怀这段刻骨铭心的情史，先后写过近二十首词来怀念她，用情之深，天地可鉴。

肥水东流无尽期，当初不合种相思。梦中未比丹青见，暗里忽惊山鸟啼。

春未绿，鬓先丝，人间别久不成悲。谁教岁岁红莲夜，两处沉吟各自知。

——《鹧鸪天》

这段感情没有结果，只是上帝为你关了一扇门而已，他会为你打开另一扇窗的。

姜夔离开合肥这个伤心之地后，辗转漂泊到了湖州，在这里，他遇到了生命中的贵人——萧德藻。

萧德藻，字东夫，自号千岩老人，绍兴二十一年（1151年）进士，曾任乌程（湖州）令。他的诗词与杨万里、范成大、陆游齐名，是南宋文坛的头面人物。他还与姜夔已故的父亲是同科进士，对姜夔的诗词文才很是赏识。他在南宋文坛不遗余力做的一件事，就是举荐姜夔，

介绍他结交名流。

他见姜夔三十多岁仍孑然一身，便将自己的侄女嫁给了他。

然后，姜夔告别过去，在湖州成婚，从此即使江湖漂泊，也不再孤单凄凉。

相忘于江湖

姜夔不仅词写得格调高雅，人也清高耿介，他有过一次很好的做官机会：他的好友张鉴想要为他买一个官做。

张鉴是南宋著名将领张俊的孙子，字平甫，家境豪奢，非常钦佩姜夔的才学，与之交情甚深。

这样的朋友想完成姜夔的心愿，毕竟他屡试不第，是心中一个隐痛。而买个官，对于张鉴来说，不过是举手之劳。可姜夔拒绝了，不义富且贵，于我如浮云。我是想出仕为官，但不能以这样一种手段。

这就是江湖文人的风骨。

姜夔一生布衣，一辈子辗转于鄱阳、汉阳、长沙、扬州、湖州、苏州、杭州、合肥、金陵、南昌等地。没钱，没官，什么都没有，只能依附于那些赏识他的达官贵人而生活，好不容易安定下来，却又遭遇了杭州城一场大火。

嘉泰四年（1204 年）三月，杭州火灾，尚书省、中书省、枢密院等政府机构都被波及，二千零七十多家民房也同时遭殃。姜夔的屋舍亦在其中，家藏图书几乎全被烧光。

亲朋好友相继故去，投靠无人，难以为生，六十岁之后，还不得不为衣食奔走于金陵、扬州之间。

大约在嘉定十四年（1221 年），饱经颠沛流离的他，病卒于临安。因为贫穷，连丧葬费都出不起，最后靠朋友的捐助才勉强得以安葬在杭州钱塘门外。

人生如此凄凉，写出的字却是那样的清丽俊秀，谱出的曲却是那样的清雅飘逸，写出的词却是那样的清空灵动。

身在江湖落魄，心如阳春白雪。

何为江湖味？

是执——无论身在何处，无论命运如何对待，也终不放弃自己的人生。

是忘——已然拥有生命的意义，那么是否名留青史，又有什么重要的呢？不如相忘于江湖吧。

若你听到他的词，听到那婉转悠扬的《暗香》《疏影》，能有那么一瞬间的怅然若失，就足矣。

番外篇

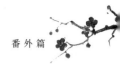

曼殊沙华

> 妻亡不再娶，三十年孤居一室，屏绝尘累。
>
> ——《旧唐书·王维传》

母亲说，"我"当与佛结缘，于是给我起名叫维，字摩诘。

佛说万事皆是因缘和合而生，本质无非一个"空"字，体悟到缘起性空，自然也就自在解脱了。也许果真如此吧，但"我"很难将心放空，至少此刻不能——她时时来到我的眉间、心上，提醒我不要忘了她。

"我"怎么会忘了她呢？红尘中，喧嚣扰攘，她是一抹只对我绽放的温柔。与她厮守，此生无求。

她是"我"的妻子。

不过此刻"我"并不能守在她的身边，此刻的"我"跋山涉水，只为完成她的一个小小心愿。

她原本是护山的神女，每日与花鸟为伴，山中岁月，宁静安然，不知寂寞，也没有烦恼。

邂逅却如春之漫野。

她爱上了经常出入山中的一个少年，每逢少年入山，她便化作白鹤或是小鹿，伴他左右，与他嬉戏。终于，那一日她化为人形，皎洁的衣裙上缀满女萝，来到少年面前，告诉她自己的思念。她问少年，可愿在这山中，忘记岁月流转，与她相守相伴。少年讶然于神女的美丽，他说："今天我要回去，明天我会和归山的夕阳一起回来，你可愿意这一夕的等待？"神女宛然："愿意。"声音空灵悠远，回荡在无尽的山间。

于是她等待，日落，月出，歌吟，徘徊，少年却始终一去不曾回来，她每晚倚坐在一块岩石上，向绵绵的群山唱诉着心中的绮眷。

临碧山兮对寒月，山中人兮伤离别。君思我兮然疑作，我思君兮无断绝。

歌声悠悠，凄怨的情怀触动了佛祖的慈悲。佛祖说，山中一日，世已千年，他早已在轮回中经历了无数世，你何必再等？

松涛阵阵，宛若神女低语，我只想知道，他为何没有回来。

佛祖一声叹息。

神女垂泪，长跪，微风卷睫，她合上了眼帘。

云卷云舒，花开花落。当神女再一次看到昏倒在山脚下的少年时，她在心中感激佛祖的悲悯。

少年醒来时，眼中映入神女那充满喜悦又关切的容颜，如画的双眼将他深深凝视。他觉得这眉眼是如此的熟悉，却偏偏想不起曾哪里见过，若真不曾见过，又为何似是故人颜？

"是你救了我？"少年神情茫然，又充满感激。

原来，他早已忘却了曾经的一切。

"没有，你只是在山中迷路，倦极而眠，如今自然醒来而已。"神

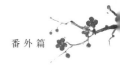

女默默地注视着殿上烛火，看灯花结下一朵，又谢去一朵，"殿中有些草药，于你的伤很有好处，你且用吧。"说完，她缓缓走开，身影消失在檐外月色中。

月光凄清，清凉。

少年用过草药后，倚剑而眠。

日出，月落，莲花殿中，正跪坐在佛像前的神女听见长剑跌落之声，回头望去，少年依在门前，衣衫上血迹斑斑。她走过去将他扶入殿内，撕下衣袂，为他包扎伤口。

"这山中的野兽真多，又凶悍无比。"

神女却并不说话。

"你懂医术？"

"是……"她终于抬起了头，又道，"许多年前，也曾有一个少年来到这山中，因为采药受了伤，我医好了他。他说下山一日就会回来……"神女目光涟涟，凝视着少年。

"那，他后来回来了吗？"

"我不知道，也许回来了吧，但他却不知道。"她的声音，忧伤如茧。

"我可以在这里住下吗？"少年询问道。

"好。"

少年就这样住了下来，日间也并无多余的话。

山中红萼，纷纷开，纷纷落。

他时常出去，然后一身血迹地回来。神女并不问什么，只照旧医好他，后来，她甚至比他更清楚他的身体，那一道道被猛兽抓伤的痕迹如划在她的心上。那日，神女为他敷好药，便如往常般到佛前端坐，少年却开口道："这世间，也许根本就没有那种花，我却如此的痴，还在苦苦寻找！"仿若自语，神情寂落。

"你欲寻的，是什么花？"

"曼殊沙华。"

曼殊沙华，这四个字如投出的石子，冲破了神女本已忧伤平静如水的心湖。

"你，你寻它做什么呢？"少年并没有发觉她声音中的轻轻颤抖。

"传说它的香气可使人忆起前生种种，即使走过忘川，也不会相忘，我不想忘记。"

夜色中，神女的心如莲花般绽开。原来，他并未真的忘却，他这般痴痴地寻找，只为了能够重新把我记起。喜悦中的她，听不到身后佛祖的悠悠长叹。

谁家的阁楼上，束着一阕宋词，谁家的女子，唱着一曲声声慢。

少年依着白马，锦衣华服掩不住俊美的容颜，并非有意追寻那笑比花嫣，却无心经过了她的窗前。她依窗而笑，霞光淡淡如朱砂，映透窗棂，在她的眉间，轻轻点。

高屋华堂，月镀雕檐，挽你菱花镜前梳妆，念我当年驻马窗前。不问韶华为何短暂，你我，守住这一世情缘不畏难。岁月静好，更有何求，又有何怨？

"你我可能够缘结生生世世，永远相伴？"

"为何不能，我们会的。"

"今生纵然可以，那来世呢？我们走过奈何桥，便会忘却今生的一切，也忘记了彼此，来世，纵然相逢，或许也只是一笑擦肩。"

"不，我会生生世世，守候你的容颜。"

"可我们，做得了主吗？"

"这世间，有一种花，名为曼殊沙华，传说其香可以使人忆起前

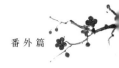

生种种，我要寻找到它，带给你，即使轮回之中，我们也再不必相忘，你愿意等待么？"

"是的，我会等待，直到有无明业火，焚尽这段缘。"

走过几千里路，乘过无数只船，曾经的白衣如雪，已变得风尘斑斑。这一日，少年来到一座山中，山间景色是如此熟悉，可偏偏思念不起。茫然中，支持不住，昏倒在地。

山中四时，变化无常，一袭藤萝在神女手中幻化成伞，撑开了细密如碎玉的白雪。她徐徐行走在曲径通幽的石板路上，花木扶疏遮掩处，止步于一座大殿前。推开殿门，走入其中，在莲花殿中佛像慈悲的眼神笼罩下，一抹妖艳、诡丽的红色吞吐不定闪烁于佛的手掌之间。

松涛阵阵，夜雾渐浓，月色照进她的眼中，遥远如千年的岁月。

"曼殊沙华，我已守护了你那么久，却从不曾见过你绽开。佛说，唯有世间最珍贵的东西才能唤你盛开，可那世间最珍贵的又是什么呢？"神女低低自语，轻轻一挥手，红色隐去，佛祖慈悲依然。

殿外下起细雨，神女扶窗呆立半晌，走出莲花殿，站在大殿正门空地中央，仰头看，夜凉如水，繁星满天。脚下碧草萋萋，身外群峰无语，山中的一切都似乎在传达着什么。神女苦苦地思索：这世间最珍贵的，是什么？

晨曦洒落，倦鸟归巢，她似已化为山中一角，苦苦参悟。

烟岚，漫山的白色寂寞如空谷落花。

风已歇，雨已收，可一谷白雾仍缭绕不散，宛若天地初开时的一团混沌。

天地初开，孕生万物，春生夏长，秋收冬藏……天地之大德曰：生。

是的，这便是那世间最宝贵之物，我早该想到才是。神女释然，露出一丝苦涩又甜蜜的微笑，情不为因果，缘注定生死，冥冥中，皆注定。

莲花殿，是谁垂眸敛眉点上一柱缘？

恍然间，似是当初纵歌打马的少年。

"很久之前，你是否，曾遇见过一个女子？"

少年想起远方的妻子，不禁微笑："是的，我只感谢上天，让我遇到这段缘。"

她的心，亦如那时的春之漫野。

"那你可知道，那个女子，是否在一直等待着？"

少年耳边似有人低语："是的，我会等待，直到有无明业火，焚尽这段缘。"

"我知道，她会一直等待着我。"

月光如清泪，倾泻在神女如玉的面颊。

"若你真的可以忆起前尘种种，又当如何？"

"愿生生世世，守候你的容颜！"少年目光飘远，似又看见自己当年驻马窗前。

情不为因果，缘注定生死，冥冥中，早注定。

"你随我来！"神女引着少年，步入莲花殿。她举手轻挥，那抹妖艳、诡丽的红色如精灵般出现在佛的掌中。少年讶然："难道这就是……"转头想要问她，却发现她已经悄然不见。

正在迟疑间，忽然一阵厉风袭来，一只狰狞巨兽从夜幕里窜出，直扑向他。少年马上拔出鞘中寒锋，反手急挥，直刺入巨兽心间。

一抹嫣红如桃花，在剑尖处开绽，淡红的血色慢慢伸延，晕染着轮回的反复与纠缠。

幻象散去，三尺青锋竟插在神女的心口，"你，你为什么要这么做？"少年惊落手中的宝剑，急忙扶住她轻如雪花般的身体，却已然

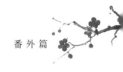

不及。

曼殊沙华并没有绽开，依旧摇曳在佛掌间，如夜魅。

"你不知道，唯有这世间最珍贵的东西，才能唤开曼殊沙华，"神女脸上现出一抹凄婉的微笑，"我以为，生命该是天地间最珍贵的了，却不想……你还是……不会记得……"

少年早已心急如焚，"你若是因我而死，纵然它开花又有何用？况且，我只想寻到它，带给等待我的妻子，如今却害了你！"

"你，说的什么……"

"我历尽艰辛，只为寻找曼殊沙华，传说它的香气可以使人忆起前生种种，我要找到它，带给等待我的妻子，那么即使轮回之中，我们也再不必相忘……"

昨日烟霞，悲欢离合已苍然如梦。

盛衰开谢，生生相错是轮回之道。

你和我，怎么躲得过呢？

神女眼中，一滴清泪滴落。

这一刻，天地静默。

我看破世情，看破离合，却看不破你眼中的寂寞；我参透生死，参透因果，却参不破红尘婆娑。

忽然，四周花树纷纷凋落，落英瓣瓣，凄婉地飞舞在神女身畔。

曼殊沙华，缓缓绽开！

原来这世间最珍贵的，是一滴伤心泪，唯有它，才能唤开这抗拒轮回的花瓣。

香气袭体，前生种种，如幻似梦，汹涌而来，那一世又一世的轮回与等待啊……

彼时，佛为众生说法，结跏趺坐，入于无量义处三昧，身心不动，说此经已。是时乱坠天花，有四花，天雨曼陀罗华、摩诃曼陀罗华、曼殊沙华、摩诃曼殊沙华。

或问此为何花？

佛说那是彼岸花，花开无叶，叶生无花，生生世世，花叶两相错。

母亲说，我当与佛结缘。我的前生，是曼殊沙华上的一叶吗？

我终究，还是错过了。我曾以为的生命真实，原来只是颠倒梦想。

当我从山中回来，才知道家中的妻子，早已因病而逝。

万事皆是因缘和合，缘起则聚，缘灭则散，若知缘起性空，就自在解脱了。

生命，究竟应当是何样子？

"木末芙蓉花，山中发红萼，涧户寂无人，纷纷开且落。"

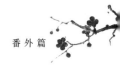

浮生若梦

微至怪于齐谐，谈北溟之有鱼。吾不知其几千里，其名曰鲲。

——李白《大鹏赋》

北溟有鱼，其名为鲲。

每当傍晚，鲲便浮出水面，游到一块岩石旁，有一只蝴蝶会飞落那里，它经常向鲲讲述自己飞过的地方，见到的故事，空旷寂寥的岁月中，只有它们，相互陪伴。

有一日，鲲突然对蝴蝶说："我想要离开这里。"

"离开？你要去做什么？"

"去寻找一个声音，那声音好像一直在呼唤着我，它似乎，已经等待了太久。"

"可你要到哪里去找呢？"蝴蝶问它。

"是啊，要到哪里去找呢？沧海吧，也许是海浪带来了那个声音。"

鲲于是游向沧海，沧海中，浪花在击打着礁石，沙鸥在呼唤着同伴，可呼唤它的声音，不在这里。

鲲默默地游向沧海深处，蝴蝶自远方飞来，轻轻落在鲲的背上。

"你没有找到么？"

鲲没有说话。

"如果你能飞就好了，无拘无束，可以去任何想去的地方，那样，你一定可以找到。"

"飞？"

"是啊。"说完，蝴蝶缓缓扇动翅膀，消失在海天的尽头。

如果能飞，是的，也许是天风带来了那个声音。

那晚，鲲带着飞翔的梦入睡，梦中，那声音依然清晰。

一梦千年。

化成大鹏，质凝胚浑。脱鬐鬣于海岛，张羽毛于天门。刷渤澥之春流，晞扶桑之朝暾。煜赫乎宇宙，凭陵乎昆仑。一鼓一舞，烟朦沙昏。五岳为之震荡，百川为之崩奔。

——李白《大鹏赋》

当它从梦里醒来时，惊奇地发现，自己正站在海中的一块礁石上，水中的倒影映出它的样子。

它已不再是鲲，它是鹏。

怒而飞，翼若垂天之云。

鹏飞向青天，浮云上，它听见天风在呼啸，可呼唤它的声音也不在这里。

鹏回到沧海边，遇见蝴蝶。

"蝴蝶，我还是没有找到呼唤我的声音，也许，它并不存在。"

蝴蝶轻轻落到它的肩上说："以前我觉得，只要能飞，就可以去任何地方，可是现在我知道，无论我怎样努力，也飞不过沧海，我永

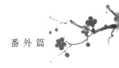

远都不会知道，海的尽头有些什么。"

鹏沉默了，蝴蝶突然有些后悔，也许她不该说那些话。

许久，鹏抬起头对蝴蝶说："你说得对，我想去看看天的尽头，那里是怎样的呢？"

蝴蝶没有阻拦，她知道自己也阻拦不了，她只是后悔，为什么要说那些话。

鹏静静地在海边伫立一夜，蝴蝶默默地陪着它。

海天相接处的云层渐渐裂开，如同一双眼。

鹏转过身去，身后的海水突然变得浑浊。

怒而飞，水击三千里，扶摇直上者，九万里！

簸鸿蒙，扇雷霆。斗转而天动，山摇而海倾。怒无所搏，雄无所争。固可想象其势，仿佛其形。

——李白《大鹏赋》

那天傍晚，海边上住着的人说："看见天边突然出现一片云霞，如同燃烧的火焰，绚烂之极。"有人说："不，你没看清，那不是云霞，那是一只火凤。"

沧海边，蝴蝶流下一滴泪。

李白悠悠转醒，手中金杯已倾，他默默回味着适才的梦，忽然笑道："寻得到如何？寻不到又如何？有此冲天一飞，此生无憾矣！"

重又满上一杯酒，潇洒地一饮而尽。

参考文献

孙映逵.唐才子传校注 [M].北京：中国社会科学出版社，2013.

李长之.李白传 [M].武汉：长江文艺出版社，2019.

郭沫若.李白与杜甫 [M].北京：北京联合出版有限公司，2021.

江汉民.江州司马白居易 [M].北京：中国文史出版社，2018.

苏轼.苏轼词集 [M].上海：上海古籍出版社，2009.

何灏.杜甫诗传：孤舟一系故园心 [M].武汉：长江文艺出版社，2019.

冯至.杜甫传 [M].北京：人民文学出版社，1980.

苏缨，毛晓雯.直道相思了无益：李商隐诗传 [M].长沙：湖南文艺出版社，2018.

王仁裕.开元天宝遗事（外七种）[M].上海：上海古籍出版社，2012.

张忠纲，孙微.历代名家精选集：杜甫集 [M].南京：凤凰出版社，2007.

白居易.白居易诗集校注 [M].北京.中华书局，2018.

墨三.王维：倚风自笑觅禅音 [M].天津：天津人民出版社，2022.

吴修丽，韩玉龙.王昌龄：一片冰心在玉壶 [M].南京：河海大学出版社，2022.

蒋勋.蒋勋说宋词 [M].北京：中信出版社，2014.

郭瑞祥.天风海雨词中龙.辛弃疾传 [M].沈阳：万卷出版公司，2019.

柳永.乐章集校注 [M].北京：中华书局，2015.

王海侠.李清照传：深度解读词国皇后的词与人生 [M].南昌：江西人民出版社，2021.

李清照.漱玉词 [M].成都：四川文艺出版社，2021.

何灏.苏东坡词传：人间有味是清欢 [M].武汉：长江文艺出版社，2017.

姜夔.姜夔词集 [M].上海：上海古籍出版社，2010.

吴修丽.诗人与诗：晏几道：看尽落花能几醉 [M].南京：河海大学出版社，2022.

孟元老.东京梦华录 [M].苏州：古吴轩出版社，2022.

韩兆琦.中华经典名著全本全注全译丛书：史记 [M].北京：中华书局，2013.

陈寿撰.中华经典普及文库：三国志 [M].北京：中华书局，2006.

朱光潜.朱光潜谈美 [M].上海：华东师范大学出版社，2012.

良冶.菜根谭的智慧：古人教给青少年的人生成长课 [M].石家庄：花山文艺出版社，2020.